Fiona Macleod

Wind und Woge

Fiona Macleod

Wind und Woge

Keltische Sagen

Aus dem Englischen von Winnibald May

Anaconda

Titel der englischen Originalausgabe: *Wind and wave* (Leipzig: Tauchnitz 1902). Die Übersetzung folgt der Ausgabe Jena: Diederichs 1922. Orthografie und Interpunktion wurden den Regeln der neuen deutschen Rechtschreibung angepasst. Das Vorwort wurde nicht übernommen.

Die Deutsche Nationalbibliothek verzeichnet diese Publikation in der Deutschen Nationalbibliografie; detaillierte bibliografische Daten sind im Internet unter http://dnb.d-nb.de abrufbar.

Umschlagmotiv: The Book of Kells, Trinity College Library, Dublin, Universal History Archive / UIG / bridgemanimages.com (Muster). – Blue grosbeak, Encyclopaedia Britannica / UIG / bridgemanimages.com (Vogel)
Umschlaggestaltung: Druckfrei. Dagmar Herrmann, Bonn
Satz und Layout: Andreas Paqué, www.paque.de
Printed in Czech Republic 2014
ISBN 978-3-7306-0176-1
www.anacondaverlag.de
info@anacondaverlag.de

Inhalt

E
P

Von der Welt die ist

Vorbemerkung zum Dan-nan-Ron

Diese Erzählung gründet sich auf einen Aberglauben, der überall auf den Hebriden verbreitet ist. Die Sage ist auch an der Westküste von Irland bekannt; denn Mr. Yeats erzählt mir, dass er im vergangenen Sommer einen alten Fischer von Connaught traf, der sich rühmte, dem Sliochd-nan-Ron anzugehören – einem Geschlecht, auf das der Name des Mannes: »Rooney« in der Tat hinwies.

Was die Verwendung des Vornamens Gloom, d. h. Dunkelheit, Traurigkeit anbetrifft, so möchte ich erklären, dass diese Bezeichnung kein Taufname ist. Doch habe ich eine tatsächliche Garantie für ihren Gebrauch; denn ich kannte einen Mann von Uist, der in der Bitterkeit seines Kummers, nachdem sein Weib im Kindbett gestorben war, seinen Sohn Mulad nannte, d. h. die Finsternis des Kummers: Gram.

Die Verfasserin

Der Dan-nan-Ron[1]

Als Anne Gillespie, meine Freundin auf Eilanmore, nach dem Tod ihres Oheims, des alten Robert Achanna, das Eiland verließ, geschah es, um fern nach dem Westen zu ziehen.

Unter den Männern der seewärts gelegenen Inseln, die während der drei letzten Sommer auf der Höhe von Eilanmore gefischt hatten, war einer namens Manus MacCodrum. Er war ein stattlicher Bursche; aber während die meisten der Fischerleute von Lewis und Nord-Uist hellfarbig sind, entweder mit rötlichem Haar und grauen Augen oder blauäugig und gelbhaarig, hatte er eine braune Haut mit dunklem Haar und düsteren braunen Augen. Indes glich er ebenso wenig den dunklen Kelten von Arran und den inneren Hebriden wie den Nordmännern. Er war ein Spross seines Geschlechts, so viel war sicher. Alle MacCodrums von Nord-Uist hatten braune Haut und braunes Haar und braune Augen gehabt; und dies mag der Grund gewesen sein, weshalb in vergangenen Tagen dieser kleine Clan von Uist überall auf den Westlichen Inseln bekannt war als der Sliochd-nan-Ron, die Nachkommenschaft der Robben.

Nicht so hochgewachsen wie die meisten Männer von Nord-Uist und Lewis, war Manus MacCodrum doch von ansehnlicher Größe, dazu geschmeidig und stark. Keiner war ein besserer Fischer als er, und seine Gefährten hatten ihn gern trotz all der mürrischen Trauer, die zuzeiten auf ihm lag. Er hatte eine Stimme, süß wie die eines Weibes, wenn er sang, und er sang oft und kannte all die alten Runenlieder der Inseln vom Obb von Harris bis zum Kap von Mingulay. Oft sang er auch die schönen Orain spioradail[2] der katholischen Priester und christlichen Brüder von Süd-Uist und Barra, denn auf Nord-Uist, wo er lebte, war er der einzige Mann, der dem alten Glauben anhing.

Es mag geschehen sein, weil Anne gleichfalls katholisch war – freilich die Achannas waren es auch, ungeachtet ihre Vorfahren und ihre Verwandten in Galloway Protestanten waren (und zwar, so wird erzählt, wegen des alten Robert Achanna Liebe zu seinem Weib, das vom alten Glauben war) –, es mag aus diesem Grunde geschehen sein, wiewohl ich denke, ihres Freiers staunende Augen und sanfte Rede und süßer Gesang hatten mehr damit zu tun, dass sie Manus die Treue gelobte. Es war ein Südwind für ihn, wie das Sprichwort sagt; denn mit ihrem krausen, braunen Haar und den sanften, grauen Augen und der rahmweißen Haut war sie das anmutigste Mädchen auf den Inseln.

Als daher Achanna zu seiner langen Ruhe gebettet ward und niemand auf Eilanmore übrig war als nur seine drei jüngsten Söhne, segelte Manus MacCodrum nordostwärts über den Minch, um seine Braut heimzuführen. Von den vier ältesten Söhnen hatte Alastair einige Monate vor seines Vaters Tod Eilanmore verlassen und war westwärts gesegelt, niemand wusste wohin oder zu welchem Zweck oder für wie lange, und keine Nachricht war von ihm gekommen noch ward er jemals auf dem Eiland wiedergesehn, das den Namen erhalten hatte Eilan-nan-Allmharachain, die Insel der Fremdlinge. Allan und William waren in einem wilden Sturm auf dem Minch ertrunken und Robert war am weißen Fieber gestorben, jener tödlich-verheerenden Krankheit, welche die Geißel der Inseln ist. Marcus war jetzt »Eilanmore« und lebte dort mit Gloom und Sheumais, alle drei unverheiratet, obschon unter den benachbarten Inselbewohnern das Gerücht ging, dass jeder von ihnen Marsail nic Alpean[3] liebte auf Eilean Rona unter den Sommerinseln, dicht an der Küste von Sutherland.

Als Manus Anne bat, mit ihm zu gehen, willigte sie ein. Die drei Brüder waren darüber wenig erfreut, denn sie wünschten nicht, dass ihre Base so weit in die Ferne ginge; zudem mochten sie dieselbe nicht verlieren, da sie nicht nur für sie kochte und alle Frauenarbeit tat einschließlich des Spinnens und Webens, sondern auch sehr süß und lieblich anzusehen war und in den langen Winternächten in ihrem Kreise melodisch sang, während Gloom seltsame, wilde Weisen auf seiner Feadan, einer Art Haferpfeife oder Flöte, spielte.

Sie liebte ihn, das weiß ich; aber es gab für sie noch einen zweiten Grund zum Fortgehn, nämlich dass sie sich vor Gloom fürchtete. Im Moor und auf dem Hügel kehrte sie oft um und eilte nach Hause, weil sie die steigenden und fallenden Rhythmen jener Feadan hörte. Es war unheimlich für sie, durchs Zwielicht zu gehen, wenn sie dachte, die drei Männer säßen nach dem Abendessen rauchend im Haus, und plötzlich in der Ferne und ihr sich nähernd den schrillen Klang jener Haferflöte zu hören, die den »Tanz der Toten« oder die »Ebbe und Flut« oder den »Taumel der Schatten« spielte.

Dass er, manchmal zum wenigsten, wusste, dass sie dort ging, war ihr klar, denn wenn sie eilends durch den Sturm und das Gewirre des Farnkrauts sich davonstahl, hörte sie wohl ein spottendes Lachen, das ihr folgte wie ein springendes Wesen.

In der Nacht, als sie Marcus und seinen Brüdern erzählte, dass sie fortgehen wolle, war Manus nicht dabei. Er war mit seinen beiden Maaten im Hafen an Bord der Luath und sang im Mondschein, während alle drei dasaßen und ihr Fischgerät ausbesserten.

Als das Abendessen vorüber war, saßen die drei Brüder und rauchten und redeten über ein Angebot, das ihnen auf einige Shetland-Schafe gemacht war. Eine Zeit lang betrachtete Anne sie schweigend. Sie sahen nicht aus wie Brüder, dachte sie. Marcus hoch, breitschultrig, mit gelbem Haar, seltsam düsteren, schwarzblauen Augen und schwarzen Augenbrauen; ernst, mit einem müden Ausdruck auf seinem sonngebräunten Gesicht. Der Schein des Torffeuers schimmerte auf der lohfarbenen Krümmung dichten Haares, das von seiner Oberlippe herabschleppte, denn er trug den Caiseach-feusag[4] der Nordmänner. Gloom von leichterem Bau, dunkel in Farbe und Haar und mit bartlosem Gesicht; mit schmalen, weißen, langfingerigen Händen, die immer in nervöser Bewegung waren als wären sie treibender Seetang. Immer lag eine Wolke mitten auf seiner Stirn, selbst wenn er mit seinen schmalen Lippen und düsteren, geheimnisvollen Augen lächelte. Er erschien als das, was er war, als der Kopf der Achannas. Nicht nur hatte er das Englische inne, als wäre es seine Muttersprache, er konnte auch lesen und las fremde, unnötige Bücher. Überdies war er der einzige Sohn des Robert Achanna, welchem der alte Mann seinen Vorrat an Gelehrsamkeit mitgeteilt hatte; denn Achanna war in seiner Jugend Schullehrer in Galloway gewesen und hatte Gloom für den Priesterstand bestimmt. Dazu war seine Stimme tief und klar, aber kalt wie blassgrünes Wasser, das unter dem

Eis strömt. Was Sheumais betrifft, so glich er Marcus mehr als Gloom, war aber nicht so hell. Er hatte dasselbe braune Haar und die schattigen, nussbraunen Augen, dasselbe blasse und glatte Gesicht mit einem Anflug desselben gespannten Ausdrucks, der den lange Zeit verschollenen und vermutlich toten ältesten Bruder, Alastair, kennzeichnete. Auch er war hochgewachsen und hager. Auf Sheumais' Gesicht lag jener unbeschreibliche, für einige natürlich unmerkliche Ausdruck, der durch die Wendung »die Dämmerung des Schattens« bezeichnet wird, wiewohl es wenige gibt, die wissen, was sie damit meinen, oder wenn sie es wissen, gern davon reden.

Plötzlich und ohne irgendein Wort oder sonst einen Anlass dazu, wendete Gloom sich um und sprach zu ihr.

»Nun, Anne, und was ist es?«

»Ich sprach nicht, Gloom.«

»Wahr für dich, mo Cailinn[5]. Aber du warst willens, zu sprechen.«

»Nun, das ist auch wahr. Marcus, und du Gloom, und du Sheumais, ich habe das zu erzählen, was ihr ganz und gar nicht gerne hören werdet. Es handelt sich um … um … mich und … und Manus.«

Zuerst erfolgte keine Antwort. Die drei Brüder saßen und blickten sie an wie die Kuh einen Fremdling im Moorland. Die Wolke auf Glooms Stirn wurde düsterer, aber als Anne ihn anschaute, sank sein Blick zu Boden und blieb an dem Schatten zu seinen Füßen haften. Dann sprach Marcus mit leiser Stimme:

»Ist es Manus MacCodrum, den du meinst?«

»Ja, gewiss.«

Wieder Schweigen. Gloom erhob seine Augen nicht, und Sheumais starrte jetzt in das Torffeuer. Marcus rückte unruhig hin und her.

»Und was kann Manus MacCodrum wünschen?«

»Gewiss, Marcus; du weißt ganz gut, was ich meine. Warum machst du mir diese Sache so schwer? Es gibt nur eines, um dessen willen er herkommen würde; und er hat mich gefragt, ob ich mit ihm gehn will, und ich habe ja gesagt. Und wenn ihr nicht wollt, dass er mit dem Geistlichen wiederkommt oder dass wir hinüberfahren zur Kirche in Berneray auf Uist im Sund von Harris, so will ich nicht noch eine Nacht unter diesem Dach bleiben, sondern will mit Sonnenaufgang Eilanmore verlassen, auf der Luath, die gerade im Hafen liegt. Und das sollt ihr hören und wissen, Marcus und Gloom und Sheumais!«

Nochmals folgte Schweigen ihren Worten. Es ward in einer seltsamen Weise gebrochen. Gloom ließ seine Feadan in seine Hände und so zu seinem Munde gleiten. Die klaren, kalten Töne der Flöte erfüllten den von der Flamme erleuchteten Raum. Es war, als trieben weiße Polarvögel, bevor der Schnee fällt.

Die Töne gingen über in ein wildes, fernes Lied: kaltes Mondlicht auf der dunklen See war es. Es war der Dan-nan-Ron.

Anne errötete, zitterte und erhob sich dann schroff. Als sie mit der geballten Rechten sich auf den Tisch stützte, ließ der Schein des Torffeuers erkennen, dass ihre Augen flammten.

»Warum spielst du *das*, Gloom Achanna?«

Der Mann beendete den Takt und blies dann noch einmal in die Haferpfeife, bevor er, das Mädchen flüchtig anblickend, erwiderte:

»Und was für Leid bringt dir *das*, Anna-ban?«

»Du weißt, dass es Leid bedeutet. Das ist der Dan-nan-Ron!«

»Ja, und was weiter, Anna-ban?«

»Was weiter? Denkst du, ich weiß nicht, was du damit meinst, dass du den Sang der Robbe spielst?«

Mit einer schroffen Bewegung legte Gloom die Feadan beiseite. Während er es tat, stand er auf.

»Sieh einmal, Anne«, begann er herbe – da legte sich Marcus ins Mittel.

»Das wäre jetzt gerade das Rechte, Gloom. Ann-a-ghraidh, meinst du, dass du dies wirklich tun willst?«

»Ja, gewiss.«

»Weißt du, warum Gloom den Dan-nan-Ron spielte?«

»Es war grausam.«

»Du weißt, was auf den Inseln ringsum erzählt wird von ... von ... diesem oder jenem Mann, der unter Gheasan ist – der bezaubert ist ... und ... und ... von den Robben und ...«

»Ja, Marcus, ich weiß es in der Tat: ›Tha iad a'can-tuinn gur h-e daoine fo gheasan a th'anns no roin.‹«

»›Man sagt, dass Robben‹«, sprach er langsam nach, »›man sagt, dass Robben Männer unter magischen Zaubern sind.‹ Und hast du jemals darüber nachgedacht, Anne, meine Base?«

»Ich weiß sehr gut, was du meinst.«

»Dann wirst du wissen, dass die MacCodrums von Nord-Uist der Sliochd-nan-ron genannt werden?«

»Ich hab es gehört.«

»Und würdest du willens sein, einen Mann zu heiraten, der von dem Geschlecht der Tiere ist und selber weiß, was Geas bedeutet, und der jeden Tag zu seinem Volk zurückgehn kann?«

»Ah, jetzt, Marcus, ist es sicher, dass du mit mir deinen Spott treiben willst, weder du noch irgendjemand hier glaubt dieses alberne Geschwätz. Wie kann ein Mann, der von einem Weib geboren ist, eine Robbe sein, selbst wenn seine

Sinnsear[6] die Nachkommenschaft des Seevolks waren – und auch das ist eine Sage, die ich nicht glaube, obwohl es sein könnte; doch wie dem auch sei, es kommt nicht viel darauf an bei den entfernten Vorfahren.«

Marcus runzelte düster die Stirn und gab zuerst keine Antwort. Endlich erwiderte er in mürrischem Ton:

»Du magst dies glauben oder du magst jenes glauben, Anna-nic-Gilleasbuig, aber zwei Dinge sind so allbekannt wie dass der Ostwind den Frost und der Westwind den Regen bringt. Und das eine ist dies: dass vor langer Zeit ein Robbenmann eine Frau von Nord-Uist heiratete und dass er oder sein Sohn Neil MacCodrum genannt wurde; und dass das Seefieber der Robbe für alle Folgezeit in dem Blut seines Geschlechts lag. Und dies ist das andere: dass zweimal im Gedenken lebender Leute ein MacCodrum die Gestalt einer Robbe angenommen und so seinen Tod gefunden hat – einmal Neil MacCodrum von Ru'Tormaid und ein andermal Anndra MacCodrum von Berneray im Sund. Man erzählt noch von andern, aber diese sind uns allen bekannt. Und nun wirst du nicht vergessen haben, dass Neil-donn der Großvater und dass Anndra der Vaterbruder von Manus MacCodrum war?«

»Ich kümmere mich nicht um das, was du sagst, Marcus; es ist alles wie Meeresschaum.«

»Es gibt keinen Schaum ohne Wind oder Flut, Anne. Unds ist eine düstere Flut, die dich fort nach Uist tragen wird; und ein schwarzer Wind, der fern, fern hinter dem Osten wehen wird, ist der Wind, der seinen Todesschrei zu deinen Ohren tragen wird.«

Das Mädchen erschauerte. Indes das tapfere Herz in ihr verzagte nicht.

»Gut, so sei es. Jedem sein Schicksal. Aber Robbe oder nicht Robbe, ich werde Manus MacCodrum heiraten, der ein

Mann ist so gut als irgendeiner hier, und ein treuer Mann dazu, und der Mann, den ich liebe, und das wird mein Mann sein, so Gott will; Ihm sei Ehr und Preis!«

Wieder nahm Gloom die Feadan auf, sandte einige kalte, reine Töne schwebend durch das heiße Zimmer und begann dann plötzlich die wild-phantastische Eingangsmelodie des Dan-nan-Ron.

Mit einem leisen Schrei und leidenschaftlicher Gebärde sprang Anne vorwärts, riss ihm die Haferflöte aus der Hand und hätte sie ins Feuer geworfen. Indes Marcus hielt sie mit eisernem Griff.

»Achte nicht auf Gloom, Anne«, sagte er ruhig, während er die Feadan aus ihrer Hand nahm und sie seinem Bruder reichte; »gewiss, er erzählt dir nur auf seine Art, was ich dir in meiner erzähle.«

Sie riss sich los und ging nach der andern Seite des Tisches. An der Wand gegenüber hing der Dolch, welcher dem alten Achanna gehört hatte. Diesen nahm sie herab. Ihn in ihrer rechten Hand haltend, trat sie den drei Männern entgegen.

»Über dem Kreuz des Dolches schwöre ich, dass ich das Weib des Manus MacCodrum sein will.«

Die Brüder gaben keine Antwort. Sie betrachteten sie unverwandt.

»Und beim Kreuz des Dolches schwöre ich, dass wenn irgendein Mann zwischen mich und Manus tritt, dieser Dolch da sein wird, um es ihm zu gedenken zu einer bestimmten Stunde am Tag der Tage.«

Während sie sprach, sah sie bedeutungsvoll Gloom an, den sie mehr fürchtete als Marcus oder Sheumais.

»Und beim Kreuz des Dolches schwöre ich, dass wenn Manus ein Unglück zustößt, dieser Dolch eine andere Scheide erhalten wird, und das wird meine milchlose Brust sein; und zum Zeichen dafür werfe ich jetzt die alte Scheide ins Feuer.«

Als sie endete, warf sie die Scheide auf die brennenden Torfstücke.

Gloom hob sie ruhig auf, streifte die Feuerfunken ab, als wären sie Staub, und steckte sie in seine Tasche.

»Und nach dem nämlichen Zeichen, Anne«, sagte er, »werden deine Eide zunichte werden.«

Er stand auf und gab seinen Brüdern ein Zeichen zu folgen. Als sie draußen waren, hieß er Sheumais zurückkehren und Anne drinnen festhalten, in Güte, wenn möglich – wo nicht, mit Gewalt. In Kürze vereinbarten sie den Plan für ihr Vorgehen und trennten sich dann. Während Sheumais zurückging, schlugen Marcus und Gloom den Weg nach dem Hafen ein.

Ihre schwarzen Gestalten waren im Mondlicht sichtbar, aber zuerst wurden sie von den Männern an Bord der Luath nicht bemerkt, denn Manus sang.

Als der Inselmann schroff abbrach, fragte einer seiner Gefährten ihn scherzend, ob sein Lied einen Seehund längsseit gelockt hätte, und hieß ihn sich vorsehn, dass es nicht etwa ein Weib vom Seevolk wäre.

Sein Gesicht verdüsterte sich, aber er gab keine Antwort. Während die andern lauschten, hörten sie die wilde Weise des Dan-zan-Ron durch den Mondschein sich stehlen. Nach dem Ufer hinstarrend, konnten sie die beiden Brüder erkennen.

»Was wird das zu bedeuten haben?«, fragte einer der Männer unruhig.

»Wenn statt einer Frau ein Mann kommt«, antwortete Manus langsam, »so regen sich die jungen Raben im Nest.«

Also bedeutete es Blut. Aulay MacNeill und Donull MacDonull legten ihr Gerät nieder, erhoben sich und standen da, abwartend, was Manus tun würde.

»Ho, da!«, rief er.

»Ho-ro!«

»Was wollt ihr, Eilanmore?«

»Wir wollen ein Wort von dir, Manus MacCodrum. Willst du an Land kommen?«

»Wenn ihr ein Wort von mir wollt, könnt ihr zu mir kommen.«

»Es ist kein Boot hier.«

»Ich will den Bata-beag[7] senden.«

Als er ausgeredet hatte, forderte Manus den jüngeren seiner Maate, Donull, einen Burschen von siebzehn Jahren, auf, nach dem Ufer zu rudern.

»Und bring nicht mehr als einen zurück«, fügte er hinzu, »sei es Eilanmore selbst oder Gloom-mhic-Achanna.«

Das Tau des kleinen Bootes wurde losgeworfen, und Donull ruderte es rasch durch den Mondschein. Eine vorüberziehende Wolke verdunkelte den Strand; aber sie sahen ihn ein Tau werfen, damit jene das Boot an der Kante des Landungsstegs entlangziehen konnten; dann verhüllte die plötzliche Finsternis den Blick. Donull muss schwatzen, dachten sie; denn zwei oder drei Minuten verstrichen ohne ein Zeichen; aber endlich stieß das Boot wieder ab, und nur mit zwei Gestalten. Zweifellos hatte der Junge Gründe dafür angeben müssen, dass nicht beide, Marcus und Gloom, kommen sollten.

Dies hatte Donull tatsächlich getan. Aber während er sprach, starrte Marcus unverwandt über ihn hinweg.

»Wer ist's, der dort sitzt?«, fragte er, »dort am Heck?«

»Da ist niemand.«

»Ich glaubte, ich sähe den Schatten eines Mannes.«

»Dann war es mein Schatten, Eilanmore.«

Achanna wendete sich zu seinem Bruder.

»Ich sehe eines Mannes Tod dort im Boot.«

Gloom zagte einen Augenblick, dann lachte er leise.

»Ich sehe keinen Tod eines Mannes im Boot sitzen, Marcus; aber wenn ich ihn sähe, so denke ich, er würde nach der Melodie des Dan-nan-Ron tanzen, und das ist mehr als dein oder mein Gespenst tun würde.«

»Es ist kein Gespenst, das ich sah, sondern eines Mannes Tod.«

Gloom flüsterte, und sein Bruder nickte finster. Im nächsten Augenblick war ein schweres Wolltuch um Donulls Mund geschlungen, und bevor er sich zur Wehr setzen oder nur erraten konnte, was geschehen sei, lag er auf seinem Gesicht am Strand, gebunden und geknebelt. Eine Minute darauf hatte Gloom die Ruder ergriffen, und das Boot bewegte sich rasch aus dem innern Hafen.

Als es näherkam, blickte Manus gespannt danach hin.

»Das ist nicht Donull, der rudert, Aulay!«

»Nein; es wird Gloom Achanna sein, denke ich.«

MacCodrum fuhr auf. In dem Fall war jene andere Gestalt am Heck zu groß für Donull. Die Wolke zog gerade vorüber, als das Boot längsseit kam. Das Tau wurde festgemacht, und dann sprangen Marcus und Gloom an Bord.

»Wo ist Donull MacDonull?«, fragte Manus scharf.

Marcus gab keine Antwort, so erwiderte Gloom für ihn.

»Er ist nach dem Haus hinaufgegangen mit einer Botschaft an Anna-nic-Gilleasbuig.«

»Und was für eine Botschaft soll das sein?«

»Dass Manus MacCodrum von Eilanmore fortgesegelt ist und sie nicht wiedersehen wird.«

MacCodrum lachte. Es war ein leises, hässliches Lachen.

»Wahrlich, Gloom Achanna, du solltest deine Feadan dort nehmen und den Codhail-nan-Pairtean spielen, denn ich glaube, die Krabben versammeln sich um die Felsen dort unter uns und lachen in ihre Klauen.«

»Gut, das ist auch wahr«, erwiderte Gloom langsam und ruhig. »Ja, gewiss könnte ich, wie du sagst, die ›Versammlung der Krabben‹ spielen. Vielleicht«, fügte er hinzu, als käme ihm noch ein plötzlicher Einfall, »vielleicht wirst du, obwohl es eine windstille Nacht ist, den Comh-thonn[8] hören. Das ›Plätschern der Wellen‹ hört sich besser an als die ›Versammlung der Krabben‹.«

»Wenn ich den Comh-thonn höre, so wird es nicht in der Art sein, wie du meinst, Gloom'ic Achanna. Nicht ›Segel hoch und Lebe wohl‹ werden sie sagen, sondern ›Heim mit der Braut‹.«

Da trat Marcus dazwischen.

»Lass uns nicht länger Worte machen, Manus MacCodrum. Das Mädchen, die Anne, ist nicht für dich. Gloom soll ihr Mann sein. So pack dich fort. Wenn du ruhig gehn wirst, werden wir ruhig sein. Wenn du deine Füße auf diese Sache setzest, wirst du das noch dazu erhalten, was ich im Boot sah.«

»Und was war's, das du im Boot sahst, Achanna?«

»Der Tod eines Mannes.«

»So … Und jetzt (dies nach einem langen Stillschweigen, in dem die vier Männer einander ins Auge fassten), wenn's keine friedliche Lösung gibt, so ist's eine Blutsache?«

»Ja. Geh, wenn du weise bist. Wo nicht, so ist's dein eigner Tod, den du herbeiziehen wirst.«

Da gab's ein Blinken wie von einem Blitzstrahl im Sommer. Eine bläuliche Flamme schien durch den Mondschein zu springen. Marcus taumelte mit einem keuchenden Schrei; dann lehnte er sich zurück, bis sein Gesicht im Mondlicht erbleichte, und seine Knie brachen. Während er fiel, drehte er sich halb um. Das lange Messer, das Manus nach ihm geschleudert hatte, war nicht weiter als höchstens einen Zoll tief in seine Brust gedrungen, aber als er auf das Verdeck fiel, ward es bis ans Heft in seinen Leib getrieben.

In dem blassen Schweigen, das folgte, konnten die drei Männer einen Laut hören gleich der Ebbe im Seekraut. Es war das Gurgeln des blutigen Schaums in den Lungen des Toten.

Der erste, welcher sprach, war sein Bruder, und auch er erst dann, als kleine, rötlich-weiße Schaumblasen von den blauen Lippen des Marcus zu springen begannen.

»Es ist Mord.«

Er sprach leise, aber es klang wie das Branden der Brecher in den Ohren derer, die es hörten.

»Du hast einen Teil eines wahren Wortes gesagt, Gloom Achanna. Es ist Mord … wozu du und er gekommen seid.«

»Der Tod des Marcus Achanna liegt auf dir, Manus MacCodrum.«

»So sei es, entweder zwischen dir selbst und mir oder zwischen allen von deinem Blut und mir; obschon Aulay MacNeill so gut wie du bezeugen kann, dass ich zwar in Notwehr das Messer nach Achanna warf, dass aber sein eignes Tun es war, das es in seinen Leib trieb.«

»Du kannst das dem Tau zuflüstern, wenn es um deinen Nacken liegt.«

»Und was willst du jetzt tun, Gloom-nic-Achanna?«

Zum ersten Male erschien Gloom beunruhigt. Ein rascher Blick offenbarte ihm die unbequeme Tatsache, dass das Boot hinter der Luath schleppte, sodass er nicht hineinspringen konnte; wenn er sich aber umwandte, um es am Tau heranzuholen, so war er den beiden Männern wehrlos preisgegeben.

»Ich will in Frieden gehen«, sagte er ruhig.

»Ja«, erfolgte die Antwort in ebenso ruhigem Ton: »im weißen Frieden.«

Bei dieser Todesdrohung maßen sich die beiden Männer mit den Blicken.

Achanna brach endlich das Schweigen.

»Du wirst den Dan-nan-Ron hören in der Nacht, bevor du stirbst, Manus MacCodrum; und damit du nicht daran zweifelst, wirst du ihn wiederhören in deiner Todesstunde.«

»Ma tha sin an Dan – wenn das so bestimmt ist.« Manus sprach feierlich. Indes gerade seine Ruhe ließ böses ahnen. Da gab's keine Hoffnung auf Milde. Gloom wusste das.

Plötzlich lachte er verächtlich auf. Dann deutete er mit seiner rechten Hand scheinbar auf einen, der hinter seinen beiden Gegnern stand, und rief aus: »Lege die Totenhand auf sie, Marcus! Gib ihnen das Grab!«

Beide Männer sprangen zur Seite, das Herz eines jeden war nah am Zerspringen. Es ist furchtbar, dem Totengriff des frisch Erschlagenen sich auszusetzen, denn es bedeutet, dass das Gespenst all sein Unglück auf die berührte Person übertragen kann.

Im nächsten Augenblick gab's einen Fall und ein Spritzen. Manus erkannte, dass es nichts weiter als eine Kriegslist gewesen und dass Gloom entronnen war. Mit fieberhafter Eile holte er das kleine Boot heran, sprang hinein und begann sofort zu rudern, um seinen Feind abzuschneiden.

Achanna tauchte einmal auf, zwischen ihm und der Luath. MacCodrum legte die Riemen in den Dollen über Kreuz und ergriff den Bootshaken.

Der Schwimmer hielt gerade auf ihn zu. Plötzlich tauchte er unter. Im Nu erkannte Manus, dass Gloom beabsichtigte, unter dem Boot aufzutauchen, den Kiel zu ergreifen und ihn umzustürzen, sodass er vermutlich imstande sein würde, ihn von oben zu packen. Es war gerade noch Zeit, zu springen; und in der Tat, kaum hatte er sich in die See gestürzt, so drehte das Boot den Kiel nach oben, und im nächsten Augenblick klammerte Achanna sich darauf fest.

Zuerst konnte Gloom nicht sehen, wo sein Feind war. Er kauerte auf der gekenterten Jolle und blickte gespannt in das mondbeschienene Wasser. Ganz plötzlich schoss eine schwarze Masse aus dem Schatten zwischen ihn und den Kutter. Diese schwarze Masse lachte: dasselbe leise, hässliche Lachen, das dem Tod des Marcus vorangegangen war.

Er, an dem die Reihe war zu schwimmen, war jetzt ganz nahe. Einen Faden entfernt lehnte er sich zurück und begann eifrig Wasser zu treten. In seiner rechten Hand fasste er den Bootshaken fester. Der Mann auf dem Boot wusste, dass zu bleiben, wo er war, sicheren Tod bedeutete. Er duckte sich zusammen wie eine kauernde Katze. Manus fuhr fort, langsam das Wasser zu treten, hielt aber den Haken bereit, sodass die scharfe Eisenspitze am Ende desselben seinen Feind durchbohren musste, wenn er sich mit einem Sprung auf ihn stürzte. Hin und wieder lachte er. Dann begann er mit seiner tiefen, süßen Stimme, aber zuzeiten unterbrochen von seinen tiefen Atemzügen, zu singen:

Die Flut trug seltne Bürde, drum war sie schwarz
und schwer.
Ich hört' am Schilfgestade sie raunen ihre Mär.
Als fiel ins Schloss die Türe, schlug jede Wog' im Meer.
Der Türen Schlag hört er zuletzt, der fürder hört
nie mehr,
Mein Gram,
Nie mehr!

Die Flut zerriss das Seegras – so mäht im Kampf
die Wehr –,

Der wilde Sturm fuhr klagend und stöhnend
rings umher.
Des Meeres Herz im Grunde sann tief ob alter Lehr.
Ich hörte Schluchzen, Wehgeschluchz, ersterben fern
im Meer,
Mein Gram,
Im Meer!

Das Meer streckt Wogen blass und bleich,
aschgraue Lippen, her.
Es schwoll der Gischt im gier'gen Schlund von Strömen
Blutes höh'r –
O rotes Schilf, o Woge rot, o Brüllen dumpf und schwer,
Da ihn du hast, schwarzdunkle See, was forderst
du noch mehr,
Mein Gram,
Noch mehr!

In dem ruhigen Mondlicht erscholl der Gesang mit seinem langsamen, schweren Tonfall, gesungen wie kein anderer Mann auf den Inseln ihn singen konnte, süß und seltsam, mehr als Worte es sagen können. Der glänzende Schimmer lag auf dem Wasser des Hafens und bewegte sich in wogenden Feuerlinien an den Ufersteinen entlang. Manchmal schnellte ein Fisch empor und warf ein Gekräusel blassen Goldes auf; oder eine Seenessel schwamm an die Oberfläche und drehte ihre blaue oder grünliche Kugel lebender Gallerte dem Mondglanz zu.

Der Mann im Wasser hielt plötzlich in seinem Treten an und lauschte gespannt. Dann umstrahlte von Neuem das phosphoreszierende Licht seine langsam sich bewegenden Schultern. Mit lauter-schallender Stimme erklang es nochmals:

Als fiel ins Schloss die Türe, schlug jede Wog' im Meer.
Der Türen Schlag hört er zuletzt, der fürder hört
nie mehr,
Mein Gram,
Nie mehr!

Ja, seine scharfen Ohren hatten vom Lande her den Gesang einer Stimme vernommen, die er kannte. Sanft und rein wie der Mondschein tönte Annes Lied herüber, während sie den Steig entlangging, der zum Hafen führte. Vergebens suchte sie sein wandernder Blick; sie war noch im Schatten, und zudem verdunkelte eine langsam treibende Wolke das Mondlicht. Als er den Blick wieder zurückwandte, drang ein erstickter Ausruf über seine Lippen. Keine Spur von Gloom Achanna war vorhanden. Er war geräuschlos vom Boot geglitten und war jetzt entweder hinter demselben oder er war hinuntergetaucht oder er schwamm unter Wasser in dieser oder jener Richtung. Wenn nur die Wolke vorbeisegeln wollte, murmelte Manus, während er sich für einen Angriff von unten oder von hinten in Bereitschaft hielt. Als die Dämmerung sich erhellte, schwamm er langsam auf das Boot zu und dann rasch rings um dasselbe herum. Niemand war da. Er stieg auf den Kiel und stand da, sich vornüber neigend wie einer, der beim Fackelschein Lachse sticht, seinen speerscharfen Bootshaken schwingend, weder unter sich noch weiter ab konnte er irgendeine Gestalt entdecken. Ein Flüsterruf zu Aulay MacNeill hinüber überzeugte ihn, dass auch der nichts sah. Gloom musste die Besinnung verloren haben und in die Tiefe gesunken sein, als er durch das Wasser glitt. Vielleicht huschten bereits die Katzenhaie um ihn her.

Hinter das Boot schwimmend stieß Manus es zum Kutter zurück. Es dauerte nicht lange, so hatte er mit MacNeills Hilfe die Jolle aufgerichtet. Ein Ruder war fortgetrieben, aber da eine Wrickkerbung am Heck war, schadete das nichts.

»Was sollen wir damit tun?«, murmelte er, als er endlich am Leichnam des Marcus stand. »Dies ist eine schlimme Nacht für uns, Aulay!«

»Schlimm ist's; aber lasst uns zusehen, dass es nicht schlimmer wird. Ich denke mir, wir sollten das Boot aufgegeben haben.«

»Und warum das?«

»Wir könnten sagen, dass Marcus Achanna und Gloom Achanna uns wieder verließen und dass wir nichts mehr von ihnen noch von unserm Boot sahen.«

MacCodrum überlegte eine Weile. Der Klang von Stimmen, der schwach übers Wasser hergetragen wurde, trieb ihn, sich zu entscheiden. Vermutlich redeten Anne und Donull, der Junge. Er glitt ins Boot und schnitt es mit einem Segelmesser an mehreren Stellen auf. Es lief voll, und beschwert durch das Gewicht eines großen Ballaststeines, den Aulay vorher seinem Gefährten gereicht hatte, und schaukelnd von einem Fußstoß des Letzteren, versank es.

»Wir wollen den ... den Mann da ... hinter der Ankerwinde unter dem Notsegel verbergen, bis wir draußen auf See sind, Aulay. Rasch, fass mit an!«

Es machte den beiden Männern nicht viel Mühe, den Leichnam aufzuheben und zu tun, wie Manus angedeutet hatte. Kaum waren sie damit fertig, so tönte Annes Stimme in silberhellem Ruf über das Wasser.

Mit totenblassem Gesicht und zitternden Gliedern stand MacCodrum da und hielt sich am Mast, während er mit einer lauten Stimme, die so fest und stark klang, dass Aulay MacNeill in seiner Furcht lächeln musste, fragte, ob die Achannas nun zurück seien; in dem Fall, fügte er hinzu, sollte Donull sofort herausrudern und sie zu ihm einsteigen, wenn sie kommen wollte.

Fast eine halbe Stunde verging noch, bis Anne nach der Luath hinausruderte. Sie war schließlich am Strand entlang nach einer Bucht gegangen, wo eines von Marcus' Booten vertäut war, und mit demselben zurückgekehrt. Nachdem sie Donull an Bord genommen hatte, legte sie die Strecke in aller Eile zurück, in Furcht, dass Gloom oder Marcus sie abschneiden könnten.

Sie hatte bald erzählt, wie sie der vergeblichen Anstrengungen Sheumais', sie zurückzuhalten, gespottet hatte und zum Hafen herabgekommen war. Als sie näherkam, hörte sie Manus singen und hatte daher selbst ein Lied angestimmt, von dem sie wusste, dass er es liebte. Dann war sie am Rande des Wassers auf Donull gestoßen, der gebunden und geknebelt auf seinem Rücken lag. Nachdem sie ihn befreit hatte, warteten sie, um zu sehen, was geschehen würde, aber da sie im Mondlicht nicht sehen konnten, dass irgendein kleines Boot unterwegs war – sei es nach dem Kutter oder von demselben zurück –, so hatte sie gerufen, um zu erfahren, ob Manus dort sei.

Er seinerseits sagte kurz, die beiden Achannas seien gekommen, um ihn zu überreden, dass er ohne sie absegelte. Auf seine Weigerung hätten sie sich wieder entfernt, indem sie Drohungen gegen sie sowohl als gegen ihn selbst ausstießen. Er habe ihre zankenden Stimmen gehört, als sie in die Finsternis hinausruderten, habe sie aber zuletzt nicht mehr sehen können, weil der Mond verdunkelt wurde.

»Und nun, Ann-mochree[9]«, fügte er hinzu, »willst du mit mir kommen, und zwar so wie du bist? Wahrlich, du wirst es nie bereuen, und du wirst alles haben, was du wünschest, so weit ich es geben kann. Lieb meines Herzens, sage, dass du mit in die Ferne ziehen willst in dieser Nacht der Nächte!

Beim Schwarzen Stein von Icolmkill schwör ich's und bei der Sonne und beim Mond und bei Ihm!«

»Ich vertraue dir, lieber Manus. Gewiss, es ist nichts für mich, in jenes Haus zurückzugehen nach dem, was getan und gesagt wurde. Ich gehe mit dir, jetzt und immerdar, Gott helfe uns.«

»Gut, teures Mädchen meines Herzens, dann heißt's von Eilanmore Abschied nehmen, denn bei dem Blut am Kreuz, ich werde niemals wieder dort landen!«

»Und das wird mir keinen Kummer machen, Manus; bei dir ist meine Heimat!«

Und so geschah's, dass meine Freundin Anne Gillespie Eilanmore verließ, um nach den Inseln des Westens zu ziehen.

Es war ein schönes Segeln im weißen Mondschein mit einer flüsternden Brise von achtern. Anne schmiegte sich an Manus und träumte ihren Traum. Donull, der Junge, saß schläfrig am Steuer. Vorn saß Aulay MacNeill, das Gesicht dem Mondschein im Westen zugewendet, in finsterem Brüten.

Obwohl kein Land mehr in Sicht war und Frieden herrschte inmitten der Tiefen der ruhigen Sterne und auf der See, lag der Schatten der Furcht auf dem Gesicht von Manus MacCodrum.

Der Anlass dazu hätte wohl der noch unbestattete Tote sein können, der unter dem Notsegel neben der Ankerwinde lag. Der tote Mann indessen erschreckte ihn nicht. Was klagend in seinem Herzen und seufzend und rufend in seinem Kopf sich regte, war ein schwaches, verhallendes Echo, das er gehört hatte, als die Luath langsam aus dem Hafen glitt. Ob vom Wasser oder von der Küste, konnte er nicht sagen, aber er hörte die wilde, phantastische Weise des Dan-nan-Ron, wie er sie in eben jener Nacht von der Feadan des Gloom Achanna gehört hatte.

Es war seine Hoffnung, dass seine Ohren ihn getäuscht hätten. Als er um sich schaute und die düstere Flamme in den Augen des Aulay MacNeill sah, der ihn aus der Dämmerung anstarrte, erlebte er das, was Oisin, der Sohn Fionns, in seinem Schmerz schrie: »Seine Seele schwamm in Nebel.«

Trotz all der üblen Vorzeichen ging in Annes Ehe mit Manus MacCodrum alles gut. Er war schweigsamer als ehedem, und die Leute mieden ihn eher, als dass sie ihn suchten; aber er war glücklich mit Anne und zufrieden mit seinen beiden Maaten, die jetzt Callum MacCodrum und Ranald MacRanald waren. Der junge Donull hatte sich verbessert, indem er zu einem Skye-Schiffer an Bord ging, der sein Verwandter war; und Aulay MacNeill hatte alle außer Manus überrascht, indem er als Matrose auf einem der Schiffe der Loch-Linie, die vom Clyde nach Australien segeln, in die Ferne ging.

Anne erfuhr niemals, was geschehen war, wiewohl es möglich ist, dass sie einen unbestimmten Argwohn hegte. Alles, was sie wusste, war, dass Marcus und Gloom Achanna verschwunden seien und dass man vermutete, sie wären ertrunken. Es gab jetzt keinen Achanna auf Eilanmore, denn Sheumais war von Entsetzen vor dem Ort und seiner Einsamkeit ergriffen worden. Sobald es allgemein zugestanden war, dass seine beiden Brüder nach der See hinausgetrieben und ertrunken sein müssten oder bestenfalls von irgendeinem ausgehenden Ozeanfahrer aufgelesen wären, verkaufte er die Farm auf dem Eiland und verließ Eilanmore für immer. All dies bestätigte das Gerede, das unter den Inselbewohnern des Westens ging – dass der alte Robert Achanna einen Fluch mit sich gebracht hätte. Missernte und Unglück hatte Eilanmore in den vielen Jahren, während er es besaß, über und über heimgesucht, und der Tod, manchmal ein tragischer oder geheimnisvoller, hatte sechs von seinen sieben Söhnen hingerafft, während der jüngste in seinen Zügen die »Dämmerung des Schattens« trug. Freilich, dass drei von den sechs tot waren, wusste niemand bestimmt, aber wenige glaubten für einen Augenblick an die Möglichkeit, dass Alastair und Marcus und Gloom am Leben wären. In der Nacht, als Anne mit Manus MacCodrum das Eiland verließ, hatte er, Sheumais, nichts gehört, was ihn beunruhigen konnte. Selbst als eine Stunde, nachdem sie zum Hafen hinabgegangen war, weder sie noch seine Brüder zurückgekehrt waren und die Luath in See gegangen war, hegte er keine Furcht vor irgendeinem Unglück. Offenbar waren Marcus und Gloom in dem Kutter fortgefahren, vielleicht in der Absicht, darauf zu sehen, dass das Mädchen durch einen Priester oder Geistlichen rechtsgültig getraut würde. Er hätte sich auf Tage hinaus wenig Sorge gemacht, nur dass sich in jener Nacht etwas Seltsames ereignete. Er war in das Haus zurückgekehrt, weil ihn ein Kälteschauer überkam und er zudem überzeugt war, dass alle mit der Luath abgesegelt seien. Er saß brütend beim Torffeuer, als er durch einen Laut an dem Hinterfenster des Zimmers aufgeschreckt wurde. Einige Takte einer vertrauten Weise schlugen schmerzvoll an sein Ohr, obwohl sie so leise gespielt wurden, dass sie nur eben hörbar waren. Was konnte es sein als der Dan-nan-Ron; und wer sollte den spielen als Gloom? Was bedeutete das? Vielleicht war es im Grunde nur Einbildung, und es war keine Feadan da draußen im Dunkeln. Er dachte darüber nach, als, immer noch leise, aber lauter und schärfer als zuvor, die Melodie stieg und fiel, die er hasste und die Gloom niemals in seinem Beisein spielte, die des Davsa-na-mairv, des Tanzes der Toten. Rasch und stumm stand er auf und durchquerte das Zimmer. In den dunklen Schatten, die von dem Kuhstall geworfen wurden, konnte er nichts sehen; aber die

Musik hörte auf. Er ging hinaus und suchte überall, fand aber niemand. Somit kehrte er zurück, nahm das heilige Buch herab und las langsam und mit erschrockenem Herzen, bis Friede über ihn kam, sanft und süß, wie die Wärme der Torfglut.

Aber was Anne anbelangt, so erfuhr sie niemals auch nur von diesem Anzeichen, dass einer der Totgeglaubten am Leben sein könnte, oder dass Gloom, wenn er tot wäre, noch einer schattenhaften Feadan ein wildes, seltsames Lied vom Grab entlocken könnte.

Als ein Monat nach dem andern verstrich und kein Anzeichen des Unglücks ihren Frieden störte, wurde Manus das Herz wieder leicht. Man hörte wieder seine Lieder, wenn er vom Fischfang zurückkam oder, seine Netze flickend, am Strand trödelte. Ein neues Glück war ihnen nahe, denn Anne ging mit einem Kinde. Freilich, es war auch Furcht dabei, denn die junge Frau war nicht wohlauf zu der Zeit, als ihre Prüfungsstunde nahte, und wurde täglich schwächer. Es kam ein Tag, an dem Manus nach Loch Boisdale auf Süd-Uist fahren musste; und es geschah mit Sorge und einer Art Vorahnung, dass er von Berneray im Sund von Harris, wo er lebte, fortsegelte. Es war die dritte Nacht, als er zurückkehrte. Katreen MacRanald, die Frau seines Maaten, kam ihm mit der Nachricht entgegen, dass Anne am Morgen nach seiner Abfahrt nach dem Priester gesendet hatte, der in Loch Maddy weilte, denn sie hatte das Nahen des Todes gefühlt. Noch an demselben Abend starb sie und nahm das Kind mit sich.

Manus hörte es an wie ein Träumender. Es war ihm, als ob die Flut in seinem Herzen ebbte und ein kalter, graupeliger Regen unaufhörlich herabfiele durch einen Nebel in seinem Hirn.

Kummer lastete schwer auf ihm. Nachdem sie, die er liebte, beerdigt war, wanderte er einsam hin und her; oft kreuzte er über die Enge und ging nach dem alten Piktischen Turm im Schatten von Ben Breac. Er mochte nicht in See gehn, sondern ließ seinen verwandten Callum mit der Luath tun, wie ihm beliebte.

Hin und wieder segelte Vater Allan MacNeill nordwärts, um ihn zu besuchen. Jedes Mal schied er trauriger. »Der Mann verliert den Verstand, fürchte ich«, sagte er zu Callum, das letzte Mal, als er Manus sah.

Die langen Sommernächte brachten den Inseln Ruhe und Schönheit. Es war ein gutes Heringsjahr, und der Fischfang beim Mondschein war ungewöhnlich ertragreich. All die Männer von Uist, die von der Ernte der See lebten, waren in ihren Booten, wenn sie irgend konnten. Der Pollack, der Katzenhai, die Ottern und die Robben samt ungezählten Schwärmen von Seevögeln nahmen Anteil an der allgemeinen Freude. Manus MacCodrum allein schenkte Hering oder Makrele keine Beachtung. Man sah ihn oft am Strand entlangschreiten, und mehr als einmal hatte man ihn lachen hören. Manchmal ward er auch bei niedrigem Wasserstand auf dem großen Riff von Berneray angetroffen, wo er wilde, seltsame Runen und Lieder sang oder finster brütend auf einem Felsen kauerte.

Der Hochsommermonat fand niemand auf Berneray als MacCodrum, den Reverend Mr. Black, Geistlichen der Freikirche, und einen alten Mann namens Anndra McJan. In der Nacht vor dem letzten Tag des mittleren Monats wurde Anndra vom Geistlichen getadelt, weil er sagte, er hätte einen Mann aus einem der Gräber auf dem Kirchhof aufsteigen und sich an den Steinmauern entlang nach Balnahunnur-samona (d. h. »die einsame Farm am Hügelhang«) stehlen sehen, wo Manus MacCodrum lebte.

»Die Toten stehn nicht auf und wandeln, Anndra.«

»Das mag sein, Maighstir[10]; aber es kann der Wächter der Toten gewesen sein. Gewiss, es sind keine drei Wochen, seit Padruic McAlistair unter den grünen Hügel gelegt wurde. Er wird sich nach einem andern umsehen, der seinen Platz einnimmt.«

»Unsinn, Mann; das ist ein alter Aberglaube. Die Toten stehn nicht auf und wandeln, sag ich dir.«

»Sie mögen recht haben, Maighstir; aber ich hörte dies von meinem Vater, der alt war, bevor Sie jung waren, und von seinem Vater vor ihm. Wenn der zuletzt Bestattete es müde ist, der Wächter der Toten zu sein, so geht er herum von Ort zu Ort, bis er Mann, Weib oder Kind mit dem Todesschatten in den Augen sieht, und dann geht er zu seinem Grab zurück und legt sich zufrieden nieder, denn seine Wacht wird bald vorüber sein.«

Der Geistliche lachte über die Narrheit und ging in sein Haus, um sich zum Gottesdienst, der am folgenden Tag stattfinden sollte, zu rüsten. Der alte Anndra indessen war unruhig. Nach der Suppe ging er durch das Zwielicht nach Balnahunnur-sa-mona hinab. Er gedachte hineinzugehen und Manus MacCodrum zu warnen. Aber als er zur westlichen Wand gelangte und nahe an das offene Fenster trat, hörte er Manus mit lauter Stimme reden, obwohl er allein im Zimmer war.

»B'ionganntach do ghradh dhomhsa, a'toirt barrachd air ghradh nam ban! ...« (d. h. »Deine Liebe zu mir war wunderbar, sonderlicher denn Frauenliebe«).

Dies schrie Manus mit einer Stimme, die vor Pein bebte. Anndra blieb lautlos stehen; er fürchtete sich, einzudringen, er fürchtete auch vielleicht, dort neben MacCodrum einen zu sehen, den Menschenaugen nicht sehen sollten. Dann erhob sich die Stimme zu einem Schrei der Seelenqual.

»Aoram dhuit, ay an deigh dhomh fas aosda!« (d. h. »Ich werde dich anbeten, immer, auch nachdem ich alt geworden bin«).

Da grauste es Anndra vor längerem Verweilen. Als er an dem Kuhstall vorüberging, fuhr er zurück, denn er glaubte den Schatten eines Mannes zu sehen. Als er schärfer hinblickte, konnte er nichts sehen, und ging so zitternd und fassungslos seines Weges.

Es war Dämmerung, als Manus heraustrat. Er sah, dass es eine wolkendunkle Nacht sein würde, und vielleicht war es das, was ihn nach kurzer Zeit veranlasste, auf seiner ziellosen Wanderung umzukehren und zum Haus zurückzugehn. Er saß vor dem Torfhaufen, aus dessen Innern die Flammen schlugen, und brütete über seinem Schmerz; da plötzlich sprang er auf seine Füße.

Laut und klar, und nahe, als würden sie dicht unter dem Fenster des Zimmers gespielt, erklangen die kalten, reinen Töne einer Haferflöte. Ach, nur zu gut kannte er diese wildphantastische Weise. Wer konnte es sein als Gloom Achanna, der auf seiner Feadan spielte; und welches Lied von allen Liedern konnte das sein als der Dan-nan-Ron?

War es der Tote, der dort unsichtbar im Schatten des Grabes stand? War Marcus an seiner Seite – Marcus mit dem Messer, das noch bis zum Heft in ihm stak, und dem Lungenschaum auf seinen Lippen? Kann die See ihre Toten wiedergeben? Kann es dort das Lied einer Feadan geben, die jemals von Menschen gemacht wurde – dort in dem Schweigen?

Umsonst zermarterte so Manus MacCodrum sich selbst. Zu gut wusste er, dass er den Dan-nan-Ron gehört hatte und dass kein andrer als Gloom Achanna der Spielmann war.

Plötzlich schüttelte ihn ein Wutanfall bis zur Raserei. Mit schroffer Steigung schwang sich die Melodie hinüber zum

Davsa-na-mairv und von dort nach wenigen Sekunden und in einem Augenblick zu jenem geheimnisvollen und fürchterlichen Codhail-nan-Pairtean, den niemand als Gloom spielte.

Jetzt war jeder Irrtum ausgeschlossen, auch hinsichtlich dessen, was mit der murmelnden, hüpfenden Weise der »Versammlung der Krabben« gemeint war.

Mit einem wilden Schrei riss Manus einen langen Dolch von seinem Platz am Kamin und stürzte hinaus.

Nicht einmal der Schatten einer Seemöwe war da vorn; so eilte er am Kuhstall herum. Aber auch dort war nichts Ungewöhnliches zu entdecken.

»Leid kommt über mich«, rief er; »Mann oder Gespenst, ich will es auf den Dolch spießen!«

Aber niemand war da, nichts; nicht ein Laut.

Da endlich ließ MacCodrum seine Arme schlaff herabsinken, wendete sich ab und ging wieder ins Haus. Ihm fiel ein, was Gloom Achanna gesagt hatte: *»Du wirst den Dan-nan-Ron hören in der Nacht, bevor du stirbst, Manus MacCodrum, und damit du nicht daran zweifelst, wirst du ihn wieder hören in deiner Todesstunde.«*

Drei Stunden lang entfernte er sich nicht vom Feuer; dann stand er auf, ging nach seinem Bett hinüber und legte sich nieder, ohne sich auszukleiden.

Er schlief nicht, sondern lag lauschend und wachend da. Der Torf brannte niedrig und warf schließlich kaum ein Flackern über den Estrich. Draußen konnte er den Wind auf der See wehklagen hören. An einem seltsamen, rauschenden Ton erkannte er, dass die Flut über dem großen Riff, das von Berneray sich hinausstreckt, ebbte. Gegen Mitternacht waren die Wolken verschwunden. Der Mond schien voll und klar. Als er die Uhr in ihrem wurmzerfressenen, gebrechlichen Gehäuse schlagen hörte, richtete er sich auf und lauschte gespannt. Nichts war zu hören. Kein Schatten regte sich. Gewiss, wenn das Gespenst des Gloom Achanna auf ihn wartete, so würde es irgendein Zeichen geben, jetzt, in der Totenstille der Nacht.

Eine Stunde verstrich. Manus erhob sich, ging auf Zehenspitzen durchs Zimmer und öffnete lautlos die Tür. Der salzige Wind blies ihm frisch ins Gesicht. Der Duft des Strandes, des nassen Seetangs und der scharfen Sumpfmyrte, des Schaums und des wogenden Wassers, drang süß an seine Nüstern. Er hörte eine braune Möwe vom Felsenvorsprung rufen. Von den Halden im Hintergrund ertönte ins Herz schneidend die Klage eines im Mondlicht ruhelos hin und her flatternden Kiebitzes.

Kauernd und mit langsamem, schleichendem Schritt stahl er sich an der seewärts gelegenen Mauer herum. Am Deich blieb er stehen und ließ den spähenden Blick auf beiden Seiten an ihm hingleiten. Er konnte mehrere hundert Yards (d. h. Ellen) weit sehen, und da war nicht einmal ein Schutz suchendes Schaf. Dann kroch er, lautlos wie stets, nach dem Kuhstall. Er legte sein Ohr an eine Spalte nach der andern; aber nicht einmal das Schwanken eines Schattens. Selbst einem Schatten gleichend, flog er leicht am Heuschober vorbei nach der Vorderseite; dann öffnete er mit raschen Seitenblicken nach rechts und links die Tür und trat ein. Als er es tat, blieb er stehn, wie erstarrt. Sicherlich, dachte er, das war ein Schall wie von einem Schritt, da draußen beim Heuschober. Ein Schreck fasste nach seinem Herzen, vorn die Dunkelheit des Stalls mit Gott weiß welchem Schrecknis, das ihn erwartete; hinten ein geheimnisvoller Nachtwandler, eilig, ihn unversehens zu packen. Das Zittern, das über ihn kam, war fast überwältigend. Endlich bewegte er sich mit großer Anstrengung auf die Leiste zu, wo er eine Kerze aufbewahrte. Mit unsicherer Hand zündete er Licht an. Der leere Stall sah in dem flackernden Halbdunkel geisterhaft und schaurig aus. Aber da war niemand, nichts. Er war im Begriff, sich umzuwenden, als eine Ratte an einem freihängenden Balken entlanglief und ihn oder den gelben Lichtschein anstarrte. Er sah ihre schwarzen Augen leuchten wie Torfwasser im Mondlicht.

Die Kreatur war zuerst neugierig, dann gleichgültig, wenigstens begann sie zu quieken und dann mit ihren Vorderpfoten rasch zu kratzen. Ein- oder zweimal ertönte ein Quieken als Antwort; ein schwaches Rascheln wurde hier und dort unter dem Stroh hörbar.

Mit einem plötzlichen Satz ergriff Manus das Tier. In derselben Sekunde, in der er es zu seinem Mund hob und seinen Rücken mit seinen starken Zähnen quetschte, biss es ihn fürchterlich. Er ließ seine Hände herabfallen und tastete ziellos in der Dunkelheit umher. Mit gesenktem Kopf schüttelte er das letzte Leben aus der Ratte, indem er sie mit zurückgezerrten Lippen in seinen Vorderzähnen hielt. Im nächsten Augenblick ließ er das tote Tier fallen, trampelte darauf und brach in ein Gelächter aus. Da gab es ein Dahinfegen von trippelnden Füßen, ein Rascheln des Strohs. Dann wieder Schweigen. Ein Luftzug von der Tür hatte die Flamme erfasst und sie ausgelöscht. In dem Schweigen und der Finsternis stand MacCodrum da, gespannt, aber nicht mehr bange. Er lachte wieder, weil es so leicht war, mit den Zähnen zu töten. Der Laut seines Gelächters schien ihm hierher und dorthin zu springen, wie ein schattenhafter Affe. Er konnte ihn sehn: etwas Schwarzes in der Dunkelheit. Nochmals lachte er. Es machte ihm Spaß, das Ding zu sehn, das in dieser Weise herumsprang.

Plötzlich drehte er sich um und trat hinaus in den Mondschein. Der Kiebitz kreiste noch wehklagend umher. Er verspottete ihn mit lautem, schrillem pi-wity, pi-wity, pi-wit. Der Vogel flatterte launisch und beunruhigt; sein jäher Schrei und tanzender Flug erweckte seine Gefährten. Die Luft war voll von dem kläglichen Geschrei der Regenpfeifer.

Ein Sausen strich von der See landeinwärts. Manus atmete seinen Hauch mit einem Seufzer der Wonne ein. Eine Leidenschaft für die strömende Woge erfasste ihn. Er sehnte sich danach, zu fühlen, wie grünes Wasser an seiner Brust sich brach. Zudem spürte er schließlich Durst und Hunger, obwohl er den ganzen Tag nichts davon gespürt hatte. Wie kühl und süß, dachte er, würde ein silbergrauer Schellfisch oder auch ein braunrückiger Liath sein, lebend und feucht schimmernd von dem Seewasser, das noch in seinen Kiemen sprudelte. Er würde sich winden, ganz wie die Ratte; aber wie würde er dann seinen Kopf zurückwerfen und das glitzernde Ding hinauf in den Mondschein schleudern, es beim Niederwirbeln auffangen, gerade wenn es sich der Woge näherte, auf deren Kamm er war, und dann es verschlingen mit raschen, gierigen Schlucken!

Mit eiligen, stolpernden Schritten ging er an der Landseite der kleinen, strohgedeckten Hütte entlang. Er wollte eben eintreten, als er bemerkte, dass die Tür, die er halb offengelassen hatte, geschlossen war. Er schlich ans Fenster und blickte hinein.

Ein einziger schwacher, schwankender Mondstrahl flackerte im Zimmer. Aber die Flamme im Innern des Torfhaufens hatte sich durch die Asche ihren Weg gebahnt, und jetzt war eine matte Glut da, obwohl dieselbe im Ersticken war und kaum mehr als einen Schimmer in den Raum warf.

Es war jedoch Licht genug für Manus MacCodrum, um zu sehen, dass ein Mann auf dem dreibeinigen Stuhl vor dem Feuer saß. Sein Haupt war geneigt, als lauschte er. Sein Gesicht war vom Fenster abgekehrt. Es war sein eigenes Gespenst – natürlich –, davon fühlte Manus sich überzeugt. Was machte es da? Vielleicht hatte es das Heilige Buch aufgegessen, sodass es davor sicher war, dass er es mit einem Rosad[11] belegte! Bei dem Gedanken lachte er laut. Der Schattenmann sprang auf seine Füße.

Im nächsten Augenblick schwang sich MacCodrum auf das Strohdach und klomm von Seil zu Seil, wo diese die großen Steine festhielten, die zur Beschwerung des Daches gegen die Wut der Stürme dienten. Einen Stein nach dem andern riss er aus seiner Befestigung und schleuderte ihn auf den Boden, über und vor die Tür. Dann begann er mit zerrenden Händen eine Öffnung in das Dach zu graben. Während der ganzen Zeit wimmerte er wie ein Tier.

Er freute sich, dass der Mond voll auf ihn schien. Wenn er ein genügend großes Loch gemacht hätte, würde er das böse Wesen aus dem Grab sehen, das in seinem Zimmer saß, und würde es zu Tode steinigen.

Plötzlich wurde er still. Ein kalter Schweiß brach ihm aus. Das *Ding*, mochte es sein eignes Gespenst oder der Geist seines toten Feindes oder Gloom Achanna selbst sein, hatte begonnen, leise und langsam eine wilde Weise zu spielen. Es gibt keine Musik, so schneidend kalt wie die der Feadan! Zu gut kannte er sie und diese kühlen, reinen Töne, die in der Dunkelheit sich hin und her bewegten wie Schneeflocken. Und was die Melodie angeht – wenn er bis zum jüngsten Gericht schliefe und mitten in all dem Geschrei von Himmel und Hölle nur einen Ton von ihr hörte, gewiss, er würde aufkreischen wegen des Dan-nan-Ron.

Der Dan-nan-Ron! Die Roin! Die Robben! Ach, was tat er hier, auf dem bitter-lästigen Land! Da draußen war die See. Sicher würde er sein in den grünen Wogen.

Mit einem Sprung war er auf der Erde. Er ergriff einen ungeheuren Stein und schleuderte ihn durch das Fenster. Dann floh er lachend und kreischend dem großen Riff zu, an dessen Seiten mit glitzernd weißem Schaum die Ebbe gurgelte und schluchzte.

Er hörte auf zu kreischen oder zu lachen, als er hinter sich den Dan-nan-Ron hörte, schwach, aber ihm folgend; sicher, folgend. Vornübergeneigt rannte er auf die Felsenkanten zu, von denen das Riff ausging.

Als er endlich die äußerste Kante erreichte, blieb er angewurzelt stehen. Draußen auf dem Riff sah er zehn bis zwanzig Robben, von denen die einen hin und her schwammen, andere ans Riff sich klammerten, eine oder zwei die runden Köpfe gegen den Mond erhoben und einen seltsamen bellenden Ton ausstießen. An einer Stelle sah er ein Wogen gepeitschten Wassers. Zwei Bullen kämpften auf Leben und Tod.

Mit raschen, verstohlenen Bewegungen entkleidete sich Manus. Die Feuchtigkeit hatte die ledernen Riemen seiner Schuhe aufgeweicht, und er knurrte mit gekräuselter Lippe, als er an ihnen zog. Er leuchtete weiß im Mondschein, war aber vor der See geschützt durch die Kante, hinter der er kauerte. »Was meinte Gloom Achanna damit?«, murmelte er wild, als er hörte, wie die sich nähernde Weise in den »Tanz der Toten« überging. Für einen Augenblick war Manus wieder ein Mann. Er war nahe daran, sich umzuwenden und seinen Feind ins Auge zu fassen, sei er Leichnam oder Gespenst oder lebender Leib, gegen dieses Wesen anzuspringen, das ihm folgte, und es mit Händen und Zähnen zu zerreißen. Da stahl sich wieder der verhasste Sang der Robbe spottend durch die Nacht.

Mit einem Schauer glitt er in das dunkle Wasser. Mit raschen, kraftvollen Stößen gelangte er dann in die mondbestrahlte Flut und, schwer gegen sie anschwimmend, hinaus an die Leeseite des Riffs.

So gespannt betrachteten die Robben den Kampf der beiden großen Bullen, dass sie den Schwimmer nicht sahen oder, wenn sie ihn sahen, ihn für einen von ihrem eigenen Volk hielten. Sie stießen ein wildes Knurren und Bellen und halbmenschenähnliche Schreie aus. Manus war so nahe, dass er den nächsten fast berühren konnte, als einer der Kämpfer tot, mit aufgerissener Kehle, versank. Der Sieger klomm auf das Riff und richtete sich hoch empor, indem er sein mächtiges Haupt und die Schultern hin und her wiegte. Im Mondlicht glichen seine weißen Hauer roten Korallen. Seine geblendeten Augen trieften von Blut.

Es gab ein Stürzen, ein schnelles Springen und Wirbeln, als Manus auf der Woge zwischen die Robben trieb, die den Platz umschwammen, wo der erschlagene Bulle versunken war.

Das Gelächter dieser langen, weißen Robbe erschreckte sie.

Als sein Knie gegen einen Fels stieß, tappte MacCodrum mit seinen Armen und klomm aus dem Wasser.

Von Fels zu Fels und Kante zu Kante stieg er mit phantastischer, tanzender Bewegung, während sein Leib schaumweiß im Mondschein erglänzte.

Während er auf den von Seekraut bedeckten Graten entlangstolzierte und wanderte, sang er Bruchstücke eines alten Runenliedes – der verlorenen Rune der MacCodrums von Uist. Die Robben auf den Felsen kauerten im Zauberbann; jene, welche langsam im Wasser schwammen, starrten mit den braunen Augen, ohne zu blinzeln, während sie mit ihren kleinen Ohren gespannt den Tönen zuhörten:

Ich bin es, Manus MacCodrum.
Ich sage euch das, dir, Anndra, mein Blutsverwandter,
Und dir, Neil, mein Großvater, und dir, und dir,
    und dir!
Ja, ja, Manus ist mein Name, Manus MacManus!
Ich selbst bin's und kein andrer,
Euer Bruder, o Robben der See!
Gebt mir Blut vom Rotfisch
Und einen Biss vom fliegenden Sgadan;
Die grüne Woge auf meinen Bauch
Und den Schaum in meine Augen!
Ich bin euer Bruderbull, o Bullen der See,
Ein bessrer Bull als einer von euch,
    ihr knurrenden Bullen!
Komm zu mir, Gesell, Robbe mit weichem Pelzleib,
Weiß bin ich noch, doch rot werd' ich sein;
Rot von strömendem roten Blut, wenn einer
    mich angreift!
Aoh, Aoh, Aoh, aro, aro, ho-ro!
Ich war ein Mann, nun bin ich Robbe,
Gelben Schaum von den Lippen schütteln
    meine Hauer;
Gebt Raum mir, gebt Raum mir, Robben der See;
Gebt Raum, denn ich bin ein Verlobter der See,
Und dort seh ich die Seejungfrau,
Und mein Name, fürwahr, ist Manus MacCodrum,
Der Robbenbulle, der einst ein Mann war, Ara, Ara!

Mittlerweile stand er dicht neben der großen, schwarzen Robbe, die noch eintönig ihr blutiges Haupt wiegte, während ihre blinden Augen hin und her rollten. Das Seevolk schien fasziniert. Keiner regte sich, selbst wenn der Tänzer im Mondschein auf sie trat.

Als er auf Armlänge heran war, blieb er stehen.

»Bist du der Ceann Cinnidh?«, schrie er. »Bist du der Häuptling dieses Clans vom Seevolk?«

Das ungeheure Tier hörte auf sich zu wiegen. Seine gekräuselten Lippen legten die Hauer bloß.

»Sprich, Robbe, wenn kein Fluch auf dir liegt! Könnte wohl sein, dass du Anndra selbst bist, der Bruder meines Vaters! Sprich! St! – hörst du jene Musik am Strand? Es ist der Dan-nan-Ron! Tod meiner Seele, es ist der Dan-nan-Ron! Aha, 's ist Gloom Achanna, der dem Grab entstieg. Zurück, du Vieh, und lass mich weitergehen!«

Damit schlug er den großen Bullen, da er sah, dass dieser sich nicht rührte, mit geballter Faust voll ins Gesicht. Ein heiseres, würgendes Gebrüll antwortete, und der Robbenkämpe stürzte sich auf ihn mit zerfleischenden Hauern.

Manus schwankte hin und her. Alles, was er jetzt hören konnte, waren die knurrenden, brummenden und würgenden Schreie der rasenden Robben. Als er fiel, stürzten sie über ihn her. Seine Kreischlaute wirbelten durch die Nacht wie tolle Vögel. Mit der Wut der Verzweiflung rang er, um sich zu befreien. Doch der große Bulle heftete ihn an den Felsen; ein Dutzend andere zerrten an seinem weißen Fleisch, bis sein spritzendes Blut im weißen Schein des Mondes die Felsen scharlachrot färbte.

Einige Sekunden kämpfte er noch wild, mit Zähnen und Händen wütend. Nur einmal brach ein wilder Schrei von seinen Lippen: als vom Strandende des Riffs laut und klar die Melodie seiner Schicksalsrune herübertönte.

Im nächsten Augenblick wurde er herabgerissen und vom Riff in die See geschleift. Als der zerfleischte und zerstückelte Körper dem Blick entschwand, befand er sich inmitten eines siedenden Gewoges springender und kämpfender Robben, deren Augen wild blickten in Wut und Schrecken, deren Hauer gerötet waren von Menschenblut.

Und Gloom Achanna wandte sich vom Riff und schritt rasch landeinwärts, leise auf seiner Feadan spielend, als er davonging.

Am Gelben Mondfels

Rory MacAlpine, der Pfeifer, war zu der großen Hochzeit auf der Farm seines Verwandten, Donald Macalister, das Tal hinabgekommen. Jeder Mann und jede Frau, jeder Bursche und jedes Mädchen, das mit Recht oder Unrecht zu dem großen Tanz in den Scheunen kommen konnte, war dort zu sehen; aber niemand, der tanzte, bis er oder sie nicht mehr tanzen konnte, hatte ein anstrengenderes Vergnügen als Rory mit seinem Dudelsack. Tänze und Weisen, die jedermann kannte, wichen schließlich wilderen Tänzen und berauschenderen Weisen, die niemand je zuvor gehört hatte … und wie sollten sie auch, waren es doch der Bergwind und der Gießbach und das Stöhnen der Fichten, die in Rorys Seele frei geworden waren, ohne dass er irgend mehr davon wusste als ein Blatt, das auf dem gelben Wind dahinsegelt. Aber zuletzt hatten weder Mann, Weib, Bursche oder Mädchen noch Rory selbst mehr Kraft, um Atem zu holen, wie man sagt. Die Sterne schienen kalt und still auf die Schatten, die schweigend forteilten oder langsam nach den fernen Behausungen stolperten. Rory selbst ging ruhig mit seinem Verwandten fort nach dem Wetterende der Farm hinter die Scheunen und lag, schwer schnarchend, auf einer Matratze auf dem Fußboden eines großen, leeren Zimmers, lange bevor Donald Macalister einen Riegel durch das Scheunentor des Festgemachs geschoben hatte und um das finstere Haus herumgegangen war, wo ein einzelnes Licht ihm zu seiner neuen Freude den Willkomm bot.

Eine Stunde nach Mitternacht erwachte Rory mit einem Ruck. »Eine Flut von einem Kopfweh wäre über ihn gekommen«, murmelte er, indem er sich halb erhob und am Fußboden ein Zündhölzchen anstrich. Da er sah, dass er noch in seinem stattlichen Anzug war und sich »ganz so wie er war« niedergelegt hatte, und da er sich zugleich an alles erinnerte, was sich zugetragen hatte, und an den Platz, an dem er sich befand, so wunderte er sich, was ihn erweckt hätte.

Jetzt, wo er daran dachte, fiel ihm ein, er hatte Musik gehört; ja, ganz sicher, Musik … trotzdem es so spät und nachdem jedermann heimgegangen war. Was war es nur? Es war nicht irgendeines von seinen eigenen Liedern noch irgendeine Weise, die er kannte. Er musste geträumt haben, dass sie über weite, einsame Moore kam und ein Seufzen und ein Lachen und einen jähen Schrei in sich hatte.

Ihn fror. Das Fenster stand offen. Das war eine einfältige, rücksichtslose Art von Donald Macalister, wo er noch dazu nüchtern war, wie immer, auch wenn er einen tiefen Trunk tat; in einer Frostnacht gleich dieser konnte auf dem Rücken eines Schattens der Tod hineingleiten und einem sein Flüsterwort ins Ohr sprechen, bevor man sich dem Fremden zu Ehren erheben konnte.

Er richtete sich strauchelnd auf und schloss das Fenster. Dann legte er sich wieder nieder und war schon beinahe eingeschlafen und schwankte verworren zwischen einem alten Gebet, das in seiner Seele emporstieg wie eine versunkene

Spiere über einer Woge, und der Frage, ob er der Witwe Sheen ein Päckchen großer, dicker Sabbat-Pfefferminze oder eine gute, schwere Rolle Tabak mitbringen sollte, und zwischen einer seltsam-köstlichen Erinnerung an Donald Macalisters Gebräu aus Rum und Zitronen mit einem Schuss alten Brandys darin – da hörte er wieder jene klagende, phantastische, kleine Melodie und setzte sich aufrecht; Schweiß bedeckte seine Stirn.

Der Schweiß war da, nicht allein wegen des bisschen schwacher Musik, das er hörte – und es war noch dazu dieselbe, die er zuvor gehört hatte –, sondern weil das Fenster wieder weit offen stand, obwohl der Raum so schwer voll Schweigen lag, dass der Pulsschlag seines Herzens einen Lärm machte wie eine springende Ratte.

Rory saß da, so still, als ob er tot wäre, und starrte nach dem Fenster. Er konnte nicht ausmachen, ob die Musik schwach war, weil sie so weit entfernt war, oder weil sie leise, wie eines Kindes Spiel, dicht unter der Fensterbrüstung gespielt wurde.

Er war ein großer, starker Mann, aber er neigte sich und schwankte wie die Flamme einer träufelnden Kerze, als er langsam die Wanderung von der Matratze nach dem Fenster antrat. Jetzt konnte er das Spiel ganz deutlich hören. Es glich dem schönen, süßen Lied »Bride bhoidheach muime Chriosda«[12], aber der heilige Friede fehlte darin, und ein leises, böses, verstecktes Lachen schlug wie ein Fittich gegen den gesegneten Namen von Christi Pflegemutter. Und wenn es eben noch unter dem Fenster erklang, so war es plötzlich fern; und wenn es fern war, so mochte doch der letzte kreisende Kiebitzruf an sein Ohr schlagen wie eine segelnde Fledermaus.

Als er hinausblickte und fühlte, wie die kalte Nacht sich auf seine Haut legte, konnte er nicht sehen, weil er zu gut sah. Er sah, wie die Gestade des Himmels mit tanzenden Lichtern sich füllten und wie das große Leuchtfeuer des Mondes einen schaumweißen Strom durch die zarten Frostnebel sendete, die zu dünn waren, um gesehen zu werden, und nur den Sternen die scharfen Kanten nahmen oder zuweilen dieselben in plötzlichem Glanze wie gemeißelt erscheinen ließen. Er glich einem Mann in einem segel- und steuerlosen Boot, der nach dem Himmel sah, weil er mit dem Gesicht nach oben lag und es nicht wagte, sich niederzubeugen und in das dunkle, gleitende Wasser längsseit hinabzusehen.

Er sah ferner die hornähnliche Krümmung des Tom-nashee schwarz gegen die Bläue sich abheben, und sah den tintenfarbenen Streifen von Dalmonadh-Moor jenseits der buschigen Masse der Dalibrog-Wälder und die nahen Wiesen, wo quiekend ein Häschen herumsprang, und dann den kahlen Garten mit zackigen Stachelbeerbüschen, die mageren, buckligen, verlorenen Schafen glichen, und endlich den weißen Kiesweg, eingerahmt von den welken Wurzeln der Nelken und Aberrauten.

Dann wendete er den Blick von all diesen großen und kleinen Dingen auf den Boden unter dem Fenster. Da war nichts. Da war kein Laut. Nicht einmal in weiter Ferne konnte er irgendeine schwache, teuflische Musik hören. Wenigstens – –

Rory schloss das Fenster, ging zu seiner Matratze zurück und legte sich nieder.

»Bei Sonn' und Wind«, rief er aus, »heutzutage kommt die Furcht über einen Mann, wie eine Erkältung in seinen Kopf kommt, wenn es Tauwetter gibt.«

Dann legte er sich hin und pfiff einen lustigen Rundgesang. Fürwahr, dachte er, beim Morgengrauen wollte er aufstehen und jenen Durst, den er spürte, in dem, was ihm gerade zuerst zur Hand kam, ertränken.

Plötzlich hörte er auf zu pfeifen, und zwar am Anfang einer steigenden Tonfolge. Im Augenblick war der Raum wieder voll alten Schweigens.

Rory wendete langsam sein Haupt. Das Fenster stand weit offen.

Ein Schluchzen erstarb in seiner Kehle. Er legte seine Hände an seinen trocknen Mund; die Haut war nass vom Schweiß auf seinem Gesicht.

Bleich und zitternd erhob er sich und ging festen Schrittes an das Fenster. Er sah hinaus und hinab; da war niemand, nichts.

Er rückte den zerrissenen Rohrstuhl an die Brüstung und saß dort, schweigend und hoffnungslos.

Bald fielen dicke Tränen, eine nach der anderen, langsam über sein Gesicht herab. Jetzt verstand er. Sein Herz füllte sich mit schwermütig-bitterem Gram bis zum Rand, und das war's, weshalb die Tränen fielen.

Es war seine Stunde, die gekommen war und das Fenster geöffnet hatte.

Ihn fror, und er war so schwach von Hunger und schlaff von Durst, als hätte er in Tagen statt in Stunden nicht ein Glas an seine Lippen oder einen Bissen zu seinem Mund geführt; aber trotz alledem fühlte er sich nicht krank, und er wunderte sich und wunderte sich, warum er so bald sterben sollte, wo er doch so hübsch und stattlich war und unverheiratet dazu und jetzt Mädchen kannte, die so eifrig hinter ihm her waren wie Forellen hinter einer Maifliege.

Und nach einer Weile begann Rory zu träumen von jener großen Schönheit, die ihn in seinen Träumen beunruhigt hatte; und während er an sie dachte und an das schöne, süße Wunderwesen von Frau, die damit geziert war, sie, die er im Mondschein auf dem gelben Fels hatte sitzen sehen, hörte er wieder das lachende und kreischende Fallen und Steigen jenes nahen und fernen Liedes. Aber jetzt beunruhigte es ihn nicht mehr.

Er beugte sich nieder und schwang sich aus dem Fenster, und bei dem Geräusch, das seine Füße auf dem Kies machten, bellte ein Hund. Er sah einen weißen Hund schnell über das Weideland, das vor ihm lag, hinsausen. In einem Augenblick war er verschwunden, so schnell lief er. Er hörte ein zweites Bellen und wusste, dass es von dem alten Jagdhund im Hundestall herrührte. Er wunderte sich, wo jener weiße Hund, den er gesehen hatte, hergekommen wäre und wohin er ginge, und so schweigend und weiß und schnell wie ein Mondstrahl, mit gesenktem Kopf einer sicheren Fährte nachspürend.

Er legte seine Hand auf das Fensterbrett und stieg wieder ins Zimmer, hob den Dudelsack auf, den er oder Donald Macalister neben der Matratze hingeworfen hatte, und glitt wieder, aber verstohlen, zum Fenster hinaus.

Rory ging zu dem Jagdhund und sprach zu ihm. Die Dogge winselte, bellte aber nicht mehr. Als der Pfeifer weiterging und etwa zwanzig Ellen zurückgelegt hatte, warf der alte Hund seinen Kopf empor und stieß Geheul über Geheul aus, langgezogen und klagend. Der Ruf ging von Gehöft zu Gehöft, Meilen und Meilen weit antworteten die Farmhunde.

Vielleicht geschah es, um ihren Lärm zu übertäuben, dass Rory an seinen Pfeifen zu tasten begann und endlich ein langes Brummen gleich einem großen, summenden Maikäfer in die blaue, frostige Stille der Nacht hinausgehen ließ. Die Kätner am Moor-Rand hörten seine Kriegsmusik, als er schnell die Straße entlangschritt, die ins Dalmonadh-Moor führt. Einigen kam sie unheimlich vor; einige dachten, dass einer der Pfeifer seinen Weg verloren hätte oder früh aufgebrochen sei; einer oder zwei wunderten sich, ob Rory M'Alpine bereits unterwegs sei, wie ein Hase, der es nicht lange in derselben Lage aushalten kann.

Das letzte Haus war das des Wildhüters in Dalmo-nadh-Toll, wie es damals noch genannt wurde. Duncan Grant erzählte am nächsten Tag, dass er durch das Gekreisch des Dudelsackes erweckt wurde und an der prächtigen, meisterhaften Art, in der Brummer und Singer ihre Töne hervorbrachten, ihn als den Rory M'Alpines erkannte, zugleich auch daran, dass jene Musik der gewaltige, wilde, fürchterliche Tanz war, den Rory zuletzt in den Kuhställen gespielt hatte, jener, den er »den Tanz der Tochter Ivors« genannt hatte.

»Dabei«, fügte er hinzu, jedes Mal, wenn er die Geschichte erzählte, »stand ich auf und öffnete das Fenster und rief M'Alpine an. ›Rory‹, schrie ich, ›sind Sie es?‹

›Ja‹, sagte er, indem er kurz stehen blieb und auf dem Dudelsack einen hohen Ton blies. ›Ja, ich bin's und kein andrer, Duncan Grant.‹

›Ich dachte, Sie würden gesund in Dalibrog schlafen?‹

Aber Rory gab darauf keine Antwort und schritt weiter. Ich rief ihm auf Englisch nach: ›Gehn Sie nicht hinaus ins Moor, Rory! Kommen Sie herein, Mann, und nehmen Sie einen Schluck heiße Suppe und einen Mundvoll dazu.‹ Aber er wendete gar nicht den Kopf; und da es kalt und dunkel war, sagte ich so für mich, dass Narren, die kaum einen Pfifferling wert sind, ihren eigenen Weg gehen müssen, und so drehte ich mich um und ging wieder in mein Bett, aber ich konnte kein Auge zumachen, solang ich Rory spielen hörte.«

Aber Duncan Grant war nicht der letzte, der den »Tanz der Tochter Ivors« hörte.

Eine Meile oder tiefer in Dalmonadh-Moor hinein gabelt sich die von Heidekraut überwucherte Straße. Der eine Weg ist der Fahrweg nach Balnaree; der andere ist der Triftweg nach

Tom-na-shee und dem jenseits gelegenen Hügelland. Diesen aufwärts, eine Meile von der Gabelung entfernt, erhebt sich der Gelbe Mondfels wie ein großer Fangzahn aus purpurnen Lippen. Einige sagen, er sei von Granit, und andere, er sei von Marmor und sei ein altes Hünengrab aus verschollenen Tagen; die dritten, es sei ein unbekannter Stoff, ein Meteorstein, von dem man glaubt, er sei vom Mond gefallen.

Nicht dicht am Mondfelsen selbst, sondern hundert Ellen oder weiter abseits und vielleicht noch älter als er, liegt dort eine Gruppe von drei weniger hauerartigen, erratischen Blöcken aus Trapp, deren einer unleserliche Runenstäbe oder Schriftzeichen trägt. Diese sind einigen vertraut als die Schreckensteine; andern, die Gälisch reden, als die Steinmänner oder einfach als die Steine oder die Steine von Dalmonadh. Niemand weiß irgendetwas Bestimmtes von diesem alten Hünengrab, obwohl die Gelehrten meinen, dass es aus Piktischen Zeiten stammt.

Hier hatte ein Mann, bekannt als Peter Lamont, jedoch im Volksmund Peter der Kesselflicker genannt, ein müßiger, heimatloser Landstreicher, Schutz vor dem Bergwind gesucht, der vorher in der Nacht geweht hatte, und sich ein Bett von dürrem Farnkraut aufgehäuft. Er lag im Schlaf, als er das Klagen und Brummen des Dudelsacks hörte.

Er setzte sich aufrecht im Schatten eines der Steine. An den Sternen erkannte er, dass es noch tiefschwarze Nacht war und das Morgengrauen in drei Stunden oder mehr noch nicht sich regen würde. Wer konnte es sein, der an jenem einsamen Ort zu dieser Stunde den Dudelsack spielte?

Der Mann war abergläubisch, und seine Furcht wurde gesteigert durch seine Unkenntnis dessen, was der unsichtbare Pfeifer spielte (und Peter der Kesselflicker brüstete sich mit seiner Kenntnis der Pfeifenmusik), und durch die Seltsamkeit der Melodie. Er erinnerte sich zudem, wo er war. Es gab nicht einen unter hundert, der bei Nacht zwischen den Schreckensteinen liegen würde, und er selbst war dazu nur getrieben worden durch schwere Ermüdung und die Furcht, ungeschützt von der Kälte den Tod zu haben. Aber selbst das hätte ihn nicht bestimmen können, dicht am Mondfels zu liegen. Er erschauerte, als Erinnerungen wilder Mären geisterhaft eine nach der andern in ihm aufstiegen.

Die Musik kam näher. Der Kesselflicker kroch vorwärts und verbarg sich hinter dem Stein, der dem Pfad zunächst lag, und vorsichtig starrte er unter einem Büschel Farnkraut in die Richtung, aus der die Töne kamen.

Er sah einen schlanken Mann in voller Hochlandtracht entlangschreiten, dessen Gesicht im Mondschein totenbleich und dessen Augen verglast erschienen gleich denen eines gespeerten Lachses. Nicht eher, als bis der Pfeifer ganz nahe war, erkannte Lamont in ihm Rory M'Alpine.

Er würde gesprochen haben – und das mit Freuden, an jenem einsamen Ort, von der Neugier zu schweigen, die ihn plagte –, wenn jene verglasten Augen und jenes stille, totenbleiche Antlitz nicht gewesen wären. Der Mann war verfallen. Das konnte er sehen. Alles, was er tun konnte, war nicht fortzuspringen wie ein Kaninchen.

Rory M'Alpine ging an ihm vorüber und spielte, bis er dicht am Mondfels war. Dann hörte er auf und lauschte, indem er sich vorbeugte, als strenge er seine Augen an, in den Schatten hineinzusehen.

Augenscheinlich hörte er nichts und sah nichts. Langsam strich er mit einer Hand über das Heidekraut.

Dann plötzlich begann der Pfeifer hastig zu reden. Peter der Kesselflicker konnte nicht hören, was er sagte, vielleicht weil seine eigenen Zähne klapperten in der Furcht, die auf ihm lag. Ein- oder zweimal streckte Rory seine Arme aus, als ob er um etwas bäte, als ob er sich verteidigte.

Plötzlich trat er einen oder zwei Schritte vor und schrie mit lauter, gellender Stimme:

»Bei der Heiligen Braut, lass Friede sein zwischen uns, weißes Weib!

Ich fürchte dich nicht, weißes Weib, weil auch ich vom Stamme Ivors bin:

Meines Vaters Vater war der Sohn von Ivor mhic Alpein, dem Sohn Ivors des Dunkeln, des Sohnes von Ivor Honigmund, dem Sohn Ruaridhs, des Sohnes Ruaridhs des Roten, von der geraden, ununterbrochenen Linie Ivors des Königs.

Ich werde dir kein Leid tun, und du wirst mir kein Leid tun, weißes Weib.

Dies ist der Tag der Braut, der Tag für die Tochter Ivors. Es ist Rory M'Alpine, der hier ist, vom Stamme Ivors. Ich werde dir kein Leid tun, und du wirst mir kein Leid tun.

Es ist nun sicher, du warst es, die sang. Du warst es, die sang. Du warst es, die spielte. Du warst es, die mein Fenster öffnete.

Du warst es, die zu mir kam in einem Traum, Tochter Ivors. Du warst es, die ihre Schönheit auf mich legte. Sicher, es ist jene Schönheit, die mein Tod ist, und ich hungere und dürste danach.«

Nachdem er das geschrien hatte, stand Rory lauschend da, wie eine Krähe an einer Furche, wenn sie den Wind kommen sieht.

Der Kesselflicker schlich zitternd etwas näher. Da war nichts, niemand.

Plötzlich begann Rory mit lauter, hallender, eintöniger Stimme zu singen:

An diugh La' Bride
Thig nighean Imhir as a chnoc,
Cha bhean mise do nighean Imhir,
'S cha bhean Imhir dhomh.

Heut ist der Tag der Braut,
Vom Grabhügel kommen soll Ivors Tochter.
Ich will nicht berühren die Tochter Ivors,
Noch soll Ivors Tochter berühren mich.

Dann mit phantastischen Gebärden sich tief verbeugend und mit dem Zipfel seines Plaidtuches einen Schatten werfend, der einer eilenden Wolke glich, sang er wieder:

La' Bride nam brig ban
Thig an rigen ran a tom
Cha bhoin mise ris an rigen ran,
'S cha bhoin an rigen ran ruim.

Am Tage der Braut mit den schönen Locken
wird die hohe Königin kommen vom Berg;
Der hohen Königin will ich nicht lästig sein,
Noch wird die Hohe belästigen mich.

»Und auch ich, Nighean Imhir«, schrie er mit einer noch lauteren, noch gellenderen, noch klagenderen Stimme, »will jetzt tun, was unser eigner großer Vorfahr tat, als er Tabhartas agus Tuis mit dir machte, dass weder er noch seine Saat jemals durch dich sterben sollte; und auch ich, Ruaridh MacDhonuill mhic Alpein, will Opfer und Weihrauch darbringen.« Und damit trat Rory zurück, hob den Dudelsack auf und schleuderte ihn gegen den Fuß des Gelben Mondfelsen, wo er auf einen zackigen Stumpf traf und mit einem lauten, klagenden Kreischen zersprang, bei dem Peter dem Kesselflicker die Haare auf dem Kopf zu Berge standen, dort wo er im Bann der weißen Furcht kauerte.

»Das als mein Tabhartas«, schrie Rory wieder, als wenn er zu einer vielköpfigen Menge riefe; »und da ich kein Tuis habe und der einzige Weihrauch, den ich habe, der Rauch aus meiner Pfeife ist, so nimm die Pfeife und den Tabak dazu, und es ist all der Rauch, den ich habe oder jetzt irgend haben kann, und dazu so guter Weihrauch wie irgendein anderer, Tochter Ivors.«

Plötzlich hörte Peter Lamont eine schwache, seltsame, krause, verschlungene Tonreihe, so süß trotz all ihrer Wildheit, dass sein Herz von Kälte und Hunger nichts mehr wusste. Sie wurde lauter, und er bebte vor Furcht. Aber als er nach Rory M'Alpine hinsah und sah, wie er hin und her sprang in fürchterlichem Taumeltanz und mit seinen Fingern schnappte und seine Arme auf und nieder schwang wie Dreschflegel, da konnte er nicht länger standhalten, sondern kreischend sprang er fort und eilte quer über die Heide und flüchtete und fiel, und fiel und flüchtete wie eine verwundete Schnepfe.

Einmal, nach einem bösen Fall, lag er still, denn sein Atem glich einem Distelflaum, der über seinem Kopf hin und her geweht wurde. Es war auf einem mit Heidekraut bedeckten Erdhügel, und er konnte den Mondfels gelb-weiß im Mondschein sehen. Die ungestümen Töne jener lustig-wilden Weise klangen noch in seinen Ohren, aber jetzt lag nimmermehr eine Süßigkeit darin, wiewohl sie, als er lauschte, hell und heiter ward und einen Zauber der Freude und Sehnsucht auf ihn legte. Aber er konnte nichts von Rory sehen.

Er erhob sich strauchelnd auf seine Knie und starrte. Da war etwas auf der Straße.

Er hörte einen Lärm wie von ringenden Männern. Aber alles, was er sah, war Rory M'Alpine, der sich schwang und wiegte, bald auf und bald nieder; und dann endlich lag der Pfeifer auf seinem Rücken auf der Straße und warf sich hin und her wie ein Mann im Fieber und kreischte mit einer fürchterlichen Stimme: »Lass mich los! Lass mich los! Nimm deine Lippen von meinem Mund! Nimm deine Lippen von meinem Mund!«

Dann plötzlich war kein Laut mehr zu hören, sondern nur ein fürchterliches Schweigen; bis er ein Rauschen von Füßen hörte und vernahm, wie die Ranken des Heidekrauts brachen und krachten und etwas an ihm vorüberging wie ein aufblitzendes Licht.

Mit einem Schrei warf er sich den Heidehügel hinab und lief wie ein gehetzter Hase, bis er auf die weiße Straße jenseits des Moores kam; und gerade als die Dämmerung anbrach, sank er an der Ecke des Kuhstalls von Dalmo-nadh-Toll nieder, und dort fand ihn Duncan Grant eine Stunde später, weiß und noch bewusstlos.

Weder Duncan Grant noch sonst irgendeiner glaubte Peter Lamonts Erzählung, aber zur Mittagszeit führte der Kesselflicker einige Widerstrebende nach dem Gelben Mondfels.

Der zerborstene Dudelsack hing noch auf dem zackigen Stumpf an seinem Fuß. Halb auf dem Pfad und halb auf der Heide lag die Leiche des Rory M'Alpine. Er war fast nackt bis auf den Leib, und sein Plaid und seine Jacke waren ebenso zerrissen und zerlumpt wie die Lamonts selbst, und die Fetzen waren weit und breit verstreut. Seine Lippen waren blau und geschwollen. In der Höhlung seiner behaarten, verrenkten Kehle saß ein einziger Tropfen schwarzen Blutes.

»Es ist ein Otterbiss«, sagte Duncan Grant.

Niemand sprach.

Das Gericht Gottes

Der Wind, der über die Füße der Toten weht, kam laut heulend über den Ross, als wir auf der Höhe von Rudhe Callachain im Sund von Iona das Boot herumlegten. Die Ebbe sog am Kiel, während wir leicht wie ein Kork von der Dünung gewiegt wurden. Denn wir waren in der Enge zwischen Eilean Dubh und der Insel der Schweine; und dort ist's, wo die Strömung böse zieht – die Strömung, die durch das ein- und ausflutende Wasser verursacht wird. Ich habe sagen hören, dass ein müdes Weib aus den Tagen der Vorzeit dort unten in einer Höhle brütet und dass sie Tag und Nacht ein Gewebe von Wasser webt, das ein wilder Dämon in der See hin und her zerrt, sobald es gewoben ist.

So legten wir herum und gingen vor den Ostwind; und unter der Neigung des Segels in Lee beobachtete ich, wie Soa immer größer und hagerer und schwärzer gegen die weiße Woge sich abhob. Als wir so nahe herangekommen waren, dass es war, als wenn das Spülen der See inmitten der Höhlungen in unsern Ohren sprudelte, sah ich einen großen Robbenbullen halb in, halb aus dem Wasser daliegen und uns mit einem ergrimmten, furchtlosen Blick anstarren.

Phadric und Ivor bekamen ihn fast in demselben Augenblick zu Gesicht.

Zu meiner Überraschung stand Phadric plötzlich auf und legte einen Zauber auf ihn. Ich konnte hören, wie der Wind durch seine Kleider pfiff, als er am Mast stand.

Der Rosad oder Zauber war natürlich in gälischer Sprache; aber sein Sinn war etwa folgender:

Ho, ro, O Ron dubh, O Ron dubh!
An ainm an Athar, O Ron!
'S an mhic, O Ron!
'S an Spioraid Naoimh!
O Ron-à-mhàra, O Ron dubh!

Ho, ro, o schwarze Robbe, o schwarze Robbe!
In dem Namen des Vaters,
Und des Sohnes
Und des Heiligen Geistes.
O Robbe der Tiefsee, o schwarze Robbe!

Lausche dem Wort, das ich dir sage,
Ich, Phadric MacAlastair MhicCrae,
Der ich wohne in einem Haus auf dem Eiland,
Das bei Nacht und bei Tag du von Soa erblickst!
Denn ich lege Rosad auf dich
Und auf das Robbenweib, das dich gewann,
Und die Robbenweiber, die dein sind,
Und die Jungen, die du hast;
Ja, auf dich und dein ganzes Geschlecht
Lege ich Rosad, o Ron dubh, o Ron-a-mhara!
Und es komme kein Leid über mich und die Meinen,
Oder Fischzeug oder Schlinge, die mir gehört,

Sei es beim Segeln in Sturm oder Nacht,
Oder wenn Mondschein füllt der Toten blinde Augen,
Kein Leid mir und den Meinen
Von dir und den Deinen!

Mit einer langsam-wiegenden Bewegung seines Hauptes brach Phadric wieder in die ersten Worte der Beschwörung aus, und jetzt stimmte Ivor mit ein; und mit dem Sausen des Windes und dem Springen und Spritzen der Wogen vermengte sich der Sang der beiden Fischer:

Ho, ro, O Ron dubh, O Ron dubh!
An ainm an Athar, 's an Mhic, 's an Spioraid Naoimh,
O Ron-à-mhàra, O Ron dubh!

Dann setzten die Männer sich wieder, mit jenem leeren Blick in den Augen, den ich so oft bei Männern oder Frauen von den Inseln bemerkt habe. Kein Wort ward gesprochen, bis wir fast geradewegs auf Eilean-na-h' Aon-Chaorach hinauffuhren. Dann, an den Felsen, wendeten wir und gingen spritzend den Sund hinauf, wie ein Pollack an einem Sabbat zur Mittagszeit[13].

»Da war etwas nicht in Ordnung mit dem Alten der See?«, fragte ich Phadric Macrae.

Zuerst wollte er nichts sagen. Er blickte unsicher nach einem aufgeschossenen Tau, dann, die starr blickenden Augen mit der Hand beschattend, nach den roten Felsen auf Fionnaphort hinüber. Ich wiederholte meine Frage. Er nahm Zuflucht zum Englischen.

»Es war doch sehr wahrscheinlich, dass der Clansman den neuen Prediger bringen würde. Kannten Sie ihn oder seine Leute oder den Ort, von wo er kam?«

Aber so war ich nicht loszuwerden; und endlich, während

Ivor an den grün sich wölbenden Triften der See unter uns hinabstarrte, erzählte mir Phadric das Folgende. Sein Widerstreben ging zum Teil aus der Schüchternheit hervor, welche beim Gälen fast unumgänglich auf starke Gemütsbewegung folgt, und zum Teil aus jenem seltsamen, dunkeln Instinkt der Absonderung, der ebenfalls so charakteristisch für den Kelten ist und oft sogar Gälen von weit entlegenen Inseln oder von verschiedenen Clans verhindert, einander Geschichten oder Sagen besonders intimer Art mitzuteilen.

»Ich will Ihnen erzählen, was mein Vater mir erzählte und was Sie, wenn's Ihnen beliebt, nochmals von der Schwester meines Vaters hören können, die das Weib Jan Finlays ist, der die Farm auf der Nordseite von Dun-I hat.

Sie werden von dem alten Robert Achanna von Eilanmore gegenüber dem Ord o' Sutherland gehört haben? Sicherlich, denn haben Sie sich nicht dort aufgehalten? Nun, ich brauche Ihnen nicht zu erzählen, wie er aus dem Süden dorthin kam, aber es wird eine Neuigkeit für Sie sein, zu erfahren, dass mein älterer Bruder Murdoch sich bei ihm verdingte, als Schafhirt und um auf der Farm zu helfen. Und wie das kam, das war so. Murdoch war mit Angus und William Macdonald nördlich von Skye auf den Fischfang gegangen, und in dem großen Orkan, in dem ihr Boot wie so viele andere verunglückte, fand er sich auf Eilanmore gestrandet. Achanna sagte ihm, da er zugrunde gerichtet und so weit von Hause sei, so wollte er ihm Beschäftigung geben; und wiewohl Murdoch niemals daran gedacht hatte, unter einem Mann von Galloway Dienste zu nehmen, willigte er ein.

Ein Jahr lang arbeitete er auf der oberen Farm, Ardochbeag, wie sie genannt wurde. Da kam das Dunkel über ihn. Welchen Weg er sich auch wenden mochte, die Schönheit, die im Tageslicht wohnt, war dahin. Vergebens rief er, wenn er morgens ins Freie hinaustrat, Deasiul[14]! und hielt sich auf der Sonnenseite. Nachts hörte er in seinem Schlummer die See rufen. Als daher das Lammen vorüber war, sagte er Achanna, dass er gehen müsse, denn ihn hungerte nach der See. Zwar floss die Woge rings um Eilanmore, aber die Farm lag inmitten kahler Hügel und zwischen Hochmooren, und das Haus befand sich in einer Bodensenkung. Darum war es notwendig für ihn, zu gehen. Damals schon war, ohne dass er es wusste, das Geheimnis der See auf ihm.

Aber der Mann von Galloway wünschte meinen Bruder, der ein ruhiger Mann war und für einen geringen Lohn arbeitete, nicht zu verlieren. Murdoch war ein wortkarger Bursche, aber er hatte oft den Glanz in seinen Augen, und niemand wusste, woran er dachte; vielleicht war's ein Mädchen oder ein Freund oder der Herdwinkel, wo seine alte Mutter des Abends sang, oder die Bilder und Laute von Iona, das seine Heimat war; aber ich denke mir, es war die See, von der er träumte, wie die Wellen lachend und tanzend der Flut entgegenliefen gleich Lämmerchen, die dem Hirten entgegenkommen, oder wie die gewaltigen grünen Wogen, weiß und gespensterhaft sich hinwälzend, durch die finsteren Neumondnächte zogen.

So war es folgender Vertrag, der zwischen ihnen zustande kam: dass Murdoch noch ein Jahr, d. h. bis zur Lämmerzeit bleiben sollte; ferner dass er nicht länger in Ardoch-beag leben, sondern statt dessen nach Bac-Mor gehen und dort die Schafe hüten sollte.«

»Auf Bac-Mor, Phadric«, warf ich ein, »Sie meinen gewiss nicht *unser* Bac-Mor?«

»Gewiss, ich meine kein anderes; Bac-Mor, eine der Treshnischen Inseln, die elf Meilen nördlich von Iona und reichlich vier nordwestlich von Staffa liegt; gerade dies Bac-Mor und kein anderes.«

»Dort wäre Murdoch nahe bei seiner Heimat gewesen.«

»Ja, nahe, und doch weiter entfernt; denn es heißt weiter entfernt sein, wenn man dem nahe ist, was das Herz liebt, und es doch nicht erreichen kann.

Nun, Murdoch war damit zufrieden, aber er wusste nicht, dass auf dem Eiland kein Boot war. Im Sommer ging alles ganz gut. Die Heringskutter lagen manch lieben Tag vor Bac-Mor oder Bac-beag, und er konnte sie morgens, mittags und abends sehen; und fast jeden Tag konnte er den großen Dampfer beobachten, wie er an den Mornischen und Treshnischen Küsten von Mull hinab südwärts steuerte und eine Stunde lang vor Staffa beilegte, oder sonst aus dem Sund von Iona um Eilean Rabach nordwärts kam; und ein- oder zweimal in der Woche sah er den Clansman von Bunessan im Ross nach Scarnish auf der Insel Tiree kommen oder gehen. Vielleicht mochte auch hin und wieder eine Schaluppe von auswärts oder ein Küstenschoner vorbeisegeln; und zweimal zum wenigsten lag eine Jacht draußen vor dem wilden Gestade und schickte ein Boot hinein nach dem Landungsplatz und setzte ein paar lachende Menschen an jenem ruhigen Ort aus. Das erste Mal war es eine Dampfjacht, die einem reichen Ausländer, entweder einem Engländer oder einem Amerikaner, gehörte – mein Gedächtnis fängt an, mich im Stich zu lassen –, und er sprach zu Murdoch, als ob er ein Wilder wäre, und er und seine lustige Gesellschaft lachten, als mein Bruder in dem einzigen Englisch sprach, das er konnte (und verständiges, gutes Englisch war es), und dann schiebt er etwas Geld in seine Hand, als ob beide Übeltäter wären und sich schämen müssten, bei dem, was sie taten, gesehen zu werden.

›Und wofür ist das?‹, sagte mein Bruder.

›Oh, das ist für Sie selbst, mein Mann, um unsere Gesundheit dafür zu trinken‹, antwortete grob der englische Lord oder was er sonst war. Da sah Murdoch ihn und die Seinen ruhig an, und er sagte: ›Gott hat Ihre Gesundheit und meine Gesundheit in seiner hohlen Hand. Aber ich wünsche Ihnen Gutes. Nur, ich bin nicht Ihr Mann, um nichts mehr als ich Sie *meinen* Mann nennen würde; und ich möchte Sie bitten, das Geld zurückzunehmen, um dafür zu trinken; ich habe auch gar kein Bedürfnis nach Geld, sondern nur nach dem, was frei für alle ist, aber das kann nur Gott geben.‹ Und damit gingen die fremden Leute fort und lachten weniger. Und als die zweite Jacht kam, da mochte Murdoch – obwohl es ein Schoner war und einem Mann aus Glasgow gehörte, der Leute im Westen hatte – gar nicht nach dem Strand hinuntergehen, sondern lag im Schatten eines Felsen inmitten seiner Schafe und sah unverwandt nach der Sonne, die aus dem Süden nach dem Westen hinabstieg.

Nun, all die schönen Monate hindurch und danach während der frühen Winterzeit blieb Murdoch auf Bac-Mor. Das letzte Mal, dass ich ihn sah, war zu Neujahr. In der Silvesternacht trank mein Vater schwer, und nichts konnte ihn abhalten, er musste Alec MacArthurs Boot borgen, und er und unsere Mutter und ich selbst und Jan Finlay und sein Weib, meine Schwester, sollten hinausgehen vor dem ruhigen Südwind, der gerade wehte, und Murdoch besuchen, wo er schlafend lag oder träumend in seiner einsamen Kate saß. Und wirklich, wir gingen. Es war das ein schönes Segeln, dessen erinnere ich mich. Die Mondstrahlen liefen in die Wellchen und wieder hinaus wie Heringe durch Lachsnetze. Dazu huschten die Blitzlichter eilig umher. Ich war damals ein junges Bürschchen, und ich bemerkte das alles; auch das Wetterleuchten, das hinter der Wolkenbank im Nordwesten spielte.

Aber als wir nach Bac-Mor kamen, da war in der Kate nichts von Murdoch zu sehen – nein, nichts, obwohl wir laut und leise riefen. Dann gingen mein Vater und Jan Finlay ihn suchen, und wir blieben beim Torffeuer. Als sie eine Stunde später zurückkamen, sah ich, dass mein Vater nicht mehr im Rausch war. Er hatte denselben Blick in seinen Augen, den Ronald McLean an jenem Tag im letzten Winter hatte, als sie ihm erzählten, dass sein kleines Marjellchen in Glasgow an den Blattern gestorben sei.

Ich konnte nicht hören oder ich konnte doch nicht ausmachen, was gesagt wurde; aber ich weiß, dass wir alle wieder ins Boot stiegen, alle außer meinem Vater. Und er blieb. Und am folgenden Tag gingen Jan Finlay und Alec MacArthur nach Bac-Mor hinaus und brachten ihn zurück.

Und von ihm und von Jan erfuhr ich alles, was man davon wissen konnte. Es war ein böses Neujahr für alle, und seit jenem Tage bis zu einer Nacht, von der ich Ihnen erzählen will, brütete und trank, trank und brütete mein Vater, und meine Mutter weinte fortwährend in der winterlichen Dämmerung und brachte die Nächte damit hin, in den Torf zu starren, während ihr Strickzeug auf ihrem Schoß lag.

Denn als sie in jener Silvesternacht gegangen waren, um Murdoch zu suchen, stießen sie auf ihn fern von seinen Schafen. Aber dies war's, was sie sahen. Da war ein schwarzer Felsen, der im Mondschein emporragte, mit Wasser ringsherum; und auf diesem Felsen lag Murdoch, nackt und wild lachend. Und immer hin und wieder neigte er sich vorwärts und streckte seine Arme aus und rief seinem Liebchen. Und zuletzt, gerade als die Zuschauer, bebend vor Furcht und Entsetzen, hingehen wollten, um sich seiner zu bemächtigen, sahen sie ein – ein – Wesen – aus dem Wasser kommen. Es war lang und dunkel, und Jan sagte, seine Augen waren wie Klümpchen Blutes; aber was das anbetrifft, so kann kein Mensch ja oder nein sagen, denn Jan selbst gibt zu, es war eine Robbe.

Und das Wort ist wahr, an ainm an Athar! Sie sahen, wie das dunkle Tier aus der See auf den Felsen neben Murdoch kroch und sich an seiner Seite niederlegte und zuließ, dass er es umarmte und küsste. Und dann stand er auf und lachte, bis die, die es anhörten, eine Gänsehaut überlief, und rief laut seinem Lieb und all den stummen Wesen der See und dem Wogen-Gast und dem Grauen Schatten; und er hob seine Hände und verfluchte die Welt der Menschen und schrie zu Gott: ›Wende dein Gesicht auf deine eigene Airidh[15], o Gott, und Regen und Sturm und Schnee soll zwischen uns sein!‹

Und da konnte Deirg, sein Schafhund, es nicht mehr aushalten, und er sprang durchs Wasser und war bei ihm auf dem Felsen, sein Fell gesträubt wie ein Igel. Denn beide, der nackte Mann und das nasse, glitzernde Tier, ein großes Robbenweib aus dem Norden, wendeten sich gegen Deirg, und er focht für sein Leben. Nun, was konnte das arme Ding machen? Zuletzt begrub die Robbe ihre Zähne in seiner Schulter und nagelte ihn auf den Boden. Da bückte sich Murdoch und riss sie los und warf sich nieder und riss an Deirgs Kehle mit seinen eignen Zähnen. Ja, das ist wahr wie das Evangelium. Und als der Schafhund starr war, nahm er ihn bei den Hinterbeinen und beim Schwanz und schwang ihn immer rund um seinen Kopf und wirbelte ihn in die See, und da fiel er schwarz in einen weißen Mondfleck.

Und dabei glitt Murdoch aus und taumelte rückwärts in die See, und seine Hände griffen nach den wirbelnden Sternen. Und das Ding an seiner Seite sprang ihm nach, und mein Vater und Jan hörten einen Schrei und ein Kreischen, das ihre Herzen schluchzen machte. Aber als sie zum Felsen hinabkamen, sahen sie nichts als Deirgs treibende Leiche.

Sicher, es war eine schlimme Nacht für den alten Mann, da für sich allein auf Bac-Mor, mit dem Schrecklichen, was sich ereignet hatte. Er blieb dort, um zu sehen und zu hören, was gesehen und gehört werden könnte. Aber er hörte nichts – sah nichts. Es war erst später, dass er hörte, wie Donncha MacDonald drei Tage vorher auf Bac-Mor gewesen war, und wie Murdoch ihm erzählt hatte, dass er mit einer Maighdeann-mhara, einer Seejungfrau, in Liebe sei.

Aber Folgendes muss man wissen. Es war einen Monat später, in der Vollmondnacht, dass Jan Finlay und Jan MacArthur und Sheumais Macallum im ruhigen Wasser innerhalb des Sunds, gerade gegenüber Port-na-Frang, kenterten und beinahe ertrunken wären, nur dass sie Gott und den Sohn anriefen und so davonkamen und nicht mehr das Gelächter Murdochs aus der See hörten.

Und zu Mitternacht hörte mein Vater die Stimme seines ältesten Sohnes an der Tür; aber er wollte ihn nicht einlassen. Da fand er am Morgen sein Boot zerbrochen und in Splitter zerschnitten und sein einziges Netz ganz zerrissen. Und jener Tag war der Sabbat; so, da es ein heiliger Tag war, nahm er die Bibel mit sich, und er und Neil Morrison, der Prediger, nahmen erst Brot und Wein und gingen dann in einem Boot den Sund entlang, einem Schatten im Wasser folgend, bis sie nach Soa kamen. Und dort las Neil Morrison das Wort Gottes den Robben vor, die lagen und sich in der Sonne wärmten; und eine, ein Weibchen, knurrte und zeigte ihre Zähne; und eine andere, eine schwarze, hob ihren Kopf und machte einen Lärm, der nicht war wie das Bellen irgendeiner Robbe, sondern war wie das Gelächter Murdochs, als er den toten Körper Deirgs schwang.

Und das ist alles, was man sagen kann. Und Schweigen ist jetzt das Beste, zwischen Ihnen und jedem anderen. Und kein Mensch kennt die Gerichte Gottes.

Und das ist alles.«

Der Finstere Namenlose

In diesem Sommer segelte ich eines Tages mit Phadric Macrae und Ivor McLean, Bootsleuten von Iona, den südwestlichen Arm des Ross von Mull hinab. Die ganze Küste des Ross ist unbeschreiblich wild und trostlos öde. Es wäre kaum Übertreibung zu sagen, dass die ganze Strecke von Feena-fort (Fhionnphort) gegenüber Balliemore auf Icolmkill bis zu dem Weiler beim Leuchtturm von Earraid unbewohnt von Menschen und unbelebt durch irgendein Grün ist. Es ist der Tummelplatz des Kormoran und der Robbe.

Niemand, der diese Gegend nicht besucht hat, kann sich ein Bild von ihrer Unfruchtbarkeit machen. Ihre einzige Schönheit ist der schwache Schimmer, der im Sonnenlicht auf ihr liegt – ein Schimmer, der wie die Glut einer inneren Flamme wird, wenn die Sonne unverhüllt durch Wolken oder Nebel nach Westen sinkt. Derselbe kommt von der roten Farbe des Granits, aus dem jene ganze Wildnis aufgebaut ist.

Es ist ein Land, bestürmt von der See, gepeitscht vom Seewind. Eine Unzahl Lochs, Fjords, Buchten und Durchfahrten zersägen seine zackigen Küsten. Unzählige Inselchen und Riffe, mit Hauern versehen wie raubgierige Wölfe, bewachen jede Untiefe, lauern in jeder Enge. Es muss ein geschickter Bootsmann sein, der seinen Weg durch den Sund von Earraid nehmen und den Bereich des Ross durchdringen will.

Es gibt viele Tage in den Monaten des Friedens, wie die Inselbewohner den Zeitraum von Ostern bis zur Herbst-Tagundnachtgleiche nennen, an denen Earraid und der übrige Ross unter einem Zauber zu liegen scheinen. Es ist der Zauber der Schönheit. Dann spielt das gelbe Licht der Sonne auf den umgestürzten Massen und steilen Klippen und Graten, den roten Blüten oder Blättern jener ungeheuren Granitblume. Darüberhin schleppen die Wolkenschatten ihre purpurnen Spukgestalten, ihre sensenähnlich geschwungenen Kurven und jählings verschwindenden Flutmassen von warmem, dämmerigem Grau. Von einem nassen Felsblock zum andern, von Klippe zu muschelbedeckter Klippe, von Spalt zu Spalt webt die See unaufhörlich einen Schaumgürtel, wenn der breite, leuchtende Wasserstreifen jenseits – grün in der Nähe des Landes und weiter draußen ganz von einem lebhaften Blau, mit eingestreuten breiten Straßen von Amethyst – weiß ist von den Mähnen der Seerosse, dann erklingt solch ein Gelächter der Brecher und Spritzer auf der ganzen Strecke von Slugan-dubh bis Rudha-nam-Maol-Mora oder bis zum flutgestreiften Vorgebirge von Sgeireig-a'-Bhochdaidh, dass man, landwärts blickend, durch einen in allen Regenbogenfarben schimmernden Schleier unablässig fliegenden Sprühwassers sieht.

Aber der Zauber der Sonne ist noch flüchtiger auf dem Angesicht dieser wilden Landschaft als der Zauber der Schönheit bei einem Weib. So lautet eines unserer Sprichwörter: Wie das Stürzen der Woge, wie das Welken des Blattes, so ist die Schönheit einer Frau, es sei denn – ach, dieses »es sei denn«, und der unergründliche Freudenquell, auf den man nur einmal im Leben durch Zufall stoßen kann und danach nur in Träumen, und das Land des Regenbogens, das nie erreicht wird, und die grünen Seetore von Tir-na-thonn, die sich jetzt nimmer einer wandernden Woge öffnen!

Es war an jenem Tag, dass ich von Phadric die seltsame Geschichte von seinem Verwandten Murdoch hörte, die Geschichte von »dem Gericht Gottes«, die ich an anderem Ort erzählt habe. Es war gleichfalls Phadric, der mir von der Meer-Hexe von Earraid erzählte.

»Ja«, sagte er, »ich habe von dem Each-uisge (dem Seetier, dem Meernix oder Wasserross) gehört, aber ich habe es niemals mit Augen gesehen. Mein Vater und mein Bruder wussten von ihm. Aber jenes Wesen kenne ich, das nämlich, das wir an-Cailleach-uisge (die Sirene oder Wasser-Hexe) nennen; die Cailliach wohlgemerkt, nicht die Maighdeann-mhara (die Meerjungfrau), die kein Leid bedeutet. Möge sie hören, dass ich es sage! Die Cailliach ist alt und in Seekraut gekleidet, aber ihre Stimme ist jung, und sie sitzt immer so, dass das Licht in die Augen des Beschauers fällt. Darum erscheint sie ihm auch jung und schön. Sie hat zwei Vertraute in der Gestalt von Robben, die eine schwarz wie das Grab und die andere weiß wie das Leichentuch, das im Grabe ist; und diese bringen zuweilen ein Boot zum Kentern, wenn der Schiffer über der Wasser-Hexe Gesang lacht.

Vor mehr als hundert Jahren fing ein Mann eine dieser Robben in seinem Schleppnetz für Heringe und zog sie ins Boot; aber die andere Robbe legte Kopf und Klauen über den Bug und zerrte so ungestüm an dem Netz, dass es klar war, kein Netz würde lange halten. Der Mann hörte sie schreien und kreischen und dann leise reden und murmeln wie wahnsinnige Weiber. In seiner Furcht warf er die Netze über Bord, bis auf einen kleinen Teil, der sich in den Duchten verfing. In diesem Teil fand er hinterher eine Locke von Frauenhaar. Und das ist wirklich so; bei den Steinen sei es gesagt.

Der Enkel dieses Mannes, Tomais McNair, lebt noch als Schafhirt auf Eilean-Uamhain, hinter Lunga, inmitten der Cairnburg-Inseln. Vor einigen Jahren sah er bei Callachan Point die beiden Robben und hörte die Cailliach, wenn er sie auch nicht sah. Und das, was ich Ihnen – im Angesicht von Christi Kreuz – erzähle, ist die reine Wahrheit.«

Die ganze Zeit über, während Phadric sprach, sah ich, dass Ivor McLean fortblickte; als ob er entweder nichts hörte oder nichts zu hören wünschte. Traum lag in seinen Augen; ich sah das, darum sagte ich eine Zeit lang nichts.

»Was ist es, Ivor?«, fragte ich endlich mit leiser Stimme. Er fuhr auf und sah mich seltsam an.

»Warum wollen Sie danach fragen? Was tun Sie in meiner Seele, die verborgen ist?«

»Ich sehe, dass Sie über etwas brüten. Wollen sie es mir nicht erzählen?«

»Erzähl es ihr«, sagte Phadric ruhig.

Aber Ivor blieb stumm. In seinen Augen lag ein Blick, den ich verstand. Darauf segelten wir weiter, und im Boot wurde kein Wort mehr gesprochen.

In jener Nacht – es war eine finstere, regnerische Nacht, und ein auffrischender Wind stürmte hoch oben gegen den verhüllten Mond an – ging ich zu der Hütte, wo Ivor McLean mit seiner alten, tauben Mutter lebte, die fast gegen zwanzig Jahre taub war, immer seit der Nacht der Nächte, in der sie die Frauen flüstern hörte, dass Callum, ihr Gatte, unter den Ertrunkenen sei, nachdem ein Todeswind geweht hatte.

Als ich eintrat, saß er vor dem flammenden Kohlenfeuer; denn auf Iona wird jetzt, nach Beschluss des MacCailin Mor, nicht mehr Torf gebrannt.

»Jetzt werden Sie es mir erzählen, Ivor?«, war alles, was ich sagte.

»Ja, jetzt werde ich es Ihnen erzählen. Und der Grund, warum ich es Ihnen vorhin nicht erzählte, war der, dass es keine weise oder gute Sache ist, alte Geschichten von der See zu erzählen, solange man noch auf der wandernden Woge ist. Macrae hätte das nicht tun sollen. Es könnte sein, dass wir dafür zu leiden haben, wenn wir das nächste Mal mit den Netzen hinausgehen, wir sollten heute Nacht gehen; aber nein, ich nicht, nein, nein, nicht für alle Heringe im Sund.«

»Ist es ein altes Sgeul[16], Ivor?«

»Ja. Ich bin nicht imstande, das Alter dieser Dinge zu bestimmen. Nach allem, was ich weiß, mag es so alt sein wie die Tage der Feinn. Es ist auf uns herabgekommen. Alasdair MacAlasdair von Tiree, er, der sich zu rühmen pflegte, dass er alle Geschichten von Colum und Brighde wüsste, war es, der's der Mutter meiner Mutter erzählte, und sie mir.«

»Wie wird es genannt?«

»Nun, mit diesem und jenem Namen; aber es bringt kein Leid, zu sagen, dass es der Finstere Namenlose genannt wird.«

»Der Finstere Namenlose!«

»So ist es. Aber dürften Sie jemals von den MacOdrums von Uist gehört haben?«

»Ja, der Sliochd-nan-Ron.«

»So ist es. Weiß Gott! Der Sliochd-nan-Ron … die Nachkommenschaft der Robben … Gut, gut, kein Mensch weiß, was im Schatten des Lebens sich regt. Und jetzt will ich Ihnen jene alte, verschollene Sage erzählen, wie sie mir von der Mutter meiner Mutter überliefert wurde.

An einem Tag der Tage wandelte St. Colum allein am Meeresstrand. Die Mönche arbeiteten mit der Hacke oder dem Spaten, und einige melkten die Kühe, und einige waren auf dem Fischfang. Sie sagen, es war am ersten Tag des Faoilleach Geamhraidh, dem Tag, der Am fheill Brighde[17] genannt wird.

Der heilige Mann war dorthin gewandert, wo die Felsen gegenüber Soa liegen. Er betete und betete, und es wird erzählt, jedes Mal, wenn er laut redete, füllte das unfruchtbare Ei im Nest sich mit Leben und die abgestorbene Knospe entfaltete sich und der Schmetterling sprengte seine Hülle.

Plötzlich stieß er auf eine große, schwarze Robbe mit boshaften Augen, die stumm auf dem Felsen lag.

›Meinen Segen über dich, o Ron‹, sagte er mit der gütigen, freundlichen Höflichkeit, die ihm eigen war.

›Droch spadadh ort‹, antwortete die Robbe. ›Ein schlimmes Ende komme über dich, Colum mit der Kutte.‹

›Sicher‹, sagte Colum ärgerlich, ›jetzt erkenne ich an jenem Fluch, dass du kein Freund Christi bist, sondern von dem bösen heidnischen Glauben aus dem Norden. Denn hier bin ich immer als Colum der Weiße oder Colum der Heilige bekannt; und nur die Pikten und die ausgelassenen Normannen sind es, die mich wegen des heiligen weißen Kleides, das ich trage, verspotten.‹

›Nun, nun‹, erwiderte die Robbe, indem sie das gute Gälisch sprach, als ob es die Zunge der Tiefsee wäre, wie es, weiß Gott, auch sein mag nach allem, was Sie, ich oder der blinde Wind sagen können. ›Nun, nun, lassen wir das gut sein; 's ist ein Wogenweg hier oder ein Wogenweg da. Aber jetzt, wenn's wahr ist, dass du ein Druide bist, ob nun des Feuers oder Christi, so sage mir, wo meine Frau ist und meine kleine Tochter.‹

Da sah ihn Colum eine lange Zeit an. Dann wusste er Bescheid.

›Du bist einmal ein Mensch gewesen, o Ron?‹

›Kann sein ja und kann sein nein.‹

›Und mit jenem groben Gälisch, das du sprichst, wirst du wohl von den nördlichen Inseln stammen?‹

›Das ist wahr.‹

›Jetzt will ich endlich wissen, wer und was du bist. Du bist einer vom Stamme Odrums des Heiden.‹

›Ja, das will ich nicht abstreiten, Colum. Und was noch mehr ist, ich bin Angus MacOdrum, Aonghas mac Torcall mhic Odrum, und der Name, unter dem ich bekannt bin, ist Schwarzer Angus.‹

›Ein passender Name dazu‹, sagte Colum der Heilige, ›wegen der schwarzen Sünde in deinem Herzen und dem schwarzen Ende, das Gott für dich vorgesehen hat.‹

Da lachte der Schwarze Angus.

›Wie kommst du dazu, zu lachen, Robbenmann?‹

›Nun, es ist nur wegen der guten Gesellschaft, die ich haben werde. Aber jetzt gib mir Antwort: Hast du von einer Frau namens Kirsteen McVurich irgendetwas gesehen oder gehört?‹

›Kirsteen – Kirsteen – das ist der gute Name einer Nonne, das ist es, und keiner Seedirne!‹

›Oh, ein Name hier oder ein Name da ist weicher Sand. Und also kannst du mir nicht sagen, wo meine Frau ist?‹

›Nein.‹

›Dann einen Pfahl in deinen Bauch und die Nägel durch deine Hände, Durst auf deine Zunge und die Raben über deine Augen!‹

Und damit glitt der Schwarze Angus in das grüne Wasser, und ein raues, wildes Lachen von ihm sprang in die Luft und fiel tot gegen die Klippe wie eine vom Wind erschöpfte Möwe.

Colum ging langsam, in tiefem Brüten zu den Brüdern zurück. ›Gott ist gut‹, sagte er mit leiser Stimme wieder und wieder; und jedes Mal, wenn er sprach, sprosste ein schönes, süßes Gänseblümchen im Gras oder ein gelber Vogel schwang sich empor, zum ersten Mal mit Gesang begabt, der wunderbar und süß zu hören war.

Als er sich dem Hause Gottes näherte, traf er Murtagh, einen alten Mönch von dem alten, ausgestorbenen Geschlecht der Inseln.

›Wer ist Kirsteen McVurich, Murtagh?‹, fragte er.

›Sie war eine treue Dienerin Christi, das war sie, auf den südlichen Inseln, o Colum, bis der Schwarze Angus sie der See gewann.‹

›Und wann war das?‹

›Vor fast tausend Jahren.‹

Da starrte Colum in Bestürzung. Aber Murtagh war ein zuverlässiger Mann und pflegte nicht in Allegorien zu reden. ›Ja, Colum, mein Vater, vor fast tausend Jahren.‹

›Aber kann sterblicher Menschen Sünde so lange leben?‹

›Ja, sie dauert aus. Lang, lang ist's her, ehe Oisin sang, ehe Fionn, ehe Cuchullin ein großer, ruhmreicher Fürst war, und in den Tagen, als die Tuatha-De Danann alleinige Herren auf dem ganzen grünen Banba waren, da verführte der Schwarze Angus die Frau Kirsteen McVurich, die Stätte des Gebetes zu verlassen und zum Seestrand hinabzugehen, und dort stürzte er sich auf sie und machte sie zu seiner Beute, und sie folgte ihm in die See.‹

›Und ist sie jetzt dem Tode verfallen?‹

›Nein. Sie ist das Weib, das an dem wilden Ort dort draußen, der als Earraid bekannt ist, die Seezauber webt, sie, die an-Cailleach-uisge, die Meer-Hexe genannt wird.‹

›Warum war denn der Schwarze Angus willens, sie hier zu suchen und sie dort zu suchen?‹

›Das ist das Urteil. Sie ist Adams erste Frau, jene Meer-Hexe dort drüben, wo der Schaum immer in den scharfen Hauern der Felsen steht.‹

›Und wer mag er sein?‹

›Sein Leib ist der Leib des Angus, des Sohnes Torcalls, vom Stamme Odrums, trotzdem er dem Anschein nach eine Robbe ist; aber die Seele in ihm ist Judas.‹

›Der Schwarze Judas, Murtagh?‹

›Ja, der Schwarze Judas, Colum.‹«

Aber damit erhob sich Ivor McLean schroff von seinem Sitz vor dem Feuer und sagte, er wolle in jener Nacht nicht mehr reden. Und deutlich genug klang ein wilder, vereinsamter, trostloser Schrei im Wind und ein Schlagen der Wogen, die mit einem unheimlich-lachenden Ton aufeinander folgten, und das Kreischen einer Seemöwe, das einem menschlichen Wesen glich.

So berührte ich das Shawltuch seiner Mutter, die mit erschrockenen Augen aufblickte und sagte: »Gott stehe uns bei«; und dann öffnete ich die Tür, und der Salzgeruch des Seetangs drang in meine Nüstern und die tiefe, alles überflutende Finsternis der Nacht.

Der Menschenfischer

»Doch jetzund ward ich nichts, denn ich bin alles,
Die ganze Welt drückt nieder auf mein Herz.«

(Fergus und der Druide)

Als die alte Sheen nic Leoid in die Kate zurückging, nachdem sie an dem Bach am Rande des grünen Airidh gewesen war, wo sie die Claar[18] ausgewaschen hatte, die zum Kartoffelschälen bestimmt war, setzte sie sich vor dem Torffeuer nieder. Sie war weiß vor Jahren. Überdies war der Bergwind eisig, trotzdem die Sonne den ganzen Hochsommertag über geschienen hatte. Es war behaglich, vor dem Torffeuer zu sitzen.

Die Kate lag an dem Abhang eines Berges und war dem Süden zugewendet. Im Norden, Süden, Osten und Westen streckten sich andere weite Halden hinauf, wie hohle, grüne Wogen, die durch eben den Wind, der sie so zusammenbog und ihre Kämme so phantastisch zu Nadeln und zackigen Zinnen gestaltete, zu regungslosem Stillschweigen erstarrt waren. Stille herrschte an jenem Ort immer und immer. Was half es, dass das Gorromalt-Wasser den Ben Nair, auf dem die Kate lag, hinabschäumte und immerfort heisere Laute erschallen ließ, dem Schweigen Sprache gebend? Was half es, dass zuzeiten die Steine von den Graten von Ben Chaisteal und Maolmor herabfielen und die kahlen Wände hinabrasselten, bis sie in den verworrenen Maschen von Stechginster und Wacholder hängen blieben? Was half's, dass im stürmischen Morgengrauen der Adler kreischte, während er gegen den Wind ankämpfte, der eine schmale Linie auf die gealterte Stirn von Ben Mulad grub, wo sein Horst war; oder dass die Weihe über den Kaninchenbauen im Tal schrie; oder dass der Hügelfuchs bellte, oder dass die Brachschnepfe klagte, oder dass die verstreuten Schafe ein endloses, klägliches Geschrei erhoben? Was waren diese anderes als die Diener des Schweigens?

Kein blauer Rauch stieg im Tal auf, außer von der einen Torfhütte. In dem versteckten Tal jenseits Ben Nair war ein Weiler, und fast gegen sechzig Leute lebten dort; aber das war über drei Meilen entfernt. Sheen Macleod war allein an jenem einsamen Ort, abgesehen von ihrem Sohn, Alasdair Mor Og. »Jung Alasdair« war er noch, obwohl die grauen Füße von fünfzig Jahren sein Haar gezeichnet hatten. Alasdair Og war er, solange Alasdair Ruadh mac Chalum mhic Leoid, der sein Vater war, lebte. Aber als Alasdair Ruadh die Daseinsform wechselte und Sheen als ein leidtragendes Weib zurückblieb, war er, der ihr Sohn war, immer noch Alasdair Og.

Eine wehe Müdigkeit lag an jenem Tag auf ihr. Trotzdem war es nicht die Last der Bürde, die sie veranlasste, hinein und aus der Nachmittagssonne zu gehen und an der roten Glut des Torfes niederzusitzen, in tiefem Brüten.

Als, fast eine Stunde später, Alasdair den Abhang hinaufkam und die Kühe in den Stall führte, hörte sie ihn nicht noch bekam sie ihn zu Gesicht, als sein Schatten vor ihm hineinflackerte und sich lang über den Fußboden legte.

»Arme alte Frau«, sagte er zu sich selbst, indem er wegen der stattlichen Größe, die er hatte, sein Haupt beugte, und da stand er, so wuchtig und stark und so zärtlich dazu, trotz des krausen, schwarzen Bartes und der wilden Bergaugen, die unter struppigen, schwarzgrauen Augenbrauen hervorblickten.

»Arme alte Frau, da sitzt sie mit dem müden Herzen, das sie hat. Ja, ja, sicher, die Wochen lecken ihren Schatten auf, wie man zu sagen pflegt. Sie wird gerade an ihn denken, der dahin ist. Ja, oder vielleicht wandern die alten Gedanken, die sie hat, ihre eigenen Schritte zurück, diese Schlucht hinab und über jenen Hügel und fort hinter jenes Tal und diese Kluft und jenes Moor. Ja, ja, es ist eine gute Liebe, die der Mutter. Sicher ein bitteres Leid wird es für mich sein, wenn da kein altes, graues Haar zum Streicheln mehr da ist. Es ist ruhig hier, schrecklich ruhig, weiß Gott; Ihm sei der Dank für dies und für das; aber wenn sie zuletzt im weißen Schlaf liegt – wird es ein schmerzlicher Tag für mich sein und einer, an dem ich's nicht werde ertragen können, zu hören, wie durch den Regen hier auf den Hügeln die Schafe rufen und rufen und rufen und das Gorromalt-Wasser und keine andre Stimme mir nah ist an jenem Tag der Tage.«

Sie hörte einen schwachen Seufzer und regte sich einen Augenblick, sah sich aber nicht um.

»Muim'-a-ghraidh, bist du denn müde, und dazu bei dem schönen Wetter?«

Mit einer raschen Bewegung sah die alte Frau nach ihm hin.

»Ach, mein Kind, bist du's wirklich? Nun, ich bin froh darüber, denn ich habe wieder die Unruhe.«

»Was für eine Unruhe, Muim' ghaolaiche[19]?«

Aber die alte Frau antwortete nicht. Matt wendete sie ihr Gesicht wieder der Torfglut zu.

Alasdair setzte sich auf den großen Holzstuhl zu ihrer Rechten. Eine Zeit lang blieb er so schweigend, indem er in das rote Herz des Torffeuers starrte. Was war das für eine Finsternis auf dem alten Herzen, das er liebte? Was für eine Unruhe war es?

Endlich stand er auf, schüttete Mehl und Wasser in den eisernen Topf und rührte die Suppe, während sie siedete und spritzte. Dann goss er kochendes Wasser auf den Tee in der braunen Kanne und legte das frische Brot und das Süßmilchgebäck auf das rohe Fichtenbrett, das als Tisch diente.

»Komm, liebes, müdes, altes Herz«, sagte er, »und lass uns dem Höchsten Wesen Dank sagen.«

»Preis und Dank«, sagte sie und wendete sich um.

Alasdair schöpfte die Suppe auf und sah zu, wie der Dampf aufstieg. Dann setzte er sich nieder, ein Messer in einer Hand und den braunweißen Brotlaib in der andern.

»O Gott«, sagte er mit der leisen Stimme, mit der er in der Kirche sprach, wenn Brot und Wein ausgeteilt wurden – »O Gott, gib uns jetzt deinen Segen und nimm unsern Dank. Und gib uns Frieden.«

Da war Friede in den kummervollen, alten Augen der Mutter. Die beiden aßen schweigend. Die große Uhr, die am Bett hing, ließ ihr Ticktack, Ticktack hören. Ein schwaches Zischen kam aus einem Torfstück, das Sumpfgas in sich hatte. Schatten regten sich in dem Schweigen und trafen sich und flüsterten und entschwanden in tiefe, warme Dunkelheit. Da war Frieden.

Noch lag ein roter Schimmer über den Hügeln im Westen, als die Mutter und der Sohn wieder im Herdwinkel saßen.

»Was ist es, mein Mutterherz?«, fragte endlich Alasdair, indem er seine große, rote Hand aufs Knie der Frau legte.

Sie sah ihn einen Augenblick an. Als sie sprach, wandte sie ihren Blick wieder ab.

»Füchse haben Gruben und die Vögel unter dem Himmel haben ihre Nester, aber des Menschen Sohn hat nichts, da er sein Haupt hinlege.«

»Und wie meinst du das, Teure? Sicher, es ist der tiefe Sinn, den du in jenem alten, grauen Kopf hast, was ich so liebe.«

»Ja, Lennav-aghray[20], meine Worte haben Sinn. Alt bin ich, und die Stunde meiner Stunden ist nahe. Letzte Nacht hörte ich eine Stimme draußen vor dem Fenster. Es ist eine Stimme, die ich nicht wieder hören werde, nein, nicht in siebzig Jahren. Sie war süß wie ein Wiegenlied, so war sie.«

Sie verstummte, und eine Zeit lang herrschte Stillschweigen.

»Nun, Teurer«, begann sie wieder, matt und mit leiser, schwacher Stimme, »müder und müder bin ich jeden Tag, jetzt in diesem letzten Monat. Vor zwei Sabbaten erwachte ich, und da war Glockenton in der Luft; und du weißt sehr wohl, Alasdair, dass keine Kirchenglocken jemals in Strath-Nair erklangen. Zu Beginn des Dunkels am Freitag, und zur Verstärkung des Zeichens war's der dreizehnte Tag, fiel ich in Schlaf und träumte, die Graberde sei auf meiner Brust und die Wurzeln der weißen Maßliebchen wären in den Höhlen, wo die Augen waren, die dich, Alasdair, mein Kind, liebten.«

Der Mann sah sie mit unruhigem Staunen an. Keine Worte wollten ihm kommen. Was hilft's, zu sprechen, wenn man nichts zu sagen hat? Gott sendet das Dunkel über die Wolke, und es kommt Regen; Gott sendet das Dunkel über den Hügel, und es wird Nebel; Gott sendet das Dunkel über die Sonne, und es wird Winter. Gott ist es auch, der das Dunkel über die Seele sendet, und es kommt Daseinswechsel. Die Schwalbe weiß, wann sie ihre Schwinge emporheben muss auf der Flucht vor dem Schatten, der aus dem Norden heranschleicht; der wilde Schwan weiß, wann der Duft des Schnees hinter der

Sonne ist; der Lachs, einsam in dem braunen Teich inmitten der Hügel, hört die Tiefsee, und seine Zunge lechzt nach Salz, und seine Flossen beben, und er weiß, dass seine Zeit gekommen ist und dass die See ruft. Die Hindin weiß, wenn das Kälbchen in ihrem Leib noch nicht sich geregt hat; ist nicht das Veilchenblau tiefer in den schattigen, tauigen Augen? Das Weib weiß, wenn das Kind noch nicht seine kleine Hand bewegt hat; sieht man nicht öfter die wilde Rose auf ihren Wangen und liegen nicht in der Dämmerung die bangen Tränen feucht auf stillen Händen? Wie sollte denn die Seele nicht wissen, wenn endlich der Daseinswechsel naht? Ist sie ein geringeres Ding als ein Schilfrohr, das sieht, wie das gelbe Birkengold auf dem See treibt und das Gewand der Heide braunrot wird, wenn die Purpurfarbe am Himmel aufsteigt und der weiße Sumpfsaum grau und zerfetzt hin- und herwogt, wo dunkel und stechend die Sumpfdistel wächst – das dies sieht und weiß, dass der Atem des Todes-Webers am Pol schnell dahinstreift über die vereisten Bergspitzen im Nordland. Sie ist mehr als ein Schilfrohr, sie ist mehr als ein wildes Reh auf den Hügeln, sie ist mehr als eine Schwalbe, die ihre Schwingen erhebt vor dem Nahen des Schattens, sie ist mehr als ein Schwan, der trunken ist vom Duft des blauen Weins der Wogen, wenn die grünen arktischen Wiesen weiß und still liegen. Sie ist mehr als diese, sie, die den Sohn Gottes zum Bruder hat und in Licht gekleidet ist. Gott löscht nicht aus im dunklen Grabesschoß, was er entzündet hat im dunklen Mutterschoß.

Wer will behaupten, dass die Seele nicht weiß, wenn der Vogel müde ist des Nestes und das Nest müde ist des Windes? Wer will behaupten, dass alle Ahnungen leere Einbildungen sind? Ein wirbelnder Strohhalm auf der Straße ist nur ein wirbelnder Strohhalm, doch der Wind trifft die Wange, fast ehe er vorüberflog.

Darum war es damals nicht Alasdair Ogs Absicht, ein Wort auf die Rede der Frau zu erwidern, die seine Mutter war und weiß von Alter und die sehen konnte mit dem Blick alter, weiser Augen.

So war alles, was über seine Lippen kam, ein Seufzer und das Gebet der Armen im Geiste, das nur ein Atemzug aus tiefem Herzen ist.

»Du wirst mir erzählen, du graues Herzlieb«, sagte er endlich liebevoll – »du wirst mir erzählen, was hinter jenem Wort war, das du sagtest; jenem von den Füchsen, die Höhlen haben, um sich zu verbergen, die armen Tiere, und von den Vöglein in ihren Nestern, während des Menschen Sohn nicht hat, wo er sein Haupt hinlege?«

»Ja, Alasdair, mein Sohn, den ich vor langer Zeit gebar und den ich bald verlassen muss, ich will dir das erzählen, und zwar sogleich, denn ich weiß, was im Dunkeln ist in dieser Nacht der Nächte.«

Die alte Sheen legte ihren Kopf müde in den Stuhl zurück und ließ ihre Hände, lang und weiß, die Handflächen nach unten gekehrt, auf ihren Knien liegen. Die Torfglut wärmte das matte Grau, das unter ihren geschlossenen Augen und um ihren Mund und in den durchfurchten Wangen lauerte. Alasdair rückte näher und nahm ihre rechte Hand in die seinen, wo sie wie ein ermüdetes Schaf zwischen zwei Felsenböschungen lag. Sanft streichelte er ihre Hand und wunderte sich, wie ein so gebrechliches und schwaches Geschöpf wie diese kleine, alte, verwelkte Frau einen großen, schwärzlichen Mann wie ihn bemuttert haben konnte – ihn, der jetzt mit seinen fünfzig Jahren ein Mann und doch dort an ihrer lieben Seite nur ein Knabe war.

»Es kam so, Alasdair-mochree«, fuhr sie mit ihrer leisen, schwachen Stimme fort – wie ein winderschöpftes Blatt, dachte der Mann, der ihr Sohn war. »Es kam so. Ich ging hinunter zum Bach, um die Claar zu waschen, und als ich dort war, sah ich im Farnkraut ein verwundetes Rehkälbchen. Seine großen, traurigen Augen glichen denen Maisies, des armen Mädchens, als sie in dem Wochenbett lag, auf dem sie abgerufen wurde. Ich ging durch das Farnkraut und am Gormalt hinab und in die Schlucht der Weiden.

Und als ich dort war und am rinnenden Wasser stand, sah ich einen Mann am Bachufer. Er war schlank, aber hager und müde; und die Kleider auf seinem Leib waren ärmlich und abgenutzt. Er hatte Kummer. Als er sein Haupt zu mir erhob, sah ich die Tränen. Dunkle, wundervolle, süße Augen waren es. Sein Antlitz war blass. Es war nicht das Antlitz eines Mannes von den Hügeln. Es war keine Röte darin, und der Blick der Augen war nach innen gerichtet. Es war ein schöner Mann mit weißen Händen, wie sie eine Frau hat, eine Frau wie die Banti-ghearna[21] von Glenchaisteal dort drüben. Auch seine Stimme glich der Stimme jener; in ihrer Sanftheit und dem süßen, stillen Leid, meine ich.

Die Worte, mit denen ich ihn anredete, waren englisch; denn ich dachte, er gliche einem Mann aus Sasunn oder irgendwo aus den Südlanden. Aber er antwortete mir auf Gälisch; in süßem, gutem Gälisch gleich dem der Bioball[22] dort oben, Ihm sei die Ehre.

›Und ist's der Weg das Tal hinab, den Sie suchen?‹, fragte ich; ›und wollen Sie nicht nach dem Haus drüben hinaufkommen, wenn's auch nur eine arme Hütte ist, und einen Schluck Milch trinken und rasten, falls Sie müde sein sollten?‹

›Du hast meinen Dank dafür‹, sagte er, ›und es ist, als hätte ich beides, die gute Rast und den kühlen, süßen Trank. Aber ich folge dem fließenden Wasser hier.‹

›Geschieht es, um zu fischen?‹, fragte ich.

›Ich bin ein Fischer‹, sagte er, und seine Stimme klang leise und traurig.

Er hatte keinen Hut auf seinem Haupt, und das Licht, das durch eine Eberesche strömte, fiel auf sein langes Haar. Er trug das Mitleid mit den Armen in seinen kummervollen, grauen Augen.

›Und wollen Sie nicht bei uns schlafen?‹, fragte ich wieder; ›das heißt, wenn Sie keinen Ort haben, wohin Sie gehen können, und ein Fremdling in diesem Land sind, wie ich glaube, dass Sie es sind; denn ich habe Sie nie zuvor in den Heimattälern erblickt.‹

›Ich bin ein Fremdling‹, sagte er, ›und ich habe keine Heimat, und zu meines Vaters Haus ist's ein weiter Weg.‹

›Sagen Sie es mir nicht, armer Mann‹, sagte ich freundlich, bekümmert über sein Leid; ›sagen Sie es mir nicht, wenn Sie es nicht gern tun; aber froh will ich sein, wenn Sie mir den Namen nennen wollen, den Sie tragen.‹

›Mein Name ist Mac-an-t'-Saoir‹, antwortete er mit dem ruhigen, tiefen Blick, der ihm eigen war. Und damit neigte er sein Haupt und ging seines Weges, in tiefem Sinnen.

Nun, mit einem schweren Herzen wand ich mich um und ging durchs Farnkraut zurück. Ein schweres Herz, sicherlich, und doch dazu – o Frieden, kühle Tautropfen des Friedens. Und das Rehkälbchen war da; geheilt, Alasdair, geheilt, und fröhlich nach seinem Reh blökend, das mit erhobenem Huf auf einem Felsen stand und die Schlucht hinabstarrte nach dem Ort, wo der Fischer war.

Als ich am Brunnen anlangte, kam ein Weib die Halde hinab. Sie war schön anzusehen, aber die Tränen standen ihr in den Augen.

›Oh‹, rief sie, ›haben Sie einen Mann diesen Weg gehen sehen?‹

›Ja, gewiss‹, antwortete ich, ›aber was war das für ein Mann?‹

›Er wird Mac-an-t'-Saoir genannt!‹

›Nun, es gibt viele Männer, die Sohn des Zimmermanns genannt werden. Wie mag sein eigner Name lauten?‹

›Josa‹, sagte sie.

Und als ich sie ansah, flocht sie die wogenden Zweige eines nahen Dornstrauchs ineinander und schluchzte leise, und es glich einem Kranz oder einer Krone, was sie machte.

›Und wer sind Sie, arme Frau?‹, fragte ich.

›Oh mein Sohn, mein Sohn‹, sagte sie und legte ihre Schürze über ihr Gesicht und ging in die Schlucht der Weiden hinab, und dazu weinte sie bitterlich dabei, die arme Frau.

Und jetzt, Alasdair, mein Sohn, sage mir, was für Gedanken du dir machst über das, was ich dir eben erzählt habe. Denn ich weiß wohl, wen ich dort auf der Halde traf und wer der Fischer war. Und als ich wieder hier am Torffeuer war, setzte ich mich nieder, und meine Seele versenkte sich in sich selbst. Und fürwahr, ich habe die Erkenntnis.«

»Nun, nun, Liebe, du bist schwer ermüdet. Ruhe dich jetzt aus. Aber sicher, es gibt viele Männer, die Macintyre genannt werden.«

»Ja, und welcher Gäle, den du kennst, würde bereit sein, dir diesen seinen Zunamen zu sagen?«

Alasdair hatte darauf keine Antwort. Er stand auf, um noch einige Torfstücke auf das Feuer zu legen. Als er das getan hatte, stieß er einen Schrei aus.

Die weiße Farbe, die der Mutter Haar zeigte, bedeckte jetzt auch das Gesicht. Kein Blutstropfen war in demselben oder in den schmalen Lippen. Der Glanz in den alten, trüben Augen glich dem des Wassers nach dem Frost.

Er nahm ihre Hand in die seine. Sie war kalt wie Ton. Er ließ sie los, und sie fiel schlaff am Stuhl herab, steif wie der Hirtenstab, den er führte, wenn er die Schafe hütete.

»O mein Gott und mein Gott«, flüsterte er weiß vor Furcht und bitterem, grausem Schmerz.

Dann geschah's, dass er ein Klopfen an der Tür hörte.

»Wer ist da?«, schrie er heiser.

»Öffnet und lasst mich ein.« Es war eine leise, süße Stimme, aber war jene graue Stunde die Zeit für ein Willkommen?

»Geht, und geht in Frieden, wer immer Ihr seid. Hier ist Tod.«

»Öffnet und lasst mich ein.«

Darauf drückte Alasdair, schwankend wie ein Rohr im Wind, die Klinke auf. Ein schlanker, schöner Mann, schlecht gekleidet und müde, dazu blass und mit träumenden Augen, trat ein.

»Beannachd Dhe an Tigh«, sagte er, »Gottes Segen über dieses Haus und alle, die hier sind.«

»Das Gleiche über Sie«, sagte Alasdair, und müdes Leid klang in seiner Stimme. »Und wer sind Sie? Und vergeben Sie die Frage.«

»Ich werde Mac-an-t'-Saoir genannt, und Josa ist der Name, den ich trage – Jesus, des Zimmermanns Sohn.«

»Es ist ein guter Name. Und ist es Gutes, das Sie suchen in dieser Nacht?«

»Ich bin ein Fischer.«

»Gut, da hat man hier zu tun und da zu tun. Aber wollen Sie nach dem Tal jenseits des Hügels gehen und dem guten Mann, der dort wohnt, dem Geistlichen, Lachlan MacLachlan, erzählen, dass die alte Sheen nic Leoid, das Weib des Alasdair Ruadh, tot ist.«

»Ich weiß das, Alasdair Og.«

»Und wie können Sie das wissen und meinen Namen dazu, Sie, der Sie Macintyre genannt werden?«

»Ich traf die weiße Seele der Sheen, als sie vor einer kleinen Weile an der Schlucht der Weiden hinabging. Sie sang einen frohen Gesang, fürwahr. Grüne Jugend hatte sie in ihren Augen. Und ein Mann hielt sie an der Hand. Es war Alasdair Ruadh.«

Da fiel Alasdair auf seine Knie. Als er aufblickte, war niemand mehr da. Durch die Dunkelheit draußen vor der Tür sah er einen Stern weiß aufleuchten und hüpfen gleich dem Pulsschlag eines Herzens.

Es war drei Tage nach jenem Tag des Schattens, da wurde Sheen Macleod unter den grünen Rasen gelegt.

In jeder Nacht wandelte Alasdair Og in der Schlucht der Weiden, und da sah er einen Mann fischen, freilich immer in weiter Ferne. Immer bückte er sich nieder, und zuzeiten glich er einem Schatten. Aber es war der Mann, der Josa Mac-an-t'-Saoir genannt wurde – Jesus, des Zimmermanns Sohn.

Und in der Nacht der Beerdigung sah er den Fischer ganz in der Nähe.

»Mein Herr und Gott«, sagte er mit gedämpfter Stimme und tiefer Ehrfurcht in seinen staunenden Augen; »mein Herr und Gott!«

Und der Mann sah ihn an.

»Bei Nacht und bei Tage, Alasdair MacAlasdair«, sagte er, »bei Nacht und bei Tage fische ich in den Wassern der Welt. Und diese Wasser sind die Wasser des Grams und die Wasser der Sorge und die Wasser der Verzweiflung. Und es sind die Seelen der Lebenden, nach denen ich fische. Und siehe, ich sage dies zu dir, denn du sollst mich nicht wiedersehen: *Gehe hin in Frieden*. Gehe hin in Frieden, du gute Seele eines armen Mannes, denn du hast den Menschenfischer gesehen.«

Silis

Es waren zwei Männer, die liebten ein Weib. Der Name des Weibes war Silis; die Namen der Männer waren Sheumas und Isla. Als junges Mädchen war sie schön gewesen, aber jetzt war sie berückend. Für manche war ihr Reiz nur ein verwirrender Glanz, der sie umstrahlte. Sie war dunkel, und ihre Schönheit bestand aus Licht und Schatten, wie die Dämmerung; aber wie man im Zwielicht nicht sehen kann, was fern darin ist, so sah niemand in die Dämmerung dieser Frauenseele.

Eines Nachts waren die beiden Männer auf dem Wasser. Es war eine Totenstille, und die Netze waren ausgeworfen. Keine Spur von Mond war da und nur ein oder zwei Sterne droben in dem schwarzen Winkel am Himmel. Die See hatte wandernde Flammen in ihrem Inneren; und wenn die großen Seequallen vorbeitrieben, waren sie wie die Flutlampen, welche die Ertrunkenen auf ihren Totengesichtern tragen, wie einige erzählen.

»Eines Tages könnte ich dir etwas Seltsames erzählen, Sheumas«, sagte Isla, das lange Schweigen brechend, das geherrscht hatte, seit das letzte Netz eine Funkenwolke aus den Strudeln emporsendete.

»Ja?«, sagte Sheumas, indem er seine Pfeife aus dem Mund nahm und nach der Rauchsäule blickte, die sich dicht vor dem Mast erhob. Nur die Flut tastete sich ihren Weg die Meerlagune hinauf, kein Hauch von Wind war zu spüren. Hier und dort zeigten sich dämmerige Schatten; die Boote der Fischerleute von Inchghunnais. Jedes führte ein rotes Licht, und auf einigen waren grüne Laternen in halber Höhe an den Mast gelascht.

Lange Zeit wurde kein Wort weiter gesprochen.

»Und ich frage mich«, sagte Isla endlich; »ich frage mich, was du von jener Geschichte denken wirst.«

Sheumas gab darauf keine Antwort. Er rauchte und starrte ins dunkle Wasser hinab.

Nach einer Weile stand er auf und lehnte sich an den Mast. Obwohl kein Licht da war, weder vom Mond noch von einer Lampe, legte er seine Hand über die Augen, wie es seine Gewohnheit war.

»Ich denke, die Makrele wird heute Nacht diesen Weg kommen. Dies ist das dritte Mal, dass ich den Pollack habe schnarchen hören – weit dort drüben, hinter Peter Macallums Boot.«

»Nun, Sheumas, ich will ein bisschen schlafen. Die ganze vorige Nacht habe ich wachgelegen.«

Damit klopfte Isla die Asche aus seiner Pfeife, legte sich hintenüber auf eine Rolle Tauwerk und schloss seine Augen, aber er konnte keinen Schlaf finden über dem erschlaffenden, dumpfen Leid des heimatlosen Mannes, der er war – ein Heim, ein Heim, ein Heim, und Silis sein Name.

Als er nach einer Stunde oder länger steif wurde, regte er sich und öffnete seine Augen. Sein Maat saß am Steuer und hielt die Pfeife in seinem Mund, aber das Feuer in seiner Pfeife war erloschen und seine Augen starrten weitgeöffnet.

»Ich würde mir jene Geschichte nicht erzählen, Isla«, sagte er.

Isla antwortete nichts, sondern legte sich trotz seines erstarrten Beines in die frühere Lage zurück. Er schloss wieder seine Augen.

Bei Hochwasser, in der dunklen Stunde vor der falschen Dämmerung, wie der erste Schimmer genannt wird, der Schimmer, der kommt und wieder geht, standen beide Männer auf und gingen herum, mit den Füßen stampfend. Jeder steckte seine Pfeife an, und der Rauch hing lange in kleinen, grauweißen Wölkchen, so totenstill war es.

Auf der Brudhearg, dem Boot John Macalpines, sang der junge Neil Macalpine. Die beiden Männer auf der Eala konnten seinen Gesang hören. Es war eines der seltsamen gälischen Lieder von Jan Mor:

Oh, ob auch schön ihr Angesicht, ihr Herz ist tief
und kühl,
So tief und kühl, wie wenn darauf der Locken
Schatten fiel.
Ein Geist, der nicht ein weißer Geist, wohnt in
der Locken Schwall,
In jenes Geistes Himmelskuss liegt einer Hölle Qual.

Sie hält zwei Männer in der Hand, in ihrer
weichen Hand,
Nimmt ihre Seelen, bläst sie fort, wie unstet treibt
der Sand:
Der fällt zurück an ihre Brust und Heimatruh gewinnt,
Und jener geht in finstre Nacht, wie Schaum verweht
vom Wind.

Sheumas lehnte an der Ruderpinne der Eala und blickte Isla an. Er sah einen Schatten auf seinem Gesicht. Mit seinem rechten Fuß tippte der Mann gegen eine lose Spiere, die an Steuerbord auf dem Deck lag.

Als der Sänger verstummte, starrte Isla unverwandt über das Wasser dorthin, wo die Brudhearg lag.

Worte schwebten ihm auf den Lippen, aber sie erstarben, als Neil Macalpine das Liebeslied »Mo nighean donn«[23] anstimmte.

»Kannst du mir sagen, Isla«, sagte Sheumas, »wer der Mann war, der jenes Lied vom heimatlosen Mann dichtete?«

»Jan Mor.«

»Jan Mor von den Hügeln?«

»Ja.«

»Sie sagen, der Schatten lag auf ihm?«

»Nun, was soll das?«

»Kam das von Liebe?«

»Es kam von Liebe.«

»Liebte ihn das Weib?«

»Ja.«

»Ging sie zu ihm?«

»Nein.«

»War es das, warum er den düsteren Sinn hatte?«

»Ja.«

»Aber er liebte sie, und sie liebte ihn?«

»Er liebte sie, und sie liebte ihn.«

Eine Zeit lang schwieg Sheumas. Dann sprach er wieder.

»Sie war das Weib eines andern?«

»Ja, sie war das Weib eines andern.«

»Liebte *er* sie?«

»Ja, gewiss.«

»Liebte *sie ihn*?«

»Ja … ja.«

»Wen liebte sie dann? Denn ein Weib kann nur einen Mann lieben.«

»Sie liebte beide.«

»Das ist nicht möglich: nicht mit der einen tiefen Liebe. Es ist eine Lüge, Isla Macleod.«

»Ja, es ist eine Lüge, Sheumas Maclean.«

»Welchen Mann liebte sie?«

Isla schüttelte langsam die Asche aus seiner Pfeife und sah ein oder zwei Sekunden nach einem momentanen Zucken am nordöstlichen Himmel.

»Die Dämmerung wird jetzt bald hier sein, Sheumas.«

»Ja. Ich fragte dich, Isla, welchen Mann sie liebte?«

»Gewiss liebte sie den Mann, der ihr den Ring gab.«

»Welchen Mann liebte sie?«

»Oh gewiss, Mann, du fragst mich geradeso wie der Rechtsgelehrte, der in Balliemore dort weit auf dem Festland Gericht hält.«

»Nun, das will ich dir selber sagen, Isla Macleod, wenn du mir den Namen des Weibes sagst.«

»Ich weiß ihren Namen nicht.«

»Hieß sie Mary … oder Jessie … oder hieß sie vielleicht Silis, wie?«

»Ich weiß ihren Namen nicht.«

»Nun, nun, dann könnte er Silis lauten?«

»Ja, gewiss könnte er Silis lauten. So gut Silis wie irgendein andrer.«

»Und welches würde der Name des andern Mannes sein?«

»Welches Mannes?«

»Des Mannes, dessen Ring sie trug?«

»Ich erinnere mich jenes Namens nicht.«

»Nun, wie, würde er Padruic lauten, oder etwa Ivor, oder … oder … vielleicht Sheumas, wie?«

»Ja, der könnte es sein.«

»Sheumas?«

»Ja, so gut der wie irgendein andrer.«

»Und wie war das Ende?«

»Das Ende wovon?«

»Das Ende jener Liebe?«

Isla Macleod stieß ein leises Lachen aus. Dann bückte er sich, um die Pfeife aufzuheben, die ihm entfallen war. Plötzlich richtete er sich auf, ohne sie zu berühren. Er setzte seine Ferse auf den warmen Ton und zermalmte sie.

»Das ist das Ende dieser Art Liebe«, sagte er. Er lachte wieder leise, als er das sagte.

Sheumas beugte sich nieder und las die zertretenen Bruchstücke auf.

»Sie sind noch warm, Macleod.«

»Sind sie?« Dabei schrie Isla, und ein rotes Leuchten kam in das Blau seiner Augen. »Dann werden sie dorthin gehen, wohin der Mann im Lied ging, der Mann, der sein Heim für immer und ewig suchte und ihm niemals ein wenig näher kam als bis in den Lampenschein vor dem Fenster.«

Damit warf er die Stücke in das dunkle Wasser, das sich bereits aschgrau färbte.

»'s ist eine sichere Heilung, das, Sheumas Maclean.«

»Ja, so sagen sie … und so, so … ja, wie du eben sagtest, Jan Mor ging in den Schatten wegen jenes Heimes, das er nicht gewinnen konnte?«

»So sagen sie. Und jetzt wollen wir die Netze aufnehmen, 's ist ein schweres Netz, das schwarz herauskommt, wie das Sprichwort heißt. Gewiss sind sie schwer nach dieser stillen

Nacht und bei südlichem Wind und wo der Pollack hin und her streift.«

»Nun, das ist aber sonderbar.«

»Was ist sonderbar, Sheumas Maclean?«

»Dass du gerade das sagen musstest.«

»Und warum das?«

»Oh, nur dies. – Silis hat neulich in der Nacht einen Traum gehabt, das hat sie. Sie träumte, sie sah dich allein auf der Eala stehen; und du holtest hart an einem schweren Netz, sodass der Schweiß an deinem Gesicht herabrann. Und dein Gesicht war totenweiß, sagte sie. Und du holtest und holtest. Und irgendeiner neben dir, den sie nicht sehen konnte, lachte und lachte; und …«

Mit einem unterdrückten Fluch fiel Isla dem Sprechenden ins Wort:

»Wie, Mann des Lebens, du sagtest, er, der Mann, das heißt ich selbst, war allein auf der Eala?«

»Nun, Silis sah niemand als dich, Isla Macleod.«

»Aber sie hörte irgendeinen neben mir lachen und lachen.«

»So sagte sie. Und du warst totenweiß, sagte sie, und der Schweiß lief in Strömen an dir hinab. Und du zerrtest und zerrtest. Dann blicktest du zu ihr auf und sagtest: *›Es ist ein schweres Netz, das schwarz heraufkommt, wie das Sprichwort sagt.‹*«

Isla Macleod gab darauf keine Antwort, sondern begann langsam an den Netzen zu holen. Ziemlich fern im Nordosten glitt ein rasches Streiflicht hin und her. Die See ergraute. Ein frischer, scharfer Salzgeruch stieg von den Wogen auf. Die Segel der Kutter, eins nach dem andern, hörten auf, ein Fleck in der Finsternis zu sein; jedes erhob eine braune, schattenhafte Schwinge gegen eine Dämmerung, durch die beständig eine Flut von unzähligen Lichtfunken strömte.

Bald von diesem Boot, bald von jenem schollen heisere Rufe herüber.

Die Mairi Ban schwang langsam vor dem leichten Morgenwind herum und hob mit leisem, klopfendem Spritzen ihren Bug heimwärts. Die Maggie, die Trilleachan, die Eilid, die Jessie und die Mairi Donn folgten eine nach der anderen.

Schweigend holten die beiden Männer auf der Eala ihre Netze ein. Die Heringe bildeten eine Schicht sich regenden Silbers, als sie im Raum lagen. Als die Dämmerung sich erhellte, funkelte die zitternde Silbermasse. Das Verdeck war mit glitzernden Schuppen gepanzert; diese glänzten auch auf Schenkeln, Armen und Händen der beiden Fischerleute.

»Nun, das wäre getan!«, rief endlich Sheumas aus. »Auf mit dem Ruder, Isla, wir wollen machen, dass wir nach Hause kommen.«

Als erst das Segel seinen Bausch voll Wind hatte, machte die Eala flotte Fahrt. Sie lief der Tern, dann der Jessie Macalpine vorbei, holte die plumpe, schleppende Maggie ein und ging, rieselnd und rauschend, im Kielwasser der Eilid, des leichtesten der Boote von Inchghunnais.

Weit vor der Küste kam der Dampfer Osprey den Kuttern entgegen und nahm ihnen die Heringe ab, eine Bütte nach der andern. Lange bevor seine Schraube im schwarzgrünen Wasser unter Land schäumenden Gischt aufwirbelte, war die Eala in dem kleinen Hafen und lief auf das Geröll am Haken von Craigard.

Schweigend schritten Sheumas und Isla auf dem Felsenpfad nach der abgelegenen Hütte, in der die Macleans lebten, vor ihrer niedrigen, weißgetünchten Wand flatterten die Schwalben hin und her wie fliegende Schiffchen vor einem stummen Webstuhl. Das blasse Gold einer regentrüben Morgenröte ließ die Weiße noch weißer erscheinen. Plötzlich blieb Isla stehen.

»Willst du mir jetzt sagen, Sheumas, welcher Mann es war, den sie liebte?«

Maclean sah den Sprecher nicht an, obwohl auch er stehen blieb. Er starrte nach der weißen Hütte und nach dem kleinen viereckigen Fenster mit dem Geraniumtopf auf der Oberschwelle.

Aber während er zögerte, wandte Isla Macleod sich ab und schritt rasch durch das nasse Farnkraut und die Sumpfmyrte, bis er hinter dem Cnoc-na-Hurich verschwand, auf dessen verborgenem Abhang seine eigne Hütte stand, inmitten einer Wildnis von Stechginster.

Sheumas sah ihm nach, bis er seinen Blicken entschwand. Dann erst beantwortete er die Frage.

»Ich denke«, murmelte er langsam, »ich denke, sie liebte Jan Mor.«

»Ja«, murmelte er später noch einmal, als er seine von Seewasser triefenden Kleider ablegte und sich auf das Bett in der Küche hinstreckte, von wo er in das kleine Zimmer sehen konnte, in dem Silis in tiefem Schlaf lag. »Ja, ich denke, sie liebte Jan Mor.«

Trotz seiner Müdigkeit schlief er nicht.

Als das Sonnenlicht über den Fußboden aus rotem Sandstein hineinströmte und nach seines Weibes Bett hinkroch, stand er behutsam auf und sah nach ihr. Er brauchte sich nicht zu bücken, als er das Zimmer betrat, wie Isla Macleod es hätte tun müssen.

Lange Zeit betrachtete er Silis. Ihr schattiges Haar umrahmte ihr Gesicht. Niemals war sie ihm schöner erschienen. Mit Recht wurde sie in dem Gedicht, das irgendwer auf sie gemacht hatte, »Silis das Reh« genannt.

Dem Gedicht, das irgendwer auf sie gemacht hatte? … Ja, gewiss, wie hatte er nur vergessen können, wer es war? War es nicht Isla, der auch ein Dichter war, ein zweiter Jan Mor, sagten sie.

»Ein zweiter Jan Mor.« Während er die Worte nochmals vor sich hin flüsterte, beugte er sich über sein Weib. Ihr weißer Busen hob und senkte sich wie ein Mondstrahl auf bewegtem Wasser.

Dann kniete er nieder. Als er die schmale, weiße Hand in die seine nahm, erwachte sie nicht. Ihre Hand schloss sich liebend um seine eigene.

Ein Lächeln kam und ging langsam auf dem träumenden Antlitz – ach, ein liebliches, weißes, träumendes Antlitz, dessen sternengleiche Augen verhüllt waren. Sie errötete sanft, und ihre Lippen öffneten sich leise. Der halbverdeckte Busen hob und senkte sich, als begleite er eine Tiefseedünung vom klopfenden Herzen her.

»Silis«, flüsterte er, »Silis … Silis …«

Sie lächelte. Er neigte sich dicht über ihre Lippen.

»Ach, du mein Herz«, flüsterte sie. »O Isla, Isla, mo run[24], moghray, Isla, Isla, Isla!«

Sheumas fuhr zurück. Auch er glich dem Mann in ihrem Traum, denn er war jetzt totenbleich, und der Schweiß stand in großen Tropfen auf seinem Gesicht.

Er machte kein Geräusch, als er zum Herdwinkel zurückging, seine nassen Kleider nahm, die er vor das erloschene Torffeuer gehängt hatte, und dieselben wieder anlegte.

Es war eine lange Wanderung, jene paar hundert Ellen weit zu Isla Macleods Hütte; eine lange, lange Wanderung.

Als Sheumas auf dem nassen Gras vor den Fliesensteinen stand, sah er, dass die Tür halb offen war. Isla hatte sich nicht niedergelegt. Er hatte seine Laute aus Eschenholz genommen und spielte und sang abwechselnd leise vor sich hin.

Maclean trat dicht an die Wand heran und lauschte. Zuerst konnte er nicht mehr als abgerissene Stücke verschiedener Lieder hören. Dann plötzlich legte der Mann drinnen sein Farch-chivil[25] nieder und stand auf.

Für einige Augenblicke herrschte Totenstille. Dann drang ein tiefer Seufzer aus dem Innern der Hütte.

Sheumas Maclean tat einen Schritt vorwärts, und sein Schatten fiel durch die Türöffnung.

Sein Gesicht war weiß und abgespannt. Es ist eine ermüdende Arbeit bei den Heringen; aber es war nicht die See-Müdigkeit.

Isla kam heraus und sah ihn. Der Sänger lächelte, aber das Lächeln hatte kein Licht in sich. Es war düster wie eine düstere Woge.

»Nun?«, sagte er.

»Ich bin gekommen!«

»Und willkommen. Und was wünschest du, Sheumas Maclean?«

»Sicher ist's zu spät zum Schlafen, und ich denke, ich würde jetzt gern jene Geschichte hören, die du mir erzählen wolltest.«

Der Mann gab darauf keine Antwort. Jeder sah den andern an mit klaren Augen, ohne zu blinzeln.

»Es wird kein ehrlicher Handel sein«, sagte endlich Isla langsam. »Es wird kein ehrlicher Handel sein, denn ich bin größer und stärker.«

»Es gibt einen andern Weg, Isla Macleod.«

»Ja?«

»Dass du oder ich zu ihr gehen und ihr alles erzählen und dann zuletzt sagen: ›Komm mit mir oder bleib bei ihm‹.«

»So sei es.«

So losten sie denn an Ort und Stelle um den Vortritt. Das Glück entschied für Sheumas Maclean.

Ohne ein Wort wendete Isla sich um und ging in das Haus. Da nahm er seine Feadan und spielte leise vor sich hin, ins rote Herz des qualmenden Torffeuers starrend. Er lächelte weder noch runzelte er die Stirn; nur einmal lächelte er, und das war, als Sheumas zurückkam und sagte: »Komm.«

So schritten die beiden schweigend durch das tauige Gras. Am Schilfgestade von Craigard tönte lauter Ruf von braunen Möwen und Meerschwalben und der heisere, lachende Schrei der großen Heringsmöwe. Die Flut sprudelte und sickerte durch die Wildnis des Seetangs. Weiter ab vernahm man das Gackern von Hennen, das Brüllen ruheloser Kühe und das Blöken der Schafe auf den Abhängen des Melmonach. Eine scharfe Salzluft prickelte in den Nüstern der beiden Männer.

An der verschlossenen Tür machte Sheumas ein Zeichen des Schweigens. Dann drückte er die Klinke auf und trat ein.

»Silis«, sagte er mit leiser, aber heller Stimme.

»Silis, ich bin wieder zurückgekommen. Trockne deine Tränen, mein Mädchen, und sag's mir noch einmal – denn ich sterbe, noch einmal die selige Wahrheit zu hören – sag's mir noch einmal, ob ich's bin, den du am innigsten liebst, oder Isla Macleod.«

»Ich habe es dir gesagt, Sheumas.«

Draußen hörte Isla ihre Worte und trat näher heran.

»Und es ist die Wahrheit, dass du mich am innigsten liebst und dass, seit die Wahl zwischen ihm und mir gekommen ist, du mich wählst?«

»Es ist die Wahrheit.«

Ein Schatten fiel durch das Zimmer. Isla Macleod stand in der Tür.

Silis wendete sich und sah den Mann. Er lächelte. Sie war nicht feige, seine Silis, dachte er – wenn er sie auch sein Reh nannte.

»Ist – es – die – Wahr – heit, Silis?«, fragte er langsam.

Sie schaute Sheumas, dann Isla, dann wieder ihren Gatten an.

Dann, mit einer raschen Drehung ihrer Augen, sprach sie:

»Ja, es ist die Wahrheit, Isla. Ich bleibe bei Sheumas.«

Das war alles.

Sie wusste, welche Woge der Erleichterung in Sheumas' Gesicht stieg. Sie sah eine düstere Flut in den Augen Islas schwellen. Er starrte sie an. Vielleicht hörte er nicht? Vielleicht träumte er noch? Er war ein Träumer, ein Dichter; vielleicht konnte er es nicht verstehen.

»A ghraidh mo chridhe – teures Lieb meines Herzens«, flüsterte er heiser.

Ein Ausdruck des Staunens lag in ihren anscheinend freimütigen, aber immer geheimnisvollen Augen – den tiefen Augen der Wahrheit, wie Sheumas immer geglaubt hatte und Isla auch, obwohl er sie kannte, wie ihr Gatte Sheumas sie niemals kennen konnte. Er wusste jetzt, dass eine Frau gleichmäßig aus Schönheit, Liebe und Lügen bestehen kann.

Isla stand eine Weile, als ob er nicht gehört hätte. Ein großer, starker Mann war er; aber er zitterte jetzt selbst wie ein Reh, dachte sie. Seine blauen Augen waren plötzlich wolkig und trübe geworden.

Er richtete sich auf. Sie sah einen neuen Ausdruck auf seinem Gesicht, die erwachende Verachtung, und sie wusste, sie würde denselben nie vergessen können. Sie schauderte. Isla wendete sich ab. Er stolperte im blendend weißen Licht draußen vor der Tür. Für sein Ohr tobte das leise, gleitende Geräusch der Flut durch die Türöffnung. Sheumas sah Silis nicht an. Sie lauschten, bis sie auf dem Geröll, das nach dem Hafen führte, den Schall von Islas Schritten nicht mehr hörten.

Das ferne Land

»Vielleicht hat er geliebt; gewiss hat er gelitten. Unvermeidlich muss auch er ›die Laute‹ vernommen haben, ›die von dem fernen Lande des Glanzes und des Schreckens kommen‹; und an manchem Abend hat er sich stumm gebeugt vor Gesetzen, die tiefer sind als die See.« *Maeterlinck*

Es gibt eines Dichters Märe, die ich sehr liebe und oft in die Erinnerung gerufen habe; davon, wie in der Todesstunde Liebe so groß sein kann, dass sie über die Höhe der Hügel und die Öde der Wüste und die salzigen Triften der See hinwegeilt.

Vergangene Nacht träumte ich von Ithel und Bronwen; verworren, denn das Brüllen der Wogen und der Schrei eines Vogels aus dem Binnenland verwebte sich unaufhörlich in die Farben und Düfte von Orten, die fern sind von Moor und See, mit den Farben und Düften eines Landes der Gärten und Weiden und stillen Weiher, und mit den feinen, scharfen Düften und hellen, breiten Farben des sonnigen Ostens.

Und als ich erwachte, wusste ich, dass es nicht wirklich Ithel und Bronwen waren, Rot Ithel und Bleich Bronwen, von denen ich geträumt hatte. Auch nicht von einem alten, grauen Tag, auch nicht von dem fernen Ost, sondern von zweien, die ich gut kannte, und von diesem Westen der Regen und Regenbogen, der Tränen und Hoffnungen, den ich liebe, wie ein Kind eine verwitwete Mutter liebt.

Dann schlief ich wieder ein, und vor Morgengrauen träumte ich und erwachte wieder; aber jetzt war's nicht von Bronwen und Ithel, was ich träumte, sondern von Aillinn und Baile mit der süßen Rede.

Unter den Sagen der Gälen ist eine, die Frauen am meisten lieben. Es ist die von Baile mit der süßen Rede. Wenn Baile, der in einem Teil des Landes der Gälen lebte, in irgendeiner Weise litt, so litt Aillinn, die in einem andern Teil lebte, ebenso und mit demselben Leiden. So groß war ihre Liebe, dass Entfernung zwischen ihnen nicht mehr war als eine Wasserflut zwischen zwei andern Fluten in einem schmalen Strom. Das ist Liebe, die allein nicht leben kann. Aber in einer bösen Stunde wirkte der Hass einer niedrigen Natur, dass Aillinn und Baile Honigmund ein Todesbild erschien. Und als Baile mit der süßen Rede sein totes Lieb sah, brach sein Herz, und das Gras war nicht so kalt wie das, was darauf lag. Und als Aillinn ihr totes Lieb sah, entschwand ihr Leben in einem Hauch, und sie war weißer, als die weißen Maßliebchen im Gras waren, wo ihre große Schönheit lag wie eine erloschene Flamme. Jedes wurde begraben, wo es hinsank. Dann ward überall in den Landen der Gälen dies Wunder bekannt, dass aus Aillinns Grab ein Apfelbaum stracks emporwuchs, den der Wind und Sonne und Mond und unsichtbare Mächte am Wipfel zur Gestalt und dem Haupt Bailes formten; und dass aus dem Grab Bailes ein Eibenbaum wuchs, aus dessen oberen Blättern und Zweigen die unsichtbaren Mächte und der Mond und die Sonne und der Wind das sanfte, schöne Köpfchen Aillinns gestalteten. Das ist Liebe, die allein nicht träumen kann. Das ist Liebe, die ewig das Lieb nachbildet, näher und näher der Sehnsucht des Herzens.

Und als sieben Jahre vergangen waren, wurden der Eibenbaum und der Apfelbaum niedergelegt. Vielleicht war es einer, welcher nicht mit der großen Liebe liebte, der befahl, das zu tun; denn nur die wenigen sind es, die lieben, wie Aillinn und Baile liebten, und je kleiner oder schwächer die Seele ist, umso mehr verschmäht sie die weiße Flamme oder wird beunruhigt durch sie. Aber die Dichter und Seher machten Täfelchen aus dem Apfelholz und dem Eibenholz und schrieben darauf lieberfüllte und schöne Worte. Später geschah es, dass der Ardree[26] den Dichtern gebot, diese Täfelchen vor ihn ins Haus der Könige zu bringen. Aber kaum hatte er sie in Berührung gebracht, als das Eibenholz und das Apfelholz plötzlich ein Holz waren, so schnell sich vereinend, als wenn zwei Wogen auf der See sich treffen und zu einer Woge werden. Und der König und die um ihn waren konnten sehen, wie das bleiche Apfelholz sich mit dem dunklen Eibenholz verwoben hatte, und keine Magie noch Beschwörung konnte jene wunderbare Vereinigung lösen. So befahl der Ardree, dass das Holz der Liebe Aillinns und Bailes in die Schatzkammer gebracht und dort aufbewahrt würde mit den heiligen Sinnbildern großer Mächte und der Dämonen und Götter und mit den Trophäen der Helden. Und das ist Liebe, die weder Menschenwort achtet noch die Bitternis des Todes noch das herrschende Gesetz noch das Gesetz, das geheim und unerforschlich ist.

Aber als ich über den Tautropfen auf den weißen Heckenrosen eine Drossel singen hörte und das blaue Licht sah, wie eine zuckende blaue Flamme mit flüssigem Gold durchwirkt, und wusste, dass es Tag war, da dachte ich nicht mehr an Aillinn und an Baile mit der süßen Rede, auch nicht an Rot Ithel und Bleich Bronwen noch an den fernen, trüben Osten, wo Ithel im Sand lag und Bronwens Liebe flatterte wie ein Schatten, noch an die trübe Zeit jener vier, die den Traum liebten; sondern an zwei, die ich sehr liebte und die ihre Zeit hatten in diesem Westen der Regen und Regenbogen, der Tränen und der Hoffnungen.

Liebe ist zugleich so groß und so gebrechlich, dass es vielleicht keinen Gedanken gibt, der uns zu gleicher Zeit so erschrecken und so erheben kann. Und zuzeiten und für manche liegt in der Liebe ein unergründetes Geheimnis. Was zu den Sternen leiten kann, kann zum Abgrund leiten. Eine Grenze ist gesetzt sterblicher Freude sowohl wie sterblichem Leid, und die Flamme kann über sich hinaussteigen in dem einen wie in der andern. Das furchtbarste Geheimnis einer überwältigenden Liebe ist ihr Tod durch ihre eigne Glut.

Es ist eine »noch unerzählte Geschichte«, die ich schreibe. Niemand konnte sie schreiben, wenige werden sie verstehen; für die meisten wird sie zugleich so wirklich und so unwirklich sein wie Schaum, nicht mehr als ein phosphoreszierendes Leuchten des Gemüts. Man kann sehen und doch leugnen; so kann man in der nächtlichen Woge eine Flamme sehen, die nicht da ist, oder einen Stern, der sich für den Augenblick in der wandernden Höhlung fängt, und dabei wissen, dass keine Flamme da ist, sondern nur ein plötzliches Aufleuchten unendlich kleinen Sammellebens; kein Stern, sondern nur ein unstetes Spiegelbild. Aber man kann auch leugnen, was kein Trugbild ist. Wer farbenblind ist, kann die Farbe nicht sehen; er, der blind ist für jene unendliche kleine Lebensflamme, die den blauen Nebel von Jugend und Liebe und Romantik schafft, kann in Jugend oder Liebe oder Romantik nicht die Namen für jene uranfänglichen Entzückungen erkennen, die an sich unsterbliche Wesen sind, obwohl wir nur ihre Blüte und ihr Verwelken sehen; und er, dessen Seele finster ist und dessen Geist blind, kann nicht jene Dinge sehen, die dem Geist angehören, oder jene Dinge verstehen, in denen der Geist sich zum Ausdruck bringt.

Aber für einige, die danach fragen, schreibe ich diese wenigen Worte: nicht weil ich ein Geheimnis kenne und es offenbaren wollte, aber weil ich ein Geheimnis gekannt habe und heute wie ein Kind davor stehe und es weder offenbaren noch auslegen kann.

Sie liebten einander innig, die beiden, von denen ich rede. Es war keine geringere Liebe, obwohl sie vom Verlangen erhalten und von der Glut genährt wurde; sondern sie wusste um diese und erkannte in ihnen die leiblichen Abbilder einer Glut, die nicht sterblich, und eines Verlangens, das nicht endlich war. Sie wussten um all die Freude und das Leid, das dem Mann und dem Weibe durch die geheimnisvollen Pforten der Liebe kommen kann, die einigen aus Dämmerung und einigen aus Morgenlicht oder den Strahlen des Mittags gewebt scheinen.

Jahr um Jahr wurde ihre Liebe tiefer. Ich weiß von keiner Liebe gleich der ihren.

Man hört überall, dass Leidenschaft nur unbefriedigtes Verlangen, dass Liebe nur ein Fieber sei. So vermögen auch, wie ich gehört habe, die Maulwürfe, die im Zwielicht und inmitten der unterirdischen Finsternisse, die sie bewohnen, sehen können, die Sterne nicht einmal als leuchtende Punkte über den Zweigen der Bäume zu sehen, ja nicht einmal diese schwankenden Zweige noch ihre windbewegten Schatten.

Ihre Liebe verminderte sich nicht, sondern wuchs durch traurige Umstände. Wie das Dulden schwerer wurde – denn die Liebe wurde tiefer und die Leidenschaft ward wie der Raubvogel, den Gott hungernd in die Wildnis setzt, während die kleinen und großen Dinge des Alltagslebens wie eine Flut auf diese Liebe eindrangen –, schien es jedem, dass sie sich nur umso mehr in das zurückzogen, was für sie nicht das größte Ding im Leben, sondern das Leben selbst war.

Für sie war er nicht nur der Mann, den sie liebte; dem sie das innerste, namenlose Leben ebenso hingegeben hatte wie jenes, das in ihrem Herzen und ihrem Denken, im Puls und dem Blut und den Nerven wohnte. Er war die Liebe selbst; und wenn er zuweilen in ihr Haar flüsterte, hörte sie andere Worte und wusste, dass ein größerer als er, den sie liebte, mit verborgenem Sinn sprach.

Wie hätte sie sagen können, was sie für ihn war? Sie war eine Flamme für seinen Geist sowohl wie für sein Leben; das wusste sie. Aber er konnte ihr nicht sagen, was keine Worte sagen können. Sie konnte fühlen, wie sein Herz schlug; sein Puls schwoll ihrem Blick entgegen wie eine Woge dem Mond; in diesen seinen Augen konnte sie lesen, was in ihrem eignen Herzen war, was sie aber verhüllen und blindlings leiten musste, weil ein Weib das nicht anzuschauen vermag, was unerträglich ist. Zweifellos war es mit ihm nicht so. Das konnte sie nicht wissen. Aber sie kannte ihr eignes Herz. Der unaussprechliche Ruf war da. Sie hörte ihn in jenen Stillen, in denen Frauen lauschen.

Zuweilen sah sie ihn mit Verwunderung an, zuzeiten mit plötzlicher Furcht. Sie fürchtete nicht ihn, den sie liebte, aber unbekannte Kräfte hinter ihm. Zuweilen sprach er zu ihr von dem, was nicht vergehen kann; von Liebe, die dauernder ist als die Berge, von Leidenschaft, vom Geist, von unvergänglichen Dingen. Sie fürchtete dieselben. Sie fürchtete nicht mit dem Verstand; dieser sprang wie ein Reh nach den

Wasserquellen. Sie fürchtete nicht mit dem Leib, denn der verabscheute den Tod und das Ende der Träume. Aber etwas in ihr fürchtete sich. Diese Dinge, von denen er sprach, waren ein zu großer und schrecklicher Wind für eine kleine, wandernde Flamme.

Dachte er selbst nicht so?, fragte sie sich staunend. War es, weil er ein Mann war, dass er fröhlich von diesen entlegenen, schönen und furchtbaren Dingen sprach?

Einmal lagen sie auf einem Rasenabhang an einem Vorgebirge, in einer warmen, monderhellten Nacht. Ein einsamer Fichtenbaum wuchs auf der kleinen Felsenklippe; und gegen diesen lehnten sie und schauten durch die Zweige nach den bleichen, ungewissen Sternen und in das wogende, dunkle, geheimnisvolle Wasser.

»Es ist unsere Liebe«, flüsterte er ihr zu; »wir sind auf dem granitenen Felsen; und durch den Baum unserer kleinen Welt schauen wir nach den unveränderlichen Sternen; und diese wogende Flut ist das Geheimnis, das für immer um uns ist und so viel flüstert und so wenig sagt.«

Es war süß anzuhören; und sie liebte ihn, der flüsterte; und der Gedanke war ihr eigner. Aber in jener Nacht lag sie nachdenkend Stunde um Stunde, oder vielmehr ihr Bewusstsein war nur ein schwimmender Gedanke; ein Gedanke, der in tiefer Finsternis müßig auf stillen Meeren schwamm. Wie wundervoll waren diese Träume, die Liebe flüsterte; wie …

Aber als sie bei Sonnenaufgang erwachte, geschah's mit dem Gefühl, dass der Horizont des Lebens enger und enger sich schlösse. Sie lächelte trübe, als sie daran dachte, wie messbar die vergänglichen Dinge sind, die wir schmeichelnd zu Sinnbildern der Unendlichkeit machen: der Sand der Wüste, des Grases grünes Haar, die Wogen der See.

Neuerdings bemerkte sie oft, dass er, der sie liebte, seltsam beunruhigt schien. »Zu viel Träume«, sagte er einmal doppelsinnig und lächelte, als er sie dabei ansah, aber mit unausgesprochener Unruhe in seinem Blick.

Mehr und mehr, um der großen, dauernden, erbarmungslosen Liebesflamme willen, wandte sie sich den geringfügigen Dingen der Stunde und des Augenblicks zu. Es ist Frauenart und ist ein Gesetz. Und mehr und mehr, getrieben von Sehnsucht und Verlangen, wandte er, den sie liebte, sich der inneren Betrachtung der Dinge zu, die unsterblich sind, der Sehnsucht und dem Verlangen, die ihre Wurzeln in der Seele haben, deren Ranken aber über die Sterne hinausreichen und deren Blüten an den Wassern des Lebens sich entfalten in Gärten Eden, die kein Traum erreicht. Das mag nicht Männerart sein; aber er hatte die verhängnisvolle Gabe der Phantasie, die für Männer das ist, was große Schönheit für Frauen ist – eine Sternenkrone und ein mordendes Schwert.

Sie wendeten sich denselben Weg, ohne es zu wissen. Wie konnten sie es wissen, da sie blind waren? Blinde Kinder waren sie.

Er fürchtete, die Flamme würde sie verzehren. Sie fürchtete, sie würde sich selbst verzehren.

Darin lag die Bitterkeit. Denn für sie, die ein Weib war, waren die Tiefen tiefer. Er hatte seine Träume.

Als endlich das Ende kam – ein tragisches, ein fast unglaubliches Ende vielleicht, denn die Liebe veränderte sich nicht, die Leidenschaft starb nicht, sie wandelte sich nur zu einem Sternentraum, und jeder süße und liebliche Verkehr war ihnen geblieben –, da war das Leiden zu groß, um ertragen zu werden. Doch weder der Tod noch ein tragisches Geschick kam, um unter der Hülle Heilung zu bringen.

Liebe, mit keckestem Wagen gewonnen (und ich sag es nochmals, ich erzähle nicht die Geschichte dieser beiden, die ihr eigenstes Geheimnis ewig heilig hielten und es noch heilig halten in den fernen Reichen des Schweigens), erwies sich als eine stärkere Macht als das Leben. Leben, das gemessen werden kann, das so messbar ist ist wie ein Kind vor der andern unbekannten Macht, die ohne Maßen ist. Der Mann verstand es nicht. Er nährte die Flamme mit Träumen über Träumen, mit Hoffnungen über Hoffnungen; mit noch mehr Träumen und noch mehr Hoffnungen.

Einmal sagte sie, dunkel das Ende voraussehend: »Liebe kann getötet werden. Sie ist sterblich.« Er antwortete fast ärgerlich, eher könne die Seele sterben. Sie sah ihn an, verwundert, dass er, dessen Phantasie so viel höher flog als die ihre, das nicht verstehen konnte.

Sie liebte ihn bis an den Rand des Grabes kraft des Willens. Der Wille kann beherrschen, was an der Liebe sterblich ist. Instinkt bestürmte ihr Herz bei Tag und bei Nacht. Sie warf ihre schwache Kraft in die Waagschale, dann ihre Träume, dann ihre Erinnerungen. Vor dem Ende warf sie bangend, aber nicht um sich, ihr ganzes Denken hinein. Dennoch drückte das Leben die Schale tiefer und tiefer.

Eines Tages sprachen sie von übersinnlichen Dingen. Plötzlich richtete er eine Frage an sie.

Sie blieb stumm. Das Zimmer lag in Finsternis, denn das Kaminfeuer war herabgebrannt. Er konnte nur den roten Schimmer auf dem weißen Rocksaum sehen, die beiden weißen Hände, die kleine, unruhige Flamme in einem Opal.

Dann sagte sie es ihm ruhig. Sie hatte nicht aufgehört zu lieben; das war es nicht.

Einfach, Liebe war eine zu große Flamme gewesen. Schließlich, in jenem Augenblick, hatte sie sich bemüht, alles zu retten; sie hatte bereits alles in die Waagschale geworfen, alles außer ihrer Seele. Jetzt hatte sie auch diese hineingeworfen, mit rascher, erschreckender Plötzlichkeit.

Die Waage schwankte, dann drückte das Leben die Schale tiefer und tiefer.

Es war dahin. Auf des Windes Flügeln war das davongeeilt, was so leicht war wie er, so heimatlos wie er, so geheimnisvoll. Aus der Waagschale nahm sie zurück, was sie sonst hineingeworfen hatte; ihr Denken, jetzt ruhig, verständig und heiter, wenn das heiter sein kann, was weder fürchtet noch sorgt, weil es nicht mehr fühlt; und die Träume und Wünsche, die sich in verstreute Düfte und Schatten verwandelt hatten; und Hoffnungen, grau wie Holzasche, die zerfielen und nicht mehr waren.

Sie war dieselbe und doch nicht dieselbe. Er zitterte, doch wagte er nicht zu verstehen. In seinem Geist waren fallende Sterne.

»Ich will dir alles geben, was ich zu geben habe«, sagte sie; »dir, der du alles gehabt hast, was ich zu geben hatte, gebe ich das, was übrig ist. Es ist ein Bild, das kein Leben hat.«

Als er in jener Nacht allein unter den Sternen wanderte, verstand er. Liebe kann kommen, nicht in ihrer sterblichen, sondern in ihrer unsterblichen Gestalt; als ein Geist der Glut. Es gibt keine Lebensalchimie, die jenes unbändige und wilde Wesen umwandeln kann, jene Macht, die stärker ist als Feuer, jenes Geschöpf, dessen Atem verzehrt, was der Tod nur zum Schweigen bringt.

Es war nahegetreten und hatte sie angeblickt, vor langem hatte er gebeten, dass es so sein möchte. Als Erfüllung war die Unsterbliche zu dem Sterblichen gekommen. Wie wenig von allem, was geschehen sollte, hatte er vorhergesehn, als er durch eine geistige Kraft jene zu innige, jene zu nahe Einigung bewirkte, in der niemand ausdauern kann! Ich spreche von einem Geheimnis. Dass es sein könnte, dass vielen, wenn nicht allen das, was ich sage, sinnlos erscheint, weiß ich wohl. Aber ich will nicht zu erklären versuchen, was nicht die Sache von Worten ist; nein, ich könnte es nicht, denn obschon ich glaube, weiß ich um dieses Geheimnis nur durch jene beiden, die (oder deren einer) irgendein okkultes, aber gebieterisches Gesetz geistigen Lebens brachen.

Sie lebten lange nach diesem großen Umschwung. Ihre Liebe strauchelte nie. Wie zuvor kam jeder dem andern nahe, wie Tag und Nacht unaufhörlich in Morgen- und Abenddämmerung sich begegnen.

Aber was dahin war, kehrte nie mehr zu ihr zurück. Was ihn betrifft, so gelangte er langsam zum Verständnis einer Liebe, die größer war als die seine. Die seine hatte die innerste Flamme nicht gekannt, die reines Feuer ist.

Zuzeiten kamen ihm sonderbare und furchtbare Gedanken. Die verödeten Plätze der Phantasie bevölkerten sich.

Oft, so hat er mir erzählt, schlaflose Nächte lang, schwoll lauter und leiser, mit furchtbarem Pulsschlag, ein feierliches Schreiten wie von einer ungeheuren Menge. Aber für ihn war des Lebens Ziel erfüllt. Ich weiß, er hegte immer eine unwandelbare Hoffnung. Ich weiß nicht, was am Ende jenen glaubensvollen Geist sei es umwölkte, sei es von Wolken befreite. Aber auch ich, die sie kannte, die sie liebte, habe meinen festen Glauben; nun, da sie in jenes »ferne Land des Glanzes und des Schreckens« dahingegangen sind, nicht umso weniger, sondern umso mehr. Liebe ist größer, als wir es fassen können, und Tod öffnet die Tür zu ungeahnten Erlösungen. Von ihr trug ich oft und trage ich immer im Sinn die Worte, mit denen ich eine der Geschichten dieses Buches beginne: »Gott ist es, der des blinden Vogels Nest baut.«

Der Meereswahnsinn

Ich kenne einen Mann, der in einem Dorf an einem der Lochs von Argyll einen kleinen Laden hat. Er ist etwa fünfzig, ist unbedeutend und alltäglich, mit seinen Interessen auf das Kirchspiel beschränkt und an Sonntagen ein schmerzlicher Anblick in seiner glatten Ehrbarkeit. Er lebt im Angesicht der grünen und grauen Wasser, über denen hohe Berge ragen; jenseits des Meerarms ist eine rechte Wildnis; aber meines Wissens geht er niemals zum Vergnügen die Hügel hinauf noch steht er am Strand, es sei denn an einem Samstagabend, um zu sehen, wie die Heringsboote einlaufen, oder an einem Sonntagnachmittag, wenn er sich mit einem Freund verabredet hat.

Und doch ist dieser Mann einer der sonderbarsten Menschen, denen ich begegnet bin oder jemals begegnen dürfte. Von ihm selbst habe ich niemals andere als die gewöhnlichsten Worte gehört, und diese in etwas kriechendem Ton. Ich kenne jedoch seinen einzigen vertrauten Freund. In Zwischenräumen (manchmal von zwei oder drei Jahren, letztlich einmal jährlich in drei aufeinander folgenden Jahren) vergisst dieser Dorfkrämer sich selbst und wird plötzlich, was er einst war oder was irgendein Urahn von ihm war, in längst verschollenen Tagen.

Einen oder zwei Tage lang zeigt er Gleichgültigkeit und stille Schwermut; spricht, wenn er sprechen muss, mit leiser Stimme und schaut oft mit schrägen Blicken um sich. Dann eines Tages verlässt er seinen Ladentisch, geht nach dem Schuppen hinter seinem Laden und steht da eine Zeit lang, stirnrunzelnd und flüsternd oder vielleicht müßig vor sich hinstarrend, und dann geht er barhäuptig den Hügelhang hinauf und auf verschlungenen Wegen durch Moor und Heide und wird wochenlang nicht wieder gesehn.

Er geht hinab durch die Wildnis, die am Ort »Die zerbrochenen Felsen« genannt wird. Wenn er dort ist, ist er ein starker Mann und klettert wie eine Ziege … flink und verstohlen. Zeitweise zieht er sich nackt aus, setzt sich auf einen Felsen und starrt in die Sonne. Meistens wandert er am Strand entlang oder geht stolpernd zwischen unkrautüberwucherten Felsblöcken und ruft laut über die See. Sein Freund, von dem ich gesprochen habe, erzählte mir, dass er wieder und wieder gesehen hätte, wie Anndra sich bückte und Hände voll aus der fließenden Woge schöpfte und das Wasser über sein Haupt warf, während er seltsame gälische Worte kreischte oder brüllte, manche unzusammenhängend, manche alt wie die grauen Felsen. Einmal sah man ihn in die See schreiten, sie mit den Händen schlagen, die schwellende Flut züchtigen und ihr trotzen und sie verspotten, mit ersticktem Gelächter, das überging in das Schreien und Schluchzen gebrochenen Hassens und Liebens.

Er sang ihr Lieder vor. Er warf Farnkraut und Zweige und Steine nach ihr, unter Flüchen; dann fiel er wohl auf seine Knie und betete und hob das Wasser an seine Lippen und goss es auf sein Haupt. Er liebte die See, wie ein Mann ein Weib liebt. Sie war sein Liebeslicht; sein Lieb; sein Gott. Ich habe nicht von irgendetwas gehört, das furchtbarer war als dieses sein Verlangen. Den Wind und die salzige Woge zu lieben und für immer von dem einen verspottet und von der andern verhöhnt zu werden; ein glühend Herz zu erheben und zu fühlen, wie die raue Luft es auslöscht; sich flüsternd niederzubeugen, um die Woge zu küssen, und zu fühlen, wie ihr Salz die Lippen sticht und die Augen blendet; fürwahr das heißt, jenes bittre Leid zu kennen, an dem so viele gestorben sind nach Tränen, Herzweh und Wahnsinn.

Sein Freund, den ich Neil nennen will, stieß einstmals auf ihn, als er in Furcht war. Neil war in einem Boot und segelte auf der Flut dicht unter Land. Anndra sah ihn und kreischte auf. »Ich weiß, wer du bist! Halt dich fern!«, schrie er. »Fear faire na h'aon sula … Ich erkenne dich als den Einäugigen Wächter!«

»Dann«, sagte Neil, »wich die Salzflut aus seinen Augen, und er erkannte mich und fiel auf seine Knie und weinte und sagte, er stürbe an einer alten, gebrochenen Liebe. Und damit lief er zum Strand hinab und hob eine Handvoll Wasser an seine Lippen, sodass für einen Augenblick Schaum in seinem verworrenen Bart hing; und er rief laut zu seinem Lieb und zürnte bitter mit ihm, und dann sprang er auf und lachte und kletterte außer Sicht, obwohl ich ihn zwischen den Felsen schreien hörte.«

Ich fragte Neil, wer der Einäugige Wächter sei. Er sagte, es sei ein Mann, der nie gestorben sei und nie gelebt habe. Er hatte nur ein Auge, aber das konnte durch alles hindurchsehen außer durch grauen Granit, das graue Ei der Krähe und die graue Woge, die auf dem Grund schwimmt. Er konnte die Toten im Wasser sehen und wachte über sie; er konnte die auf dem Land sehen, die nahe zur See hinabkamen, wenn sie Tod auf sich hatten. Mit diesen hatte er kein Mitleid. Aber er war unsichtbar außer in der Dämmerung und im Morgengrauen. Er kam aus einem Grab. Er war nicht ein Mann, sondern er lebte vom Tod der Männer. Es war schlimmer, am Leben zu sein und ihn zu sehen, als tot zu sein und zu seinen Füßen.

Wenn des Mannes Anndra Wahnsinn von ihm ging … manchmal in einer oder zwei Wochen, manchmal nicht in drei Wochen oder mehr …, so pflegte er über den Hügel zurückzukommen. Im Dunklen schlüpfte er wohl hinab durch das Farnkraut und die Sumpfmyrte und wartete ein Weilchen zwischen den zersetzten Fuchsien an der Mauer seines Flecks Kartoffelland. Dann kroch er durchs Fenster in sein Zimmer oder öffnete die Türklinke und ging ruhig zu Bett. Einmal war Neil da, als er zurückkehrte. Neil sprach mit Anndras Schwester, die für den armen Mann die Wirtschaft führte. Sie hörten ein Geräusch und das plötzliche, unruhige Glucksen der Hennen. »Es ist Anndra«, sagte die Frau mit einem Schluchzen in der Kehle; und sie saßen schweigend da, bis die Tür sich öffnete. Er war fünf Wochen fort gewesen, und Haar und Bart waren wie Filz, und sein Gesicht war totenbleich; aber er war bereits in seine gewohnten Kleider geschlüpft und erschien ganz als der ruhige, ehrbare Mann, der er war. Die beiden, die auf ihn warteten, sprachen nicht.

»Es ist ein schöner Abend«, sagte er; »es ist ein schöner Abend und kein Wind … Margot, es ist Zeit, dass wir mehr von dem runden Käse aus Inverary anschaffen.«

Dalua[27]

Ich hörte dein Rufen, Dalua, Dalua!
Am Hügel hört' ich dich heut',
Bei des Sumpfes Seit',
Wo der Kiebitz schreit:
Dalua … Dalua … Dalua!

Was ist's, das du rufst, Dalua, Dalua!
Im Regen feucht,
Wenn der Nebel steigt
Und die Schnepfe streicht:
Dalua … Dalua … Dalua!

Ich bin der Narr, Dalua, Dalua!
Hören mich Männer, wird trüb und grau
Ihr Aug'; herab aus Himmels Blau
Fällt Schatten; jammernd schreit die Frau:
Dalua … Dalua … Dalua!

Eines Nachts, als Dan Macara über den Hügelhang von Ben Breacan ging, sah er einen schlanken Mann, der den Dudelsack spielte, und vor ihm eine große Herde Schafe.

Es war eine Nacht des fallenden Nebels, der einen dünnen, lautlosen Regen bildet. Aber hinter der Trübe war ein Regenreich von Licht, ein Teich, der in bleicher Flut abströmte, und so wusste Macara, dass der Mond aufgestiegen war und gegen den Wolkenzug anritt und den Regen vom Hügel hinwegtreiben würde.

Selbst in trostlosem Regenwetter, auf feuchtem Moos oder durchweichter Heide, gehen Schafe nicht stumm. Macara wunderte sich, ob es alles junge Widder wären, dass nicht ein schreiendes Uan[28] oder ein blökendes Mutterschaf zu hören war. »Beim schwarzen Stein von Iona«, murmelte er, »nicht einmal ein vom Lamm getrenntes Oisg[29] ist unter ihnen.«

Allerdings, da war ein schwach steigendes und fallendes Bähen weit oben in der Finsternis des Hügelhangs; aber jener klägliche Laut war untermengt mit dem Rascheln vieler Blätter von Eschen und Birken, mit Luftwirbeln, die durch das Heidekraut und die Farnwedel fuhren, und mit dem unbestimmten Gemurmel tröpfelnden Wassers. Kein Laut glitt klar durch die Dunkelheit, nur die Stimme der Finsternis, wie sie spricht zwischen regentrüben Hügeln.

Wie er so den Pfad entlangstolperte, der steinig und vom Regen zerrissen war, aber von den zähen Fasern des Heidekrauts zusammengehalten wurde, dachte er an das behagliche Zimmer, das er verlassen hatte – im Farmhaus des Padruic und der Mary Macrae, wo die Schatten so warm waren wie die Torfflammen und wo auch die heiße Milch und der Whisky so behaglich waren; und warm und behaglich die guten, freundlichen Worte beider, des Padruic und der Mary.

Er wischte den Regen von seinen nassen Lippen und lächelte, als er sich der Worte Marys erinnerte: »Sie da, so schlank und groß und dabei gar nicht übel anzusehen – für einen dunklen Macara ... und doch ohne Frau an Ihrer Seite! ... und dazu mit Ihren dreißig Jahren! ... Sicherlich, ich würde mich schämen, so durchs Tal zu gehn, wo die jungen Mädchen das wissen!« Aber gerade da hörte er die gebrochenen Töne der Feadan oder des »Singers«, die von dem schlanken Mann herrührten, der den Dudelsack spielte und die große Herde Schafe vor sich hatte. Es war wie der Flug der Kiebitze, immer hierhin und dorthin.

»Was kümmert mich die Dunkelheit und der Regen und der Whisky und die guten Worte der Mairi Ban, mein Kopf ist wie ein schwarzes Moor«, murmelte er, »und das Spielen jenes Mannes da ist wie der Schall von Stimmen im Moor.«

Dann hörte er ohne die wilde Verwirrung in seinen Ohren. Die Weise klang leise, aber rein. Sie ärgerte ihn. Sie war wie eine spottende Stimme. Vielleicht kam das, weil sie wirklich wie eine spottende Stimme war. Vielleicht weil es das alte Pfeiferlied war: »Oighean bhoidheach, slan leibh!«, »Ihr schlanken Dirnen, ade!« – »Wer mag es sein?«, fragte er sich mürrisch. »Wenn es Peter Macandrew Ardmores Schäfer ist, will ich ihm eine Melodie unter dem Wind spielen, die ihm nicht gefallen wird.«

Dann änderte der schlanke Mann plötzlich den Rhythmus seines Singers und die feuchte Nacht war erfüllt von einer wilden, verlorenen, schönen Weise.

Dan Macara hatte dieses Spielen nie zuvor gehört, und es gefiel ihm nicht. Einst, als er noch ein Kind war, hatte er gehört, wie seine Mutter zu Jain Dall, einem blinden Pfeifer vom Catanach, sagte, er solle eine Weise abbrechen, die er spielte, denn sie hätte Schluchzen und Weinen in sich. Er schritt jetzt hastig aus, um den Mann mit der Herde Schafe zu überholen. Sein Spielen glich dem des Jain Dall. Er wollte ihn auch fragen, wer er war und wessen Singerzauber er hatte und wohin er ging (und dazu auf dem Hügelweg) mit all diesen Schafen.

Aber es kostete ihn viel Zeit, nahe zu kommen. Er lief zuletzt, aber er kam nicht näher. »Gu ma h-olc dhut ... Übel komme über dich«, schrie er nach einiger Zeit wütend, »geh deinen eignen Weg, und möge die Nacht dich und deine Herde verschlingen.«

Und damit wendete sich Dan Macara, um wieder dem Weg am Bachufer zu folgen.

Aber nochmals änderte der schlanke Mann mit der Herde Schafe die Melodie, die er spielte. Macara blieb stehen und lauschte. Es war so süß anzuhören. War das ein plötzlicher Zauber, der auf ihn gelegt wurde? Hatte nicht der Regen jählings aufgehört wie ein angehaltener Atem? Er starrte verwirrt: Sicher, da war kein Regen mehr, und Mondlicht lag auf dem Farnkraut und auf einer weißen Birke, die einsam in jener weiß-grünen Einöde stand. Die Sprossen der Birke waren wie ein Regen von blassem, schimmerndem Gold. Ein Vogel glitt an einem der obersten Zweige entlang: blau, mit einer Brust gleich einer weißen Lilie und mit Schwingen gleich wilden Rosen. Macara konnte seine Augen aufleuchten sehen, zwei kleine Sternenflammen. Sang kam von ihm, langsam, gebrochen, wie Wasser in einem steinigen Bett. Mit jeder Note enteilten die Jahre der Zeit lachend durch uralte Wälder, und das Alter seufzte über die Welt und versank in der Erde, und die See klagte unter der Last aller Wehklage und aller Tränen. Die Sterne regten sich in fröhlichem Takt; ein Spielmann saß unter ihnen und spielte, und der Mond war sein Fußschemel und die Sonne ein leuchtender Edelstein über seiner Stirn. Das Lied war Jugend.

Dan Macara stand still. Träume und Visionen eilten an ihm vorüber, lachend, mit Sternenaugen.

Er schloss zitternd seine eigenen Augen. Als er sie wieder öffnete, sah er keinen Vogel mehr. Die grauen Flecken des Regens sanken durch die Finsternis herab. Der kalte, grüne Duft der Sumpfmyrte erfüllte die Nacht.

Aber er war jetzt dem Schäfer ganz nahe. Wo hatte er diese Weise gehört? Gewiss, es war eine von jenen alten Fonnsheen[30]; ja »A Choillteach Urair«, »Die Grüne Waldung« ... das war es. Aber er hatte es niemals so spielen hören wie hier.

Der Mann sah sich nicht um, als Dan Macara nahe kam. Die Pfeifen waren schwarz wie Schatten, und lange schwarze Bänder hingen von ihnen herab. Der Mann trug ein Hochland-Barett, mit einer schwarzen Feder geschmückt.

Der fleckig-feuchte Mondschein drang durch, als der Regen aufhörte. Dan sah über die Schulter des Mannes nach der langen, schweifenden Schar der Schafe.

Er sah dann, dass sie nur eine Herde von Schatten waren.

Sie waren von allen Gestalten und Größen; und Macara wusste, ohne zu wissen woher, dass es die Schatten aller waren, die der Schäfer auf seiner Tagesfahrt gefunden hatte – von den Schatten hoher Fichten zu den Schatten der Maßliebchen, von den Schatten des gehörnten Viehs zu den Schatten von Rehkälbchen und Feldmäusen, von dem Schatten einer Frau am Quell zu dem einer Heckenrose, die über den Straßenrand sich neigte, vom Schatten eines toten Mannes in der Felsenspalte oder eines Knaben, der auf einem Schilfrohr mit drei Öffnungen spielte, und von den Schatten fliegender Vögel und ziehender Wolken und den trägen, gestaltlosen Schatten der Steine zu – (er sah es mit plötzlichem Schreck) – dem Schatten des Dan Macara selbst, eitel geputzt mit dem gefiederten Farnkraut, in dem er ihn vor einer Stunde in der Dunkelheit verloren hatte, als er zuerst die ferne, gebrochene Weise des Dudelsacks vernahm.

Erfüllt von einem Zorn, der größer war als sein Schrecken, lief Dan Macara vorwärts im Streben, den Mann an der Schulter zu packen; aber krachend stieß er gegen eine hohe Granitplatte, deren von Flechten bedeckte Seiten nass und schlüpfrig waren vom Bergnebel. Als er zu Boden fiel, stieß er mit dem Kopf auf und schrie. Bevor Schweigen und Finsternis sich über ihm schlossen wie zwei Wogen, hörte er Daluas spöttisches Gelächter weit oben zwischen den Hügeln und sah von da, wo die Schatten gewesen waren, einen großen Schwarm Schnepfen aufsteigen.

Als er erwachte, war kein Nebel mehr auf dem Hügel. Der Mondschein verwandelte die Regentropfen auf dem Farnkraut in zahllose kleine Lichtquellen.

Die ganze Nacht wanderte er herum und suchte nach der Schnepfe, die sein Schatten war.

Gegen Tagesanbruch legte er sich nieder. Schlaf kam über ihn, sanft und still wie die Brustfedern eines mütterlichen Vogels. Sein Haupt lag auf einem Grasbüschel; über ihm hing ein feuchter Stern in weißer Einsamkeit.

Dalua stand neben ihm, finster brütend. Er war jetzt kein Schäfer und hatte wolkig-schwarzes Haar gleich den schwachen Schatten von Zweigen in der Dämmerung und wilde Augen, dunkel wie die schwarzbraunen Sümpfe auf der Heide.

Er sah nach dem Stern und lächelte düster. Da bewegte derselbe sich gegen die Dämmerung und verblasste. Er war nicht mehr. Der Mann lag allein.

Es war das Zwielicht des grauenden Morgens. Viele Schatten regten sich. Dalua hob einen empor. Es war der Schatten eines Schilfrohrs. Er führte ihn an seinen Mund und spielte darauf.

Oben, in der grauenden Öde, wirbelte ein Vogel hin und her. Dann flog die Schnepfe herab und stand zitternd da, mit Augen, wild gleich denen Daluas. Er blickte sie an, und durch sein Spiel verwandelte er sie in einen Schatten; und er sah den schlafenden Mann an und spielte jenen Schatten in seinen schlummernden Sinn.

»Da ist dein Schatten für dich«, sagte er und berührte Dan.

Bei dieser Berührung erschauerte Macara über und über. Dann erwachte er mit einem Lachen. Er sah das Morgengrauen über die Wipfel der Fichten auf dem östlichen Hang von Ben Breacan entlanggleiten.

Er stand auf. Er warf seinen Hirtenstab fort. Dann stieß er drei Klagerufe aus mit dem klagenden Schrei der Schnepfe und schlenderte müßig zurück auf dem Weg, auf dem er gekommen war.

Es war Jahre und Jahre darauf, dass ich ihn sah.

»Wie ist dieser Wahnsinn auf ihn gekommen?«, fragte ich; denn ich hatte ihn in der Erinnerung als einen starken, kühnen Mann.

»Der Düstere Narr, der Amadan-Dhu, berührte ihn. Niemand weiß mehr davon als das. Aber das ist die Wahrheit.«

Er hasste und fürchtete nichts als allein Schatten. Diese machten ihn unruhig, am Herdfeuer oder aus den flüsternden Mooren. Er war still und liebte fließendes Wasser und den Bergwind. Aber zuzeiten trieb ihn der Klageruf der Schnepfen zur Raserei.

Ich fragte ihn einmal, warum er so traurig sei. »Ich habe gehört«, sagte er … und dann starrte er mich verloren an; plötzlich fügte er hinzu, als erinnerte er sich der Worte, die ein anderer ihm vorgesprochen: »Ich höre immer die drei uraltesten Schreie: den Schrei der Schnepfe und den Wind und das Seufzen der See.«

Er blieb immer von Sinnen und liebte heimliche Begegnungen zwischen den Hügeln. Kein Kind fürchtete ihn. Er hatte eine verlorene Liebe in seinem Gesicht. Nachts, wenn er über die seufzenden Moore oder auf dem Schluchtweg wanderte, waren seine Augen wie Sterne in einem Sumpf, aber mit einem zärtlicheren Glanz.

Von der Welt die war

Das Lied der Schwerter

Dies sind einige der Seanachas[31], die Jan Mor mir erzählte, in einer Schäferhütte am Hügel, vor dem lodernden Torffeuer, zu der Jahreszeit, wenn der erste Schneefall das Farnkraut noch goldgelb fand und das herbstlich-braune Gefieder des Schneehuhns eben erst mit grauen Flecken sich sprenkelte.

Er selbst schläft jetzt einen Schlaf, der ruhiger ist als der Laut jenes fallenden Schnees, und drei Jahre sind's, seit sein Antlitz so weiß und so kalt wurde wie dieser.

Er fand ein Vergnügen daran, ein Sgeul nach dem andern von den Tagen der Vorzeit zu erzählen. Weit lieber pflegte er jederzeit Geschichten aus dieser trüben Vergangenheit zu wiederholen als die intimeren Erzählungen, in denen sein eigener Herzschlag pulsierte, wie »Die Tochter der Sonne« und andere, die ich an anderem Ort wiedergegeben habe. Oft, wenn er sein Gesicht in den Händen hielt und in die matte, gleichmäßige Glut hineinbrütete, die das Innere des Torfhaufens verzehrte, pflegte er aufzublicken, und ohne Einleitung und mit Worten, die mit den zuletzt gesprochenen in keinem erkennbaren Zusammenhang standen, erzählte er dann irgendeine kurze Episode, und immer wie einer, der den Vorgang mit eigenen Augen gesehen hatte. Manchmal fürwahr schienen diese kurzen Erzählungen gleich Wogen; man sah, wie sie aufstiegen, sich vereinigten und zu einem dunklen Wellenberg sich ausdehnten – und im nächsten Augenblick schnellte eine zerstäubende Wolke von Sprühwasser empor, und die Welle war fortgeglitten.

Ich kann mir nicht viele dieser flüchtig vorüberziehenden Mären in die Erinnerung rufen – Seanachas nannte er sie zusammenfassend, denn jedes Sgeul handelte von der Vorzeit und hatte seine Wurzeln in der Sagenwelt –, aber von denen, die ich festzuhalten vermochte, bringe ich hier vier. Alle nahten sie mir wie Vögel, die in der Dunkelheit fliegen; ich wusste nicht, woher sie kamen oder vor welchem Wind sie ihren geheimnisvollen Kurs gesteuert waren. Sie waren da, das war alles. Alte Geschichten, die in Jans Hirn wiederauftauchten oder aus den trüben Tagen der Vorzeit wiedergewonnen und neu angeschaut wurden im Wunderspiegel seiner Phantasie.

Es war in einem weißen Juni, wie sie zu sagen pflegen, im dritten Jahr, nachdem die Meerräuber von Lochlin für die Raben der Hebriden ein Fraß geworden waren, da kamen die Sommerfahrer wiederum den Minch von Skye hinab.

Ein Ostwind wehte frisch von den Bergen, aber zwischen Morgengrau und Sonnenaufgang schralte er, bis er sich an den Granitspitzen der Cuchullins kühlte, und stürmte dann nach Nordwesten, sodass der Sonnenglanz den weißen Schaum seiner Füße von hinten erfasste.

Die Wikinge an Bord des Svart-Alf lachten darüber. Das Spritzwasser flog von dem gekrümmten, schwarzen Bug der großen Galeere und das Kielwasser tanzte in weißem Glanz – dem Rahm der See, den zu sehen sie liebten.

Schlanke Männer waren sie und voll Anmut. Ihre Locken gelben oder goldenen oder rötlichen Haares, zuweilen geflochten, zuweilen ganz kraus wie ein Kastanienbaum, dessen Knospen im April sich öffnen, zuweilen wirr wie Seetang, der vom Wirbel des Windes und der Flut erfasst ist, strömten über ihre Schultern. In ihren blauen Augen war ein Leuchten, wie wenn weiß-flammende Fackeln hinter ihnen waren, und dieses Leuchten war mild oder trotzig, je nachdem der Gedanke an die Heimat oder an Blut ihr Hirn erfüllte.

Der Svart-Alf war der Sturmvogel einer Flotte von dreißig Galeeren, die unter dem Raben-Banner Olaus des Weißen von Lochlin aufgebrochen waren. Die Wikinge hatten sich einer guten Fahrt erfreut. Singende Südwinde hatten sie nach den Faroe-Inseln hinübergeweht, wo sie bei Magnus mit der Gespaltenen Hand fröhliche Bewirtung fanden und drei Männer sich mieteten, welche die westlichen Inseln kannten und mit den Seekönigen gewesen waren, welche dieselben hier und da wieder und wieder geplündert hatten.

Von Magnus-Statt fuhren sie weiter, geschwollen von Met und Ale und Kuhfleisch; und sie lachten in Gedanken an das, was sie auf ihrem Rückweg als Gegengabe bringen würden an goldenen Hals- und Armringen und anderen Schätzen, jungen Sklaven, dunklen und blonden Weibern und den juwelenbesetzten Waffen der Insellords.

Kalte, schwarze Winde aus dem Nordosten trieben sie gerade auf den Ord von Sutherland zu. Sie sangen frohe Lieder an dem Mittag, als sie Kap Wrath umschifften und in den Schatten der Hügel kamen. Die Dämmerung, die folgte, schien rot nicht nur am Himmel, sondern auch auf den glänzenden Schwertklingen. Der Schwertgesang erscholl an jenem Tag; und kein Sang ist so wie dieser geeignet, das Blut zu entflammen. Die dunklen Männer von Torridon wurden unversehens überrascht. Sieben Tage danach mästeten sich Krähen und Raben und tranken an den roten Lachen neben den entblößten Leibern, die starr und steif auf der Heide lagen. Ein Dutzend niedergebrannte Wohnstätten qualmten, bis der Regen fiel, einen Tag und zwei Nächte, nachdem die alten Weiber, die in die Moore getrieben worden waren, sich klagend zurückgestohlen hatten. Die Mädchen und Frauen wurden in den Galeeren fortgeführt; und neun Tage lang, in einem Hafen an der öden Küste gegenüber den Sommer-Inseln, dienten ihre Tränen, ihr Gelächter, ihr finsterer Grimm, ihre wilde Lustigkeit, ihre leidenschaftliche Verzweiflung zur Erheiterung der gelbhaarigen Männer. Am neunten Tag wurden sie auf der Sommerfahrt nach Süden geführt. An einem Ort namens Craig-Feeach, Rabenklippe, am Nordrand von Skye, wo ein norwegischer Erl eine stolze Burg besaß, die er dem Sohn eines Königs von Eireann entrissen hatte, dessen Seenest sie gewesen war, rastete Olaus der Weiße einige Zeit. Die Weiber wurden dort zurückgelassen, jedermann zur Beute; außer dreien, die so schön waren, dass Olaus die eine behielt und Hako und Sweno, seine Unter-Kapitäne, die andern nahmen.

Dann, an einem Abend, als der Wind aus Norden blies, ging Olaus mit zehn Galeeren den Sund hinab. Sweno der Hämmerer sollte gen Westen hinüberstreifen nach dem großen Eiland, das Lews genannt wird; Hako der Lacher sollte nach dem Eiland steuern, das Harris genannt wird; und Olaus selbst wollte den Hafen erreichen, der Ljotrwick heißt, auf der Insel der Tausend Wasser, das ist Benbecula.

Am Abend des Tages, der auf jenes Segeln folgte, sprang ein wilder Wind auf, der gerade gen Norden wehte. All die südwärts-steuernden Galeeren außer einer suchten nach einem Hafen, obwohl es eine wilde Küste war, die im Süden von Skye sich entlangzog. In der Finsternis des Sturmes dachte Olaus, dass die andern neun Wogenrosse ihm folgten, und er trieb vor der Windsbraut, während seine Mannen in Lee unter der Schanzkleidung kauerten und Finnleikr der Harfner ein wildes Lied vom Schaum der See und fließendem Blut und dem Wirbeln der Schwerter sang.

Drei Stunden nach Morgengrauen hatte der Sturm fast ausgetobt; aber die grünen Seen waren wie schneegekrönte Hügel, die mit der trunkenen Erde rollen, wenn die Flammen aus bebenden Bergen fluten. Olaus wusste, dass kein Boot jene See halten konnte, außer wenn es vor den Wind ging. Obwohl keine einzige Galeere in Sicht war, hielt er daher beständig nach Nordwesten.

Gegen Sonnenuntergang war der Wind aus Süden nach Osten herumgegangen; und um Mitternacht schienen hell die Sterne. In der blauen Finsternis konnte man die Schwingen der Fulmare sehen, die wieder seewärts trieben von den Felsen, hinter die sie geflüchtet waren.

Dann kam das Morgengrauen, und der Sonnenregen strömte heiter, ein frischer Ostwind wehte über den Minch, und der Svart-Alf, der weit nach Norden verschlagen war, kam hüpfend südwestwärts; Gelächter erklang und himmelblaue Augen leuchteten wild, wo die Wikinge an den Rudern sich mühten oder ihre von der Salzflut benetzten Schwerter und Wurfspieße glätteten.

Den ganzen Tag fuhren sie so fröhlich dahin. Hinter sich konnten sie die blaue Linie des Festlandes sehen und die dunkelblauen Bergkämme von Skye; südwärts war ein langer, grüner Streifen, wo Coll die Wogen auffing, ehe sie gegen Tiree trieben; im Südosten stiegen die blaugrauen Spitzen des

Halival und Haskival aus der Insel des Schreckens auf, wie Rum damals genannt wurde. Die purpurgrauen Linien, die aus dem Westen vor ihnen sich erhoben, nach Norden und Süden, so weit sie sehen konnten, waren die Umrisse der Hebriden.

»Siehst du jenen blauen Schminkfleck?«, rief Olaus der Weiße dem Weib zu, das schlaff an seiner Seite lag und zusah, wie das Sonnengold die Fülle rötlichen Haares bestrahlte, die sie über den Bord gebreitet hatte als ein Netz, um die Augen der Wikinge darin zu fangen: »Siehst du jenen blauen Schminkfleck? Ich weiß, was es ist. Es ist das Vorgebirge, das Olaf der Rasende Skipness nannte. Hinter ihm ist ein langer Fjord mit zwei Armen. Am Ende des südlichen Armes ist ein Platz der Weißröcke, welche die Inselleute Kuldeer nennen. Mitten an der östlichen Krümmung des nördlichen Armes liegt eine Stadt von gegen hundert Familien. Über beide herrscht Maoliosa, ein Priester und Krieger; und unter ihm gebietet in der Stadt ein Graubart namens Ramon mac Coag. All das habe ich von Anlaf dem Schwarzen gehört, der mit uns aus Faroe kam.«

Morna blickte ihn unter ihren gesenkten Augenlidern an. Gewiss, er war schön anzusehen, obwohl sein langes Haar weiß war. Weiß war es geworden durch den Schrecken einer Nacht auf einer Eisscholle, auf der ein Mann, der den jungen Erl hasste, ihn hatte forttreiben lassen mit sieben Wölfen. Er hatte drei erschlagen und drei ertränkt, und einer war in die See gesprungen; und dann hatte er auf dem Eis gelegen und Schnee war sein Kissen, und als der Morgen graute, war sein Haar ebenso wie der Schnee. Das war nur zehn Jahre her, als er ein Jüngling war.

Sie sah ihn an, und als sie sprach, geschah's in der langsamen, trägen Art, die in seinen Ohren so schläfrig-süß klang wie das Summen der Bienen auf der Farm, wo seine Heimstatt war.

»Bald werden die Männer jener Stadt in einem roten Schlaf liegen, denke ich, Olaus. Und die Frauen werden nicht Wolle kratzen, wenn morgen Abend der Mond aufgeht. Und –«

Das schöne Weib hielt plötzlich inne. Olaus sah, wie ihr Blick sich verdüsterte.

»Olaus!«

»Ich höre.«

»Wenn dort ein Weib ist, das du mehr begehrst als mich, so will ich ihr eine Gabe geben.«

Olaus lachte.

»Lass dein Messer in deinem Gürtel, Morna. Wer weiß, ob du es nicht bald brauchst, um dich eines Kuldeers zu erwehren!«

»Pah! Diese weißrockigen Mann-Weiber haben nichts mit uns zu schaffen. Ich fürchte keinen Mann, Olaus; aber ich hab eine Klinge für jedes Weib, das deine Augen blendet.«

»Sei ohne Sorge, weiße Wölfin. Der Seewolf kennt seine Gefährtin, wenn er sie gefunden hat.«

Eine Stunde nach Sonnenuntergang stieg ein Nebel auf. Der Wind wurde frischer. Olaus gebot Stille auf der Kriegsgaleere. Die Wikinge hatten ihre Ruder umwickelt, denn schon konnte man die Wogen am Gestade branden hören. Stunde um Stunde verstrich. Als endlich der Mondschein einen Spalt in die Nebelwand riss und plötzlich ein Windstoß, der aus Norden kam, den Dunst aufleckte, sahen sie, dass sie dicht unter Land waren und gerade östlich vom Vorgebirge von Skipness.

Anlaf der Schwarze ging nach dem Bug. Dunkel hob er sich gegen das Mondlicht ab, als er dort stand und, seinen langen

Speer wiegend, die Tiefen lotete, während das Fahrzeug langsam dem Gestade zu schwankte. Nach einiger Zeit war ein Hafen gefunden, und die Wikinge standen schweigend auf den Felsen, die Nacht erglänzte gelb im Mondschein, und die braune Erde war von einem sanften, weißen Schimmer überzogen, in dem blassblau die langen Schatten lagen.

Tiefer Friede lag über der Inselstadt. Die Kühe waren in der Nähe auf den Strandweiden, und selbst die Hunde schliefen. Lange Zeit war nichts Übles geschehen, und Ramon mac Coag war ein alter Mann und träumte allzu viel von seiner Seele. Das kam von der Lehre der Kuldeer. Bevor er wusste, dass er eine Seele hatte, war er ein Mann gewesen und hätte sich nicht unversehens überfallen lassen, als Oberherr einer Seestadt wie Bail'-tiorail.

Olaus der Weiße bildete mit seinen Männern einen weiten Bogen. Dann schloss der Kreis sich langsam zusammen.

Ein Stier, der mitten im Seegras stand, brüllte, stampfte unruhig und zog wieder und wieder die Luft ein. Plötzlich begann eine Färse, dann eine andere, dann erhoben all die Kühe ein seltsames Brüllen. Mit gesträubtem Fell sprangen die Hunde auf, krochen zur Seite und knurrten, und ihre roten Augen funkelten wild.

Bethoc die Junge, Ramons drittes Weib, war wach und träumte von einem Mann aus Eireann, der ihr an jenem Tag Freude bereitet hatte mit seinem Harfenspiel und seinen düsteren Augen. Sie kannte das Brüllen. Es war das Langanaich an aghaidh am allamharach, das andauernde Brüllen gegen den Fremden. Leichtfüßig stand sie auf, öffnete die lederne Lasche und sah herab von dem Grianan[32], in dem sie war. Ein Mann stand dort im Schatten. Sie dachte, es sei der Harfner. Mir einem leisen Seufzer beugte sie sich hinab, um ihn zu küssen und ein Wort in sein Ohr zu flüstern.

Ihr langes Haar fiel über ihre Augen und ihr Gesicht und blendete sie. Sie fühlte, dass es erfasst wurde, und streckte ihre Hand aus. Diese ward ergriffen, und ehe sie wusste, was mit ihr geschehen war, ward sie zu dem Mann hinabgezogen.

Da plötzlich sah sie, dass er gelbes Haar hatte und wie ein norwegischer Mann gekleidet war. Sie keuchte. Wenn die Seeräuber da waren, so bedeutete es Tod für alle dort. Der Mann flüsterte etwas in einer Zunge, die ihr fremd war. Sie verstand besser, als er seinen Arm um sie schlang und eine Hand auf ihren Mund legte.

Bethoc stand stumm. Warum hörte nur niemand dies Brüllen der Kühe, dies Knurren der Hunde, das jetzt zu einem lauten, andauernden Bellen geworden war? Der Mann an ihrer Seite dachte, sie sei eingeschüchtert oder habe sich in den Schicksalswechsel ergeben. Er ließ sie stehen und setzte seinen Fuß in eine Spalte; dann begann er, das Schwert unter seinem Kinn, verstohlen hinaufzuklettern.

Er hatte seinen Speer auf den Boden geworfen. Geräuschlos schritt Bethoc vorwärts, hob ihn empor und trat heran wie ein Schatten.

Ein wilder Schrei drang durch die Nacht. Es folgte ein gurgelnder und sprudelnder Laut, wie wenn eingedämmtes Wasser hindurchtröpfelt. Ramon sprang von seinem Lager auf und starrte aus der Fensteröffnung. Unter sich sah er einen Mann, den ein Speer von hinten durchbohrt und an das weiche Holz geheftet hatte. Seine Hände griffen in die zerschnittenen Hirschfelle, und sein Haupt lag auf seiner Schulter. Er lachte fürchterlich. Schaumblasen sprudelten unaufhörlich aus seinem Mund.

Im nächsten Augenblick sah Ramon Bethoc. Ehe er Zeit hatte, sie anzurufen, glitt ein Mann aus dem Schatten und tauchte ein Schwert in sie, bis von der Spitze rote Tropfen auf das Gras hinter ihren Füßen tröpfelten. Sie stieß keinen Schrei aus, sondern fiel lautlos, wie eine Bassansgans fällt. Ein schwarzer Schatten flog durch die Finsternis. Ein Krach, ein Schrei, und Ramon sank schwer zu Boden; ein Pfeil stak mitten zwischen den Brauen in seinem Kopf.

Dann herrschte ein wildes Getümmel überall. Von den Weiden liefen laut brüllend die Kühe in einer wilden Flucht. Das Wiehern der Pferde erhob sich zum Kreischen. Hier und dort brachen rote Flammen hervor und sprangen von Hütte zu Hütte. Bald stand der ganze umwallte Weiler in Flammen. Um den Dun[33] Ramons blitzte eine Wand von Schwertern.

Alle hatten im Dun Zuflucht genommen, alle, die dem ersten Gemetzel entgangen waren. Sprang einer vor, so war's auf einen Wikingspeer, oder zeigte einer sein Gesicht, so ward's die Zielscheibe für einen sicher-schnellen Pfeil.

Ein langer, durchdringender Klageruf stieg empor. Die Kuldeer an dem weiter abseits gelegenen Loch hörten ihn und liefen aus ihren Zellen. Das laute Gelächter der Seeräuber war fürchterlicher für sie als die wirbelnden Flammen und die wild-kreischende Klage der Sterbenden und der Verfallenen.

Niemand kam lebend aus jenem Dun, außer drei Männern und sieben Frauen, die noch jung waren. Zwei der Männer wurden gezwungen, alles zu erzählen, was Olaus der Weiße zu wissen wünschte. Dann wurden sie geblendet, in ein Boot gesetzt und den Flutstrudeln übergeben, die sie dort hinführen mussten, wo die Kuldeer waren. Und für die Kuldeer hatten sie eine Botschaft von Olaus.

Von den sieben Weibern war keine so schön, dass Morna ihr die geringste Beachtung schenkte. Aber sieben Männer erhielten sie als Beute. Lang bevor der Morgen graute, war ihre wilde Totenklage dahingestorben in ein Schweigen blasser Verzweiflung. Als das Tageslicht kam, drängten sie sich in einer weißen Gruppe zusammen, nahe den Aschenhaufen ihrer Heimstätten. Überall lagen die Toten verstreut.

Bei Sonnenaufgang hielten die Wikinge ein Alefest. Als Olaus der Weiße gegessen und getrunken hatte, verließ er seine Mannen und ging hinab zum Strand, um nach dem befestigten Platz hinüberzuschauen, wo der Kuldeer Maoliosa mit seinen Weißröcken lebte. Als er dorthin schritt, durch das, was Bail'-tiorail gewesen war, da war nicht ein Mann mehr am Leben, außer dem einen Gefangenen, den man zurückbehalten hatte, Aongas dem Bogenmacher, wie er genannt wurde; keiner außer Aongas und einem verirrten Kind in den Salzgräsern nahe dem Strand, einem kleinen Knaben, nackt und mit blauen Augen und heiterem, sonnigem Lächeln.

Mircath

Als Hako der Lacher die Inselleute aus dem Westen in ihren Birlinns[34] herankommen sah, rief er seinen Wikingen zu: »Jetzt werden wir in Wahrheit den Schwertgesang hören!«

Die zehn Seedrachen der Sommerfahrer breiteten sich in zwei Linien von je fünf Booten aus, jedes Boot einen Pfeilschuss von den Nachbarbooten auf beiden Seiten entfernt.

Die Birlinns kamen gegen Mittag heran. Im Sonnenglanz erschienen sie schwarz wie ein Schwarm Delfine. Es waren im Ganzen fünfzehn, und von der größten mitten unter ihnen wehte ein Banner. Auf diesem Banner war eine goldene Scheibe.

»Es ist das Banner der Sonnenscheibe!«, brüllte Olaf der Rote, der mit Torquil dem Einarmigen Heldenmann unter Hako war. »Ich kenne es wohl. Die Gälen, die unter ihm fechten, sind Krieger fürwahr.«

»Ist ein Sagamann hier?«, schrie Hako. Darauf erhob sich ein lautes Jauchzen der Wikinge: »Harald der Schmied!«

Ein Mann richtete sich auf unter den Bug-Mannen in Olafs Boot. Es war Harald. Er nahm eine kleine, viereckige Harfe und rührte die Saiten. Dies war das Lied, das er sang:

Gebt frei die Genossen im Streit,
Die wirbelnden Schwerter!
Sendet im Schwunge sie weit,
Rot im Durste nach Streit;
Odin der Hohe sich freut
Beim Schreien der Schwerter!

Färbet die weißen rot,
Die wirbelnden Schwerter!
Der Rabe bringt Odins Gebot,
Todschatten vom Himmel droht.
Den Wölfen von Gälen den Tod
Unter schreienden Schwertern!

Leuchtend sie ragen
Hoch nach Walhalla!
Auf, lasst uns wagen,
Die Gälen jagen,
Sie niederschlagen –
Schwerter Walhallas!

Ein Schauer überlief jeden Wiking. Starke Männer bebten wie ein Kind beim Zucken des Blitzes. Dann ging das Zittern vorüber. Die Mircath, die Raserei des Kampfes, kam über sie. Lautes Gelächter ging von Boot zu Boot. Viele schüttelten die schweren Ruder und schwangen sie auf die See hernieder, im Sonnenglanz schäumenden Gischt aufwerfend. Andre sprangen auf, wirbelten ihre Wurfspieße empor und fingen sie mit blutigem Mund auf; andre machten ein Schwerterspiel und stammelten undeutliche Worte durch den brandenden Schaum auf ihren Lippen. Olaf der Rote stand hoch wie ein Turm auf der Steuerplanke des »Rufenden Raben« und wirbelte eine mächtige Streitaxt rundherum; auf dem »See-Wolf« beschattete Torquil der Einarmige seine Augen und kreischte heiser wilde Worte, deren Sinn niemand verstand. Nur Hako war eine Zeit lang still. Dann fühlte auch er die Mircath; und er erhob sich im »Roten Drachen« und lachte laut und lange. Und wenn Hako der Lacher lachte, so gab es immer Blut im Überfluss.

Die Birlinns der Inselleute trieben schnell heran. Sie schwangen herum zu einem Bogen, einem schwarzen Halbmond auf den blauen Triften der See. Von der großen Birlinn, welche die Sonnenscheibe führte, tönte der Gesang einer Stimme:

O, ein gut Lied singt die See uns, wenn die Woge
voller Blut,
Und ein gut Lied singt die Woge, wenn ihr
Schaumeskamm ist rot.
Für die Räuber fern aus Lochlin ist die See ein Grab
so gut,
Und die Barden singen fröhlich, klagt die See
um ihren Tod!
Yo-he-a-h'eily-a-yo, eily, ayah, yohe!
Schwert und Speer und Streitaxt, singt
das Lied vom Weh!
Ayah, eily, yohe!
Eily, ayah, yohe!

Dann gab's ein Wirbeln und Spritzen von Schaum. Wolken sprühenden Wassers füllten die Luft vom Schlagen der Ruder.

Kein Mann wusste, dass er noch lebte, während die Birlinns zwischen die Galeeren der Wikinge hineinbrachen. Krachen und Brüllen und Kreischen und ein wildes Wogen; das Schmettern der Schwerter, das Pfeifen von Pfeilen, das wilde Zischen gewirbelter Speere, das zermalmende Krachen der Streitaxt und das Splittern der Wurfspieße; wilde Schreie, Flüche, Kreischen, Jauchzen der Sieger und gellende Rufe der Sterbenden; schriller Hohn von denen, die Leben raubten, und wirre, erstickende Laute von denen, die im blutigen Gischt ertranken, der in dem Mahlstrom siedete und schäumte, wo die Kriegsboote hierhin und dorthin schwangen und taumelten; und alles übertönend die laute Todesmusik Hakos des Lachers.

Olaf der Rote ging in die See, rot fürwahr, denn das Blut strömte ihm von Haupt und Schultern und umgab ihn wie ein Scharlachkleid. Torquil der Einarmige focht, blind und von Pfeilen starrend, bis ein Speer durch seinen Nacken fuhr und er unter die Toten hinsank. Lauter und lauter wurde das wilde Jauchzen der Gälen; seltener die grausen, heulenden Schreie der Wikinge. So ging es weiter, bis nur noch zwei Galeeren lebende Männer enthielten. Der »Rufende Rabe« wendete sich und floh mit den neun Männern, die nicht auf den Tod verwundet waren. Aber auf dem »Roten Drachen« lachte Hako der Lacher immer noch. Sieben seiner Mannen waren um ihn. Diese fochten schweigend.

Dann nahm Toscar mac Aonghas, welcher der Führer der Gälen war, seinen Bogen. Keiner war ein besserer Bogenschütze als Toscar von den Neun Schlachten. Er legte sein Schwert nieder und nahm seinen Bogen, und ein Pfeil ging durch das rechte Auge Hakos des Lachers. Er lachte nicht mehr. Die sieben starben schweigend. Swaran Schnellfuß war der letzte. Als er fiel, wischte er das Blut ab, das über sein Gesicht strömte.

»Skoal!«, schrie er zu dem Helden der Gälen hinüber, und damit wirbelte er seine Streitaxt gegen Toscar mac Aonghas; und die Seele Toscars begegnete der seinen in dem finsteren Nebel, und an die Ohren beider erklang zu einer und derselben Zeit das frohe Gelächter der Götter in Walhalla.

Die Flucht der Kuldeer

An dem Tag, der auf die Zerstörung von Bail'-tiorail folgte, wurden, als der Mond sank, fern im Osten von Skipness Segel erspäht.

Olaus rief seine Mannen zusammen. Die Boote, die vor dem Winde herankamen, waren zweifellos die Galeeren seiner eigenen Flotte, die er aus dem Gesicht verloren hatte, als der Südsturm sie gegen Skye trieb; aber niemand kann wissen, wann und wie die Götter grimmig lächeln und wirken mögen, dass die wirbelnden Schwerter zerbrechen oder die gesenkten Speere eine Hecke des Todes werden.

Eine Stunde später ging ein Wort der Bestürzung von Wiking zu Wiking. Die Galeeren auf der hohen See waren die Flotte Swenos des Hämmerers. Warum war er so weit südwärts gekommen, und warum regten sich die Ruder so flink und waren die Segel alle gesetzt vor dem Winde?

Sie sollten es bald erfahren.

Sweno selbst war der erste, der landete. Ein großer Mann war er, breitschultrig und dick, und die Schmarre von einem Schwerthieb lief quer über sein Gesicht und vereinigte seine

Brauen in einem Runzeln, das einen immerwährenden Schatten über seine wilden, blutunterlaufenen Augen warf.

In wenigen Worten erzählte er, wie er eine Galeere angetroffen hätte, die nur die Hälfte ihrer Besatzung führte und unter diesen viele, die verwundet waren. Es war der Überrest von der Flotte Hakos des Lachers. Eine Flotte von fünfzehn Krieg-Birlinns war von der Langen Insel in See gestochen und hatte eine Schlacht geliefert. Laut lachend, wie es sein Brauch, war Hako in den Kampf gegangen, und er und alle seine Mannen hatten die Berserkerwut und fochten fröhlich und mit Schaum vor dem Mund. Niemals hatte das Schwert ein süßeres Lied gesungen.

»Nun«, sagte Olaus der Weiße grimmig, »nun, wie flog der Rabe?«

»Als Hako zum letzten Mal lachte, das Schwert schwenkend aus dem Tod, in den er sank, da war nur eine Galeere übrig. Von jener ganzen Schar von Wikingen waren nicht mehr als neun da, um die Märe zu künden. Diese neun nahmen wir aus ihrem Boot, das bald in den Wogen versank. Hako und seine Mannen fechten jetzt alle mit den Seeschatten.«

Ein lautes Knurren ging von Mann zu Mann. Dies wurde zu einem wilden Schrei der Wut. Dann füllte grauses Gebrüll die Luft. Schwerter wurden gegen den Himmel erhoben, und das trotzige Leuchten der blauen Augen und das Sträuben der lohfarbenen Bärte war schön anzusehen, dachten die gefangenen Frauen, obwohl ihre Herzen gegen ihre Rippen schlugen wie Adler gegen die Stangen eines Käfigs.

Sweno der Hämmerer runzelte tief die Stirn, als er hörte, dass Olaus nur den Svart-Alf dort hatte von den Galeeren, die ihren Weg südwärts genommen hatten.

»Wenn die Inselleute jetzt mit ihren Birlinns auf uns kommen, so werden wir im Laufen fechten müssen«, sagte er.

Olaus lachte.

»Ja, aber wir werden hinter den Birlinns herlaufen, Sweno.«

»Ich höre, dass drüben neunundfünfzig Männer von diesen Kuldeern sind unter dem Schwertpriester, Maoliosa.«

»Das ist ein wahres Wort. Aber heute Abend, wenn der Mond herauf ist, soll keiner da sein.«

Da lachten alle, die es hörten, und ihre Herzen waren weniger schwer darüber, dass Hako der Lacher und seine ganze Mannschaft erschlagen und ertrunken war.

»Wo ist das Weib Brenda, das du nahmst?«, fragte Olaus, als er nach Swenos Boot starrte und kein Weib dort sah.

»Sie ist in der See.«

Olaus der Weiße blickte auf. Es waren seine Augen, die fragten.

»Ich warf sie in die See, weil sie lachte, als sie hörte, wie die Birlinns Somhairles des Abtrünnigen zwischen unsere Schiffe hineinbrachen und wie Hako nicht mehr lachte und wie die See rot war vom Blut von Lochlin.«

»Sie war ein Weib, Sweno – und keine war schöner auf den Inseln nach Morna, die mein ist.«

»Weib oder nicht Weib, ich warf sie in die See. Der Gäle nennt uns den Galler[35]; dann will ich keinen Gälen über den Galler lachen lassen. Es ist genug. Sie ist ertrunken. Es gibt immer Weiber; eine hier, eine da – es ist nur eine Woge, die diesen oder jenen Weg geweht wird.«

In diesem Augenblick kam ein Wiking mit einer Kunde durch die zerstörte Stadt herangelaufen. Maoliosa und seine Kuldeer scharten sich in eine große Birlinn. Vielleicht kamen sie, um eine Schlacht zu schlagen; vielleicht waren sie willens, von jenem Ort fortzusegeln.

Olaus und Sweno starrten über den Fjord. Zuerst wussten sie nicht, was sie denken sollten. Wenn Maoliosa an Kampf dachte, würde er sicherlich nicht jene Stunde und jenen Ort wählen. Oder wusste er etwa, dass die Gälen mit einer Streitmacht kamen und dass die Wikinge in einer Falle gefangen waren?

Endlich war es klar. Sweno stieß ein helles Lachen aus.

»Beim Blute Odins«, schrie er, »sie kommen, um Frieden zu bitten!«

Langsam zog über den Loch die Birlinn heran, gefüllt mit weißkuttigen Kuldeern. Am Bug stand ein hoher, alter Mann mit wallendem Haar und Bart, die weiß wie Meeresschaum waren. In seiner rechten Hand hielt er ein großes Kreuz, an dem Christus der Gekreuzigte hing.

Die Wikinge schlossen sich eng aneinander.

»Grüße sie in ihrer eigenen Zunge, Sweno«, sagte Olaus.

Der Hämmerer trat an den Rand des Wassers, als die Birlinn anhielt, einen kurzen Pfeilflug entfernt.

»Ho da, Druiden vom Glauben Christi!«

»Was willst du, Wiking-Lord?« Es war Maoliosa selbst, der sprach.

»Warum kommst du hier herüber zu uns, du, der du Maoliosa bist?«

»Dich und die Deinen für Gott zu gewinnen, Heide.«

»Ist es der Wahnsinn, der dich treibt, alter Mann? Wir haben Schwerter und Speere hier, wenn uns Hymnen und Gebete fehlen.«

Diese ganze Zeit über hielt Olaus scharfe Wacht landwärts und seewärts, denn er fürchtete, dass Maoliosa um eines Hinterhalts willen käme.

Gewiss, der alte Mönch war wahnsinnig. Er hatte seinen Kuldeern erzählt, Gott würde die Oberhand behalten und die Heiden würden vor dem Kreuz dahinschmelzen.

Die Ebbe strömte schnell. Während Sweno noch sprach,

stieß die Birlinn auf eine niedere, von der See überflutete Felsenleiste.

Ein Schrei der Bestürzung erscholl von den Weißröcken. Lautes Gelächter stieg von den Wikingen auf.

»Pfeile!«, schrie Olaus.

Darauf nahmen sechzig Männer ihre Bogen. Es war ein Hagel von Todesschaften. Viele fielen ins Wasser, aber einige saßen in den Hirnen und Herzen der Kuldeer.

Maoliosa selbst stand im Tode da, an den Mast geheftet.

Mit einem wilden Schrei der Verzweiflung strichen die Mönche ihre Ruder rückwärts. Dann sprangen sie auf die Füße, wechselten den Platz und ruderten auf Leben und Tod.

Die Sommerfahrer sprangen in ihre Galeere, die sie durch die enge Straße gezogen hatten. Sweno der Hämmerer war am Bug. Der Schaum wirbelte und zischte.

Die Birlinn knirschte auf dem gegenüberliegenden Gestade in demselben Augenblick, als Sweno seine Streitaxt auf den Mönch, der steuerte, niedersausen ließ. Der Mann wurde bis zur Schulter zerspalten. Sweno schwankte bei dem Schlag, strauchelte und fiel kopfüber in die See. Ein Kuldeer stieß mit einem Ruder nach ihm und heftete ihn im Seekraut fest. So starb Sweno der Hämmerer.

Dann sprangen all die Weißkutten auf den Strand. Doch Olaus war schneller als sie. Mit einem Dutzend Wikinge stürmte er nach der Kirche, welche die Zellen überragte, und gewann das Heiligtum. Die Mönche stießen einen Schrei der Verzweiflung aus, wendeten sich und flohen über das Moor. Olaus zählte sie. Es waren im Ganzen noch vierzig.

»Lasst vierzig Männer folgen«, schrie er.

Gleich weißen Vögeln flohen die Mönche hierhin und dorthin. Olaus und die, welche es beobachteten, lachten über sie, wie sie strauchelten wegen ihrer Kutten. Einer nach dem andern fiel, vom Schwert zerspellt oder vom Speer durchbohrt.

Endlich waren es weniger als zwanzig – zwölf – nur – zehn!

»Bringt sie zurück!«, brüllte Olaus.

Als die zehn Flüchtlinge eingefangen und zurückgebracht waren, nahm Olaus das Kruzifix, das Maoliosa erhoben hatte, und hielt es der Reihe nach vor jeden.

»Schlag's!«, sagte er zu dem ersten Mönch. Aber der Mann wollte nicht.

»Schlag's!«, sagte er zu dem zweiten; aber er wollte nicht. Und so ging es bis zum zehnten.

»Gut«, sagte Olaus der Weiße, »sie sollen für ihren Gott zeugen.«

Damit gebot er seinen Wikingen, die Birlinn zu zerschlagen und die Planken in den Grund zu treiben und mit Klötzen zu stützen.

Als das getan war, kreuzigte er jeden der Kuldeer. Mit Nägeln und mit Seilen tat er jedem, was ihr Gott gelitten hatte. Dann wurden sie alle dort am Rand des Wassers zurückgelassen.

Als in jener Nacht Olaus der Weiße und die lachende Morna das große Freudenfeuer verließen, wo die Wikinge sangen und Horn um Horn des starken Ales tranken, standen sie und blickten über den Loch. Im Mondschein konnten sie auf dem dunklen Rand des fernen Gestades zehn Kreuze erkennen. An jedem hing ein regungsloser, weißer Fleck.

Das Lachen der Königin Scathach[36]

In dem Jahr, als Cuchullin die Insel Skye verließ, wo Scathach, die Königin der Kriegerinnen, herrschte, die den Todesschatten in der Fläche ihrer Schwerthand hatte, da war Leid wegen seiner Schönheit. Er war nach Eire zurückgefahren, auf das Geheiß des Concobar mac Nessa, des Ardrighs von Ulster. Denn der Clan des Roten Zweiges watete in Blut, und es waren Seher da, die schauten, wie jene bittere Flut anschwoll und sich ausbreitete.

Cuchullin war nur ein Jüngling an Jahren; aber er war als ein Knabe nach Skye gekommen, und er verließ es als ein Mann. Nicht Scathach noch irgendein anderes Weib hatte jemals einen schöneren gesehen. Er war schlank und geschmeidig wie eine junge Fichte; seine Haut war so weiß wie eines Weibes Brust; seine Augen waren von einem trotzigen, hellen Blau, und ein weißes Licht war in ihnen gleich dem der Sonne. Wenn er, vorgebeugt und den Pfeil auf der Sehne, auf der Heide stand, auf das Röhren des Rotwildes lauschend, oder wenn er gegen einen Baum lehnte, träumend nicht von Adlerjagd oder Wolfshetze, sondern von dem Weib, das er nie gesehen hatte, oder wenn er am Dun spielend den Schwertwirbel oder den Speerstoß übte oder den Kriegswagen über die Machar[37] trieb – dann ruhten wie immer eifersüchtige Augen auf seiner Schönheit, und einige hielten dafür, er sei Angus Ogue selbst. Denn es war ein Glanz um ihn, wie ihn die Hügel haben in der Sonnenglut, eine Stunde vor dem Untergang. Sein Haar war das Haar des Angus und der schönen Götter, dicht am Haupt erdbraun mit Gold durchsetzt, rot wie die Flamme in der Mitte und, wo es sich in einen goldenen Feuernebel ausbreitete, gelb wie Sonnenschein bei Wind.

Aber Cuchullin liebte kein Weib auf Skye, und keine wagte offen Cuchullin zu lieben, denn Scathachs Herz verlangte nach ihm, und den Weg der Königin zu kreuzen hieß über sich selbst das Leichentuch ziehen. Scathach richtete offen den Blick auf den Sohn des Lerg. Kein finsteres Runzeln lag über dem Sturm in ihren Augen, wenn sie in sein sonnenhelles Antlitz blickte. Mit Freuden erschlug sie ein Weib, weil Cuchullin die Magd für irgendeine geringe Sache leicht getadelt hatte; und einmal, als der Jüngling in ernstem Schweigen drei gefangene Wikinge ansah, die sie geschont hatte wegen ihrer anmutvollen Mannheit, stieß sie ihr Schwert durch das Herz eines jeden und sandte ihm die rottriefende Klinge als die Blume der Liebe.

Aber Cuchullin war ein Träumer, und er liebte das, wovon er träumte, und dieses Weib war nicht Scathach noch irgendeine ihrer Kriegerinnen, welche die Insel des Nebels zu einem Ort des Schreckens machten für die, welche an die wilden Gestade geworfen wurden oder dort strandeten in der Ebbe unrühmlicher Schlacht.

Scathach brütete tief über ihrer ungestillten Sehnsucht. Einst, in windloser, schattiger Dämmerung, fragte sie ihn, ob er irgendein Weib liebte.

»Ja«, sagte er, »Etain.«

Ihr Atem ging rasch und schwer. Dann war es eine Freude für sie, zu denken, dass Cuchullin weiß zu ihren Füßen läge, während das rote Blut aus seiner weißen Brust rann. Aber sie biss ihre Unterlippe und sagte ruhig:

»Wer ist Etain?«

»Sie ist das Weib Midirs.«

Und damit wendete sich der Jüngling ab und ging hochmütig hinweg. Sie wusste nicht, dass die Etain, von der Cuchullin träumte, kein Weib war, das er in Eire gesehen hatte, sondern die Gattin Midirs, des Königs von Faerie, die so überaus schön war, dass MacGreine, der schöne Gott, für sie ein Lufthaus ganz aus schimmerndem, unvergänglichem Tau gemacht hatte, wo sie lebt wie in einem Traum und sich in jener Sonnenlaube im Morgenlicht von den Blüten der Blumen und in der Abenddämmerung von ihrem Duft ernährt. O ogham mhic Greine, tha e bhoidheach[38], seufzt sie immerfort im Schlaf; und dieser Seufzer erklingt in allen Seufzern der Liebe für immer und ewig.

Scathach schaute ihm nach, bis er hinter den flackernden Lagerfeuern des Weilers verschwand. Lange stand sie da in tiefem Brüten, bis die Sichel des Neumonds, die wie eine hingewehte Feder über der versinkenden Sonne geschwebt hatte, in Silberschein aus dem blauschwarzen Himmel hervortrat, jetzt einem Kielwasser in der See gleichend wegen des Sternenglanzes ringsum. Und worüber die Königin brütete, das war dies: Ob sie Kundschafter nach Eireann senden sollte mit dem Auftrag, in jenem Land zu suchen, bis sie Midir und Etain fanden, und Midir zu erschlagen und den Leichnam zu ihr zu bringen, um ihn als eine Gabe von ihr vor Cuchullin zu legen; oder ob sie Etain nach Skye bringen lassen sollte, wo die Königin ansehen könnte, wie sie ihre Schönheit verlor und langsam dahinsiechte. Keiner der beiden Wege würde ihr Cuchullins Herz gewinnen. Der dunkle Weiher dieser Frauenseele wurde noch schwärzer durch den Schatten dieses Gedankens.

Langsam schritt sie durch die Nacht auf den Dun zu.

»Wie der Mond manchmal aus dem Osten aufsteigt«, murmelte sie, »und mitunter, wie jetzt, zuerst im Westen gesehen wird, so ist das Herz der Liebe. Und wenn ich gen Westen gehe, siehe, so mag der Mond am Anfang der Sonnenbahn aufsteigen; und wenn ich gen Osten gehe, siehe, so mag der Mond ein weißes Licht sein über der sinkenden Sonne. Und wer, der das Herz von Mann oder Weib kennt, kann sagen, wann der Mond der Liebe als volle Scheibe im Osten oder in Sichelgestalt im Westen erscheinen wird?«

Es war am folgenden Tag, dass Botschaft aus Eireann kam. Ein Ultonier brachte Cuchullin ein Schwert von Concobar dem Ardrigh.

»Das Schwert hat Übel auf sich und wird sterben, wenn du es nicht rettest, Cuchullin, Sohn des Lerg«, sagte der Mann.

»Und was ist das für ein Übel, Ultonier?«, fragte der Jüngling.

»Es ist Durst.«

Da verstand Cuchullin.

In der Nacht seines Aufbruchs schaute niemand Scathach an. Sie hatte eine Flamme in ihren Augen.

Bei Mondaufgang kam sie zurück in den Weiler. Keiner, der ihr begegnete, schaute in ihr Gesicht. Tod lag da, wie der Blitz hinter einer Wolke. Aber Maev, ihre Unterführerin, suchte sie, denn sie brachte frohe Nachricht.

»Ich möchte dich erschlagen für diese frohe Nachricht, Maev«, sagte die finstere Königin zu der Kriegerin, »denn es gibt keine frohe Nachricht, es sei denn, dass Cuchullin zurückgekommen ist; doch ich schone dich, denn du rettetest mein Leben an jenem Tag, als die Sommersegler meinen Weiler im Süden verbrannten.«

Dessen ungeachtet hatte Scathach Freude über die Nachricht. Drei Wikinggaleeren waren nach Loch Scavaig hineingetrieben und dort zerschmettert worden vom wirbelnden Wind und den wütenden Seen in der Enge. Von den neunzig Männern, die in ihnen segelten, hatten nur zwanzig die Felsen erreicht, und diese lagen jetzt gebunden am Dun und erwarteten ihren Tod.

»Rufe meine Kriegerinnen heraus«, sagte Scathach, »und befiehl ihnen allen, an der großen Eiche neben den Alten Steinen sich zu sammeln. Und bring die zwanzig Männer dorthin, die gebunden im Dun liegen.«

Feuerbrände wurden verstreut, und Schwerter und Speere klirrten, als das Wort von Maev erscholl. Bald waren alle an den Steinen unter der großen Eiche.

»Schneidet die Bande von den Füßen der Seeräuber und lasst sie aufstehen.« So befahl die Königin.

Die hohen, schönen Männer aus Lochlin standen da, die Hände auf den Rücken gebunden. In ihren Augen loderten Wut und Scham, weil sie zum Spiel der Weiber wurden. Ein bitterer Tod war der ihre, ohne hallenden Schwertgesang. »Nehmt jeden bei seinem langen, gelben Haar«, sagte Scathach, »und bindet das Haar eines jeden an einen herabgebogenen Ast der Eiche.«

Schweigend ward das getan. Ein Schatten lag auf dem blassen Gesicht jedes Wikings.

»Lasst die Äste los«, sagte Scathach.

Die hundert Kriegerinnen, welche die großen Zweige herabhielten, sprangen zurück. Empor schnellten die Zweige, und an jedem hing ein lebender Mann, im Wind hin und her schwankend an seinem langen, gelben Haar.

Große Männer waren sie, starke Krieger; aber stärker war das gelbe Haar eines jeden, und stärker als das Haar der Ast, an dem ein jeder hing, und stärker als die Äste der Wind, der sie müßig hin und her wehte wie fallende Früchte, während die Sterne ihr Haar versilberten und die flammenden Fackeln die weißen Sohlen ihrer tanzenden Füße röteten.

Da lachte Scathach die Königin laut und lange. Auch nicht ein anderer Laut war dort zu hören, denn niemand äußerte jemals einen Laut, wenn Scathach mit diesem Lachen lachte, denn dann war ihr Wahnsinn auf ihr.

Aber endlich trat Maev vor und schlug eine kleine Clarsach[39], die sie führte, und zu ihren wilden Tönen sang sie den Wikingen das Todeslied:

O arone aree, eily arone arone!
Gut ist's zu segeln über die See!
Die Frauen, sie lächeln, und Kinder lachen froh,
Wenn die Drachen fahren, hinaus in die blaue See –
arone!
O eily arone, arone!

Aber Kinder lachen nimmer, kommt der Wölfe Schar,
Und die Frauen lächeln nimmer, kommt der
Winter kalt;
Denn die Sommersegler kehren nicht zurück, arone!
O arone, aree, eily arone, arone!

Nein fürwahr, ich meine, sie segeln nicht zurück!
Männer mit den gelben Haaren, die da kamen über See;
Wilde Äpfel sind sie jetzt und schwingen hoch
an grünem Zweig,

Schwanken in dem Wind, und Raben hacken
ihre Augen.
O eily arone, eily aree!

Es ist Freude für Scathach, die Kön'gin, dies zu sehn;
Zu sehn die gute Frucht, die wächst am Baum
der Steine.
Lange, bunte Frucht ist's, die der Wind weht
an gelben Wurzeln,
Und gleich Männern, deren Füße tanzen in
der leeren Luft!
O, o, arone, aree, eily arone!

Als sie endete, schwangen alle dort Schwerter und Speere und schleuderten flammende Fackeln in die Nacht und riefen aus:

O, arone, aree, eily arone, arone!
O, o, arone, aree, eily arone!

Scathach lachte nicht mehr. Sie war jetzt müde. Was half irgendeine Freude am Tod gegen den Schmerz, den sie in ihrem Herzen trug, den Schmerz, der Cuchullin genannt war?

Bald war alles dunkel im Weiler. Flamme nach Flamme erlosch. Dann war nur noch ein roter Schimmer in der Nacht, das Wachtfeuer am Dun. Tiefer Friede lag über allem. Nicht eine Färse brüllte, nicht ein Hund bellte gegen den Mond. Der Wind sank zu einem Hauch herab, eben genug, um den Duft von Blume zu Blume zu tragen. An den Zweigen einer großen Eiche schwang regungslos eine seltsame Frucht, matt und grau, wie der Schierling, der von alten Fichten herabhängt.

Die Schwermut Ulads

An dem See-Loch, der gegenwärtig als Tarbert von Loch Fyne bekannt ist, aber in den alten, weit entlegenen Tagen der Hafen der Foray genannt wurde, war einst ein Grianan, eine Sonnenlaube von so großer Schönheit, dass die Saiten an den Clarsachs der sangeskundigen Männer selbst im fernen Irland danach zitterten.

Das war in den Tagen, bevor die gelbhaarigen Männer aus Lochlin in ihren Galeeren heranschwärmten, die Lochs und Fjorde des Westens entlang. So lange ist's her, dass niemand weiß, ob Ulad sein Lied an Fand sang, bevor Diarmid der Schöne auf dem engen Raum zwischen den beiden Lochs erschlagen wurde, oder ob es geschah, als Colums Weißkutten von der offenen See her den Loch der Schwäne hinaufzukommen pflegten, der jetzt West Loch Tarbert heißt, um in das Binnenland einzudringen.

Aber von welcher Bedeutung ist die Zeitbestimmung längst vergangener Tage, wo doch die Zahl der Jahre und der Generationen gleich der der herbstlichen Blätter ist?

Ulad war dort, der Dichter-König; und Fand, die er liebte, und Leben und Tod.

Jan Mor, den ich erwähnt habe, erzählte mir die Geschichte vor vielen Jahren. Ich kann mich nicht auf alles besinnen, was er sagte, und ich weiß wohl, dass der Widerhall alter Weisen, der in seinen Worten erklang, als er im Zwielicht vor dem Torffeuer und in der alten Zunge unseres Volkes sprach, jetzt nicht ist, was er damals war.

Niemand weiß, woher Ulad kam. Auf den Inseln des Westens sagten die Leute, er sei ein Prinz aus dem Reich der Ultonier; aber dort, im Norden von Eire, sagten sie, er sei ein König in den Südlanden. Art der Weiße, der alte, weise Ardrigh der Leute, die in den Seelanden weit im Süden wohnten, sprach von Ulad als einem, der unter einem einsamen Stern in der Nacht des Festes der Beltane geboren sei, und erzählte, er käme aus einem alten Land im Norden oder im Süden von Muirnict, der See, welche die Füße von Wales und Cornwall auf der Seite des Sonnenaufgangs hat und die Felsen und den Sand von Armorica dort, wo das Licht den Westen rötet. Aber auf Joua, das jetzt Jona ist, war einer, der noch weiser war als Art der Weiße – Duach der Druide; und als er nach Ulad dem Dichterkönig gefragt wurde, sagte er, er sei von dem alten Volk, das im Binnenland von Alba wohnte, jenem uralten Stamm, der das Volk der Götter, die Tuatha-de-Dannan, gekannt hatte, als sie von Menschen gesehen wurden und keine Sterblichkeit auf ihrem süßen Leib lag. Die Inselleute wurden bestürzt über das, was Duach ihnen erzählte, denn was für eine Art Mann konnte der sein, der gesehen hatte, wie Merlin verzückt durch die Wälder ging, auf einem Rohr spielend, während Wölfe ihn umschmeichelten und das Schlagen von Adlerschwingen durch die grüne Finsternis des Waldes droben herabscholl?

Und von Fand, wer weiß etwas von ihr? Bel, der Harfner, dessen Lieder und dessen Spiel Weiberherzen schmelzen machten wie Wachs und in Männern entweder unerträgliche Sehnsucht wirkten oder jählings rasche Flammen in ihr Blut gossen, sang von ihr. Und was er sang, war dies: dass Ulad einst nach Hy Brasil gefahren war und dort einen Garten gesehen hatte mit weißen Blumen, duftig und wundervoll, unter der diesseitigen Wölbung eines Regenbogens. Diese Blumen hatte er gesammelt und die ganze Nacht an seiner Brust erwärmt und beim Morgengrauen in sie hineingehaucht. Als die hervorbrechende Sonne einen aufsteigenden Streifen unter das Morgengrau hinschob, blies er einen Frith[40] über die Fläche seiner linken Hand. Was weiße Blüten gewesen waren, rosig gemacht von seinem Hauch und erwärmt an seiner Seite, ward ein Weib. Es war Fand.

Endlich, wer kann sagen, ob Ulad alt oder jung war, als er nach dem Hafen der Foray kam. Er hatte die alte, uralte Weisheit und wusste vielleicht, wie man sich mit dem grünen Leben umhüllt, das immer dauert.

Niemand wusste davon, dass er an jenem Ort war, bis einmal, am Abend eines Unglückstages, eine Birlinn vor dem Sturmwind hineintrieb und von der Insel Arran den großen Seeloch des Fionn hinauffegte. Als die Vorgebirge passiert waren, schöpften die Ruderer Atem, und dann starrten sie verwundert. Drüben an der Bai auf dem kleinen, felsigen Vorsprung an der Nordseite war ein Haus von wunderbarem Bau, und das, wo kein Haus gestanden hatte, und von einer Form, die keiner von ihnen gesehen hatte; und alle staunten mit weitgeöffneten Augen. Die untergehende Sonne bestrahlte es, sodass seine Wände herrlich leuchteten. Ein kleiner, runder Grianan war es, aber ganz aus Blöcken und Steinen von Bergkristall erbaut und getragen von vier hohen Fichtenstämmen, die tief in das vielverflochtene Gras und den Sand getrieben und mit Hirschhäuten und Wolfsfellen und anderem Rauchwerk behängt waren.

Vor diesem Sommerhaus sahen die Männer in der Birlinn, über die Schweigen gekommen war und deren ruhende Ruder keinen Tropfen auf die schaumweißen, hüpfenden kleinen Wogen des Hafens fallen ließen – das Gesicht nach unten gewendet – einen Mann liegen.

Eine Zeit lang dachten sie, der Mann sei tot. Es wäre einer, sagten sie, irgendein Großer, der zu den Füßen seiner Sehnsucht gestorben sei. Andere dachten, es sei ein König, der dorthin gekommen wäre, um allein zu sterben, wie Conn der Einsame es getan hatte, als er alles wusste, was ein Mensch wissen kann. Und einige fürchteten, dass der auf dem Angesicht liegende Mann ein Dämon sei und der leuchtende Grianan ein schrecklicher Ort der Zauber. Das Heulen eines Wolfes in der Schlucht gegenüber, die Strathnamara genannt wird, brachte Schweiß auf ihre Rücken; denn wenn die halbmenschlichen Wesen auf Menschen Unheil herabwünschen, so verbergen sie ihr Antlitz, und das Heulen einer Wölfin wird gehört.

Aber plötzlich gab der Steuermann ein Zeichen. »Es ist Ulad«, flüsterte er heiser, wegen des Salzes in seiner Kehle nach jenem Tag der Flucht und der langen Ermüdung: »Es ist Ulad der Wunderschmied.«

Da waren alle dort froh, denn jeder Mann wusste, dass Ulad der Wunderschmied, der ein Dichter und ein König war, nichts Übles wirkte gegen irgendeinen Clan, und dass, wo immer er war, die Schwerter schliefen.

Trotzdem staunten sie sehr, dass er allein dort war und in diesem Schweigen, das Gesicht in die Wildnis geneigt, während die untergehende Sonne gerade auf den Grianan schien, der jetzt wie Wein anzusehen war oder wie springendes Blut, hell und wundervoll. Aber als Flut und Wind die Birlinn dicht an den Strand trieben, hörten sie ein zwiefältiges Geräusch, ein Lärmen seltsamer Laute. Einer sah den andern an, mit Bestürzung, die zur Furcht wurde. Denn die zwiefältigen Laute waren gedämpftes Schluchzen und Flehen des Mannes, der auf dem Rasen lag, und das Gelächter des Weibes, das nicht zu sehen war, das sich aber im Grianan befinden musste.

Connla, der Steuermann und Leiter der Seefahrer, winkte seinen Gefährten, die Birlinn dicht zwischen die Unkrautmassen zu ziehen, die von den Felsen herabhingen. Als die Galeere dort lag, fast völlig verborgen, und jedes Mannes Haupt unter dem Seetang war, erhob sich Connla. Langsam ging er dorthin, wo Ulad, das Gesicht nach unten gekehrt, auf dem Geröll von Sand und Felstrümmern lag, das vor dem Grianan war. Aber bevor er sprechen konnte, stand der junge König auf, obwohl er den Ankömmling nicht sah, und nach der Sonnenlaube blickend, in der das Gelächter plötzlich verstummte, erhob er seine Arme.

Dann, als er seine Arme erhoben hatte, kam Sang von seinen Lippen. Es war ein seltsames Lied, das Connla hörte, und hatte in sich den Ton des Windes weit draußen auf der See oder eines Gewitters, das über baumlose Moore hinzieht, klagend und wild, angefüllt mit uraltem Leid und einem Schrei, den niemand deuten kann. Und die Worte desselben, dem Steuermann vertraut, und doch mit seltsam-lebensvoller Lippe gesprochen, waren etwa folgende:

Ach du in dem Grianan dort, deren Lachen mich
feurig durchglühet,
Was hilft mir das Leid der Leiden, das meine Liebe –!

Die zu mir kam von dem Ort, wo die Regenbogen
    sich bilden,
Bist du in Wahrheit ein Weib, o Fand, die du lachst
    dort oben im Schweigen?

Liebt' ich dich doch in Sturm und in Stille, bei Tag und
    bei Nacht;
Dichtete ich doch Lieder für dich zum Schwanenlied
    voller Wunder,
Und ich trotzte dem Leben, ich trotzte dem Tod
    und dem Dunkel des Grabes,
Doch du, o Fand, lachst nieder auf mein Leid, auf
    mein Leid, o Fand.

Alles warf ich fröhlich dahin, nur dich zu gewinnen –
Krone und Herrschaft der Männer, den Ruhm
    des Schwertes und alles Gute –
Denn endlich in dir, so träumt' ich, in dir, o Fand,
    Schönste der Frauen,
Hatt' ich, was nur ein Mann zu finden vermag, und war
    wie unsterbliche Götter.

Doch was hilft all' dieses mir, der ich Ulad, der König,
    der Harfner,
Ulad, der Sänger der Lieder, die glühen im Herzen
    der Hörer,
Ulad, der Wunderschmied, der da zügelt den Wind
    und die Woge,
Den größten Dun in Trümmer legt, oder Grianans baut
    in der Wildnis.

Was hilft mir alles dies, bin ich doch nur ein Mann,
    der suchet,

Sucht für immer und ewig die Seele, die Schwester
der seinen –,
Die Seele, die du bist, o Fand, geboren aus Blüten unter
dem Regenbogen,
Belebt von meinem Hauch, erwärmt an meiner Brust,
o Fand, die ich lieb' und verehre?

Denn alles ist eitel für mich, nur eines gibt es,
das nicht eitel –
Mein Traum, mein Leiden, mein Hoffen, o Fand,
die ich gewann von Hy Brasil:
O Traum meines Lebens, mein Stolz, o Rose der Welt,
mein Traum,
Sieh, ohne dich kommt Tod über Ulad, den König,
stammt er auch von den unsterblichen Danann.

Und als er diese Worte gesungen hatte, streckte Ulad, der jung und wunderbar schön anzuschauen war, seine Arme gegen Fand aus, die er doch nicht sah, denn sie war in dem Grianan.

»Dann, wenn auch jetzt nicht beim Sinken des Tages«, murmelte der König, »so will ich Geduld haben bis zum Kommen eines neuen Tages, und dann vielleicht wird Fand mein Flehen erhören.«

Und so sank die Nacht hernieder. Aber als das Kreischen der Möwen über den Loch herüberdrang und der klagende Schrei der Kiebitze auf dem Moorland ertönte und der Duft der Sumpfdistel und des Farnkrauts schwer die windlose Stille füllte, wendete sich Ulad um und starrte mit wildem Blick, denn er fühlte eine Berührung auf seiner Schulter.

Es war Connla, der ihn berührte, und er erkannte den Mann. Er hatte die alte Weisheit, alles zu wissen, was in der

Seele ist, wenn er in die Augen sah, und er wusste, wie der Mann dorthin gekommen war.

»Lass die Männer, die deine Mannen sind, o Connla, in ihrer Birlinn fort von hier rudern und weiter in den Hafen hinaufgehen.«

Und weil er ein Wunderschmied war und alles wusste, tat der Inselmann, wie Ulad gebot, ohne eine Frage. Aber als sie wieder allein waren, sprach er:

»Ulad, großer Lord, ich bin ein Mann, der ist wie müßiger Sand unter deinen Füßen, der du die uralte Weisheit kennst und jung bist mit Jahren, die nicht vergehen, und ein großer König bist in irgendeinem Land, das ich nicht kenne – so wenigstens sagen die Leute. Aber ich weiß ein Ding, das du nicht weißt.«

»Wenn du mir ein Ding sagen willst, das ich nicht weiß, o Connla, so sollst du deines Herzens Sehnsucht haben.«

Da lachte Connla.

»Nicht einmal du, o Ulad, kannst mir meines Herzens Sehnsucht geben.«

»Und was für eine Sehnsucht wird das denn sein, du, den die Inselleute Connla den Weisen nennen?«

»Dass man sehen möchte, wie im Tau die Schritte der alten Jahre wiederkehren.«

»Das, Connla, kann ich nicht bewirken.«

»Und doch wolltest du tun, was ein Ding ist so eitel wie dieses.«

»Sprich. Ich will hören.«

Da trat Connla dicht zu Ulad und flüsterte in sein Ohr. Danach gab er ihm ein hohles Schilfrohr mit Löchern darin, so wie es die Schäfer auf den Hügeln gebrauchen. Und damit ging er davon in die Dunkelheit.

Als der Mond aufging, nahm Ulad das Schilfrohr und

spielte darauf. Während er spielte, fielen Schuppen von seinen Augen, und Träume wichen aus seinem Hirn, und sein Herz wurde leicht. Dann sang er:

Komm hervor, o Fand, komm hervor, schöne Fand,
    mein Weib, mein Reh,
Der Duft deines fallenden Haares ist süß wie der Duft
    des Ginsters –
Müde bin ich des weißen Mondscheins, denn besser
    gefällt mir die weiße Blume deiner Brüste,
Und das heimliche Lied der Götter ist schwach neben
    dem Begehren in meinem Blut.

Fand, Fand, Fand, du weiße, die du kein Traum bist,
    sondern ein Weib,
Komm hervor aus dem Grianan, oder sieh, durch
    mein Wort, Ulads des Königs,
Hervor sollst du kommen als Wölfin und nicht mehr
    ein Weib sein.
Komm hervor zu mir, Fand, denn jetzt gleich' ich
    einer Flamme, die dich versengt!

Darauf ward ein leises Lachen gehört, und Fand trat aus dem Grianan. Weiß und schön war sie, die schönste von allen Frauen, und Ulad ward froh. Als sie nahe war, flüsterte sie in seines Haares Schatten, und Hand in Hand gingen sie in den Grianan zurück.

Im Morgengrauen betrachtete Ulad die Schönheit der Fand, und er sah, dass sie wie eine Blume war.

»O du heller und schöner Traum«, flüsterte er – aber plötzlich lachte Fand in ihrem Schlummer, und er erinnerte sich, was Connla der Weise ihm erzählt hatte.

»Weib«, murmelte Ulad da, »ich sehe wohl, dass du nicht mein Traum bist, sondern nur ein Weib.« Und damit erhob er sich halb von ihr.

Fand öffnete ihre Augen, und die Schönheit derselben erschien umso größer durch das neue Licht, das in ihnen war.

»Dann bist du nur Ulad, ein Mann?«, schrie sie, und sie schlang ihre Arme um ihn und küsste ihn auf die Lippen und auf die Brust und schluchzte leise wie in seltsamer Freude: »Ich will dir folgen, Ulad, bis zum Tod, denn ich bin dein Weib.«

»Ja«, sagte er, über sie hinwegsehend, »wenn ich dich ernähre und dich mein Weib nenne und Vergnügen an dir finde und dir meine Mannheit gebe.«

»Und was sonst wolltest du tun, o Ulad?«, fragte Fand verwundert.

»Ich bin Ulad der Einsame«, antwortete er; dies und nichts weiter.

Dann, später, nahm er wieder das hohle Schilfrohr und spielte wieder.

Und als er gespielt hatte, blickte er Fand an. Er sah in ihr Herz und in ihr Hirn.

»Ich habe meinen Traum geträumt«, sagte er; »aber ich bin noch Ulad der Wunderschmied.«

Damit blies er einen Frith über die Fläche seiner linken Hand und sagte Folgendes:

»O Weib, das nicht zu mir kommen wollte, als ich rief aus dem in meinem Inneren, was ich selber bin, fahr wohl!«

Und da war Fand ein Häuflein weißer Blumen dort auf den Hirschfellen.

Dann sprach Ulad nochmals.

»O Weib, das kein bitteres Flehen meines Herzens achtete und endlich nur als eine Wölfin zum Wolf kam, fahr wohl!«

Und da verstreute ein Windwirbel die weißen Blumen auf den Hirschfellen, sodass sie hierhin und dorthin schwebten, und manche wurden gefärbt von dem blassen, wandernden Leuchten eines Regenbogens, der über jenen Ort trieb, der damals wie jetzt der Tummelplatz dieses wolkigen Glanzes war, der für immer dort gewoben wird aus Sonne und Nebel.

Zur Mittagszeit kamen die Seefahrer nach dem Grianan mit Liedern und Gaben.

Aber Ulad war nicht dort.

Das Harfenspiel Cravetheens

Als Cormac, der über das ganze nördliche Eire als Cormac Conlingas, Cormac der Sohn des Concobar, des Sohnes Nessas, bekannt war, als eine der zehn Geiseln für die Treue der Ultonier bei Conairy Mor weilte, ward er von Männern und Frauen geliebt wegen seiner Stärke, seiner Tapferkeit und seiner Anmut.

Er war um einen Zoll höher als der schlankste seiner neun Kameraden und um zwei Zoll breiter als der breiteste, obwohl jene neun Gefährten aus den schlanksten und breitschultrigsten Männern unter den Ultoniern gewählt waren, welches die größten Krieger waren, die das grüne Banba, wie Eire oder Erin von den Barden, die es liebten, genannt wurde, je gesehen hat.

Die Shenachies sangen von ihm als einem kühnen Kämpen, mit Augen voller Glanz und Glut, dessen Antlitz oben breit und unten schmal und von rötlicher Farbe war, mit einem Haar gleich dem Gold des Septembermondes.

Das Volk sprach von seinem kraftvollen Speerstoß, von seinem gewandten Schwertschlag, dem Schrecken seines Grimms, der Raserei seiner Kampfeslust, von seinem Lachen und seiner hellen Freude und dem Gesang, der auf seinen Lippen war, wenn sein Schwert das Schweigen auf sich hatte. Niemand wagte »Blau-Grün«, wie es Cormac Conlingas nannte, zu berühren – das flüsternde Schwert, wie es von seinen Gefährten genannt wurde. »Blau-Grün«, denn im Schwung erstrahlte es blaugrün wie der zuckende Blitz; es flüsterte, wann immer es durstig war, und ein roter Trank war es, der jenen Durst stillte, und kein andrer Trank zum Trinken; und es flüsterte, wenn eine Gärung des roten Blutes unter Männern begann, welche die Ultonier hassten und sie zugleich fürchteten; und es flüsterte, wann immer ein Schatten dem Schatten Cormacs des Sohnes Concobars, des Sohnes Nessas, nachfolgte. Daher kam es, dass von allen, die seinen Tod wünschten, keiner war, der nicht das unheilvolle Flüstern des Schwertes fürchtete, das von Len dem Schmied geschmiedet worden war, wo er für immer sitzt und arbeitet inmitten seiner Nebelwolke von Regenbogen. Frauen sprachen von seiner Kraft, als sei es ihre stolze Schönheit. Er hatte die Art des Sonnenlichtes an sich, sagten sie. Und der Sonnenglut, fügte immer eine mit leiser Stimme hinzu; und das war Eilidh[41], die Tochter des Conn mac Art und der Dearduil, der Tochter Somhairles, des Fürsten der Inseln – Eilidh, die Tochter der Dearduil, der Tochter Mornas, welches die drei Königinnen der Schönheit waren in den drei Generationen der Generationen.

Sie war nicht von den Ultoniern, diese schöne Eilidh, sondern von den Leuten, die Conairy Mor untertan waren. Als die zehn Geiseln beim Roten Prinzen weilten, geschah es, dass sie matt und blass wurde von der Liebeskrankheit. Ihre Mutter Dearduil wusste, wer der Mann war. Sie hielt einen Spiegel von poliertem Stahl vor den Mund des Mädchens, während es schlief, und dann geschah es, dass sie sah, wie die

Flammen der Liebe ein rotes Herz hineinbrannten, auf dem in weißer Glut geschrieben stand: »Ich bin das Herz Cormacs, des Sohnes Concobars.« Freude sowohl als Furcht kam über sie. Sicher, da war kein größerer Held als Cormac Conlingas; aber andrerseits war er ein Ultonier und würde bald fortgehen, und wenig erfreut würde Conairy Mor sein, dass die schöne Eilidh, die seit dem Tode Conns sein Mündel war, das Weib eines der Mannen des Concobar mac Nessa sein sollte, den er in seinem Herzen hasste.

Es war ein Krieger dort, der Art mac Art Mor genannt wurde. Conairy Mor begünstigte ihn und hatte ihm Eilidh versprochen. Eines Tages kam dieser Mann zu dem Oberlord und sagte Folgendes:

»Soll sie, Eilidh, das Brüllen der Kühe hören, die auf meinen Hügeln sind?«

»So ist es, Art mac Art.«

»Ich habe zu dem Mädchen gesprochen. Sie ist wie der Wind im Grase.«

»Es ist die Art der Frauen. Folge und spüre nach, und du wirst nicht finden. Aber sage: ›Komm‹, und sie werden kommen; und sage: ›Tue‹, und sie werden gehorchen.«

»Ich habe das Wort auf sie gelegt, und sie hat über mich gelacht. Ich habe gesagt: ›Komme‹, und sie fragte mich, ob die rinnende Woge die Stimme des Windes von gestern hörte. Ich habe gesagt: ›Tue‹, und sie rief mir zu: ›Nicken die Hügel, wenn die Füchse bellen?‹«

»Was ist es, das hinter deinen Lippen ist, Art mac Art Mor?«

»Dieses. Dass du den Mann fortsendest, der das Unheil ist, das auf Eilidh liegt.«

»Wer ist der Mann?«

»Er ist unter den Geiseln.«

Conairy Mor brütete eine Weile. Dann streichelte er seinen Bart, der braunschwarz war wie Bachwasser im Schatten, und lachte.

»Warum kommt Gelächter über dich, mein König?«

»Gewiss, ich lache, wenn ich an das Blut der weißen Maid denke. Sie sagen, es ist von Milch, aber ich denke, es muss die Milch der Heldenweiber der Vorzeit sein, rot und warm wie der Strom, in dem der Weiße Hund schwimmt, der durch die Nacht läuft. Und das Blut, das in Eilidh ist, springt dem Blut der Helden entgegen. Sie möchte die Last Cormacs des Gelbhaarigen auf ihrer Brust spüren!«

»Sein Blut oder meines!«

Der König schwieg eine Zeit lang. Dann lächelte er, und das bedeutete Unheil. Dann, nach einer Weile, runzelte er die Stirn, und das war nicht so schlimm.

»Nicht das deine, Art.«

»Und wenn nicht das meine, was geschieht mit Cormac mac Concobar?«

»Er soll gehen.«

»Allein?«

»Allein.«

Und fürwahr, am Abend jenes Tages geschah es, dass Dearduil hinging, Cormac Conlingas zu warnen und ihn zu bitten, er möchte den weißen Schnee ohne einen roten Flecken lassen. Aber als sie seinen Schlafraum betrat, lag Eilidh dort auf den Hirschfellen.

Dearduil schaute lange hin, ehe sie sprach.

»Nach dem, was in deinen Augen ist, Eilidh meine Tochter, ist dies nicht das erste Mal, dass du zu Cormac Conlingas gekommen bist?«

Das Mädchen lachte leise. Ihre weißen Arme regten sich unter ihrem leuchtenden Haar wie Sicheln im Korn. Sie blickte Cormac an. Die Flamme, die in ihren Augen war, loderte hell in den seinen. Das Weib des Conn wendete sich zu ihm.

»Nein«, sagte er ernst, »es ist nicht das erste Mal.«

»Ist die Saat gesät, o Landmann?«

»Die Saat ist gesät.«

»Es ist Tod.«

»Die See flutet, die See ebbt.«

»Cormac, es werden zwei Tote sein heute Nacht, wenn Conairy Mor dieses hört. Und schon jetzt ergeht sein Wort gegen dich. Liebst du Eilidh?«

Cormac lächelte leicht, aber er gab keine Antwort.

»Wenn du sie liebst, so möchtest du nicht sehen wollen, dass sie erschlagen wird.«

»Es ist kein großes Übel, erschlagen zu werden, Dearduil-nic-Somhairle.«

»Sie ist ein Weib, und sie hat dein Kind unter dem Herzen.«

»Das ist die Wahrheit.«

»Willst du sie retten?«

»Wenn sie es will.«

»Sprich, Eilidh.«

Da erhob sich der Schrecken, der in des Mädchens Herzen war, und regte sich hin und her wie ein weißer, geängstigter Vogel in der Dunkelheit. Sie wusste, dass Dearduil aus der Tiefe ihres Herzens gesprochen hatte. Sie wusste, dass Art mac Art Mor seine Hände in diesem Übel hatte. Sie wusste, dass der Tod Cormac nahe war und auch ihr nahe war. Die Glieder, die vor Liebe gebebt hatten, bebten jetzt im Hauch der Furcht. Plötzlich stieß sie einen tiefen, schluchzenden Seufzer aus.

»Sprich, Eilidh.«

Sie wendete ihr Gesicht nach der Wand.

»Sprich, Eilidh.«

»Ich will sprechen. Geh, Cormac Conlingas.«

Der Häuptling der Ultonier starrte. Diese Verurteilung zum Leben war schlimmer für ihn als das Todesurteil. Eine zornige Flamme brannte in seinen Augen. Seine Lippe kräuselte sich.

»Möge es nicht ein Knabe sein, den du haben wirst, Eilidh mit dem goldbraunen Haar«, sagte er verächtlich, »denn es würde ein übles Ding sein für einen Sohn des Cormac mac Concobar, wenn er ein Feigling wäre, wie seine Mutter es war, und den Tod fürchtete, wie sie es tat, trotzdem nie vorher eine von ihrem Stamm die Furcht kannte.«

Und damit drehte er sich auf seiner Ferse herum und ging hinaus.

Cormac Conlingas war nicht weit gegangen, als er Art mac Art Mor mit den anderen traf.

»Es ist des Königs Wort«, sagte Art einfach.

»Ich bin bereit«, antwortete Cormac. »Ist es Tod?«

»Komm; der König wird es dir sagen.«

Aber es sollte kein Blut fließen in jener Nacht. Nur, am Morgen waren es der Geiseln neun. Der zehnte Mann ritt langsam gen Nordosten der grauenden Dämmerung entgegen.

Wenn im Herzen des Cormac Conlingas Kummer und ein bitterer Schmerz war wegen Eilidh, die er liebte und von der er gern die Herbheit seines Wortes genommen hätte, so war in Eilidhs Herzen ein Laut wie von getretenem Rasen.

An jenem Tag ward es schlimmer für sie.

Conairy Mor selbst kam zu ihr. Art ging an seiner Rechten. Der König fragte sie, ob sie dem Sohn des Art Mor den Schwur leisten wollte; und wenn sie das getan, ob sie sein Weib sein wollte.

»Das kann nicht sein«, sagte sie. Die Furcht, die in des Mädchens Herz gewesen war, war jetzt tot. Das Wort Cormacs hatte sie getötet. Sie wusste, dass sie wie ihre Ahnin, die Mutter Somhairles, imstande war, wenn es nötig wäre, einen Block brennenden Holzes an ihrer Brust zu haben und die Qual zu ertragen, wie wenn es nicht mehr wäre, als ein totes Kind dort zu halten.

»Und warum kann es nicht sein?«, fragte Conairy Mor.

»Weil es nicht Arts Kind ist, das ich in meinem Schoß trage«, antwortete Eilidh einfach.

Des Königs Antlitz verdüsterte sich. Art mac Art legte seine rechte Hand an den Dolch in seinem silberbeschlagenen Ledergürtel.

»Bist du denn eine Lustdirne?«

»Nein. Bei der Treue meiner Mutter und der Mutter meiner Mutter. Ich liebe einen andern Mann als Art mac Art Mor, und jener Mann liebt mich; und ich bin die seine.«

»Wer ist dieser Mann?«

»Sein Name ist nur in meinem Herzen.«

»Ich will dich drei Dinge fragen, Eilidh, Tochter der Deardùil. Ist der Mann einer von deinem Stamme? Ist er von edlem Blut? Ist er tauglich, des Königs Mündel zu heiraten?«

»Er ist tauglicher, des Königs Mündel zu heiraten, als irgendein Mann in Eire. Er ist von edlem Blut und selbst eines Königs Sohn. Aber er ist ein Ultonier.«

»Du hast es gesagt. Es ist Cormac mac Concobar mac Nessa.«

»Es ist Cormac Conlingas.«

Mit einem lahmen Lachen trat Art mac Art vor. Er erhob seine Hand und schlug sie dem Mädchen ins Gesicht.

»Bist du seine zehnte oder seine hundertste? Gut, ich möchte dich jetzt nicht als dienende Dirne haben.«

Wieder verdüsterte sich des Königs Gesicht. Es weckte argen Sinn in ihm, dieser Anblick eines Mannes, der ein Weib schlug, so leicht es auch sein mochte.

»Art, ich habe einen besseren Mann als dich erschlagen für ein Ding, das es weniger verdiente als dieses. Hüte dich.«

Der Mann runzelte die Stirn, ein rotes Leuchten war in seinen Augen.

»Willst du tun, wie du sagtest, o König?«

»Nein, jetzt nicht. Eilidh, jener Schlag hat dich gerettet. Ich hätte Art seine Lust an dir büßen und dann mit dir tun lassen, was er wollte, mochte es Knechtschaft sein oder Tod, aber jetzt bist du frei von ihm. Nur dieses sage ich: Kein Ultonier soll dich jemals in seine Arme nehmen. Du wirst Cravetheen, den Stiefbruder Arts, heiraten.«

»Cravetheen den Harfner.«

»Gerade den.«

»Er ist alt und weder anmutig noch gütig.«

»Kein Alter liegt auf ihm, über das ein Mädchen spotten darf, und er ist gütig genug gegen die, welche sich nicht in seinen Weg stellen; und er hat den Honigmund fürwahr; und wenn auch nicht so anmutig wie Cormac Conlingas, ist er doch schön anzusehen.«

»Aber ...«

»Ich habe gesprochen.«

Und so geschah es. Cravetheen nahm Eilidh zum Weib. Aber er verließ den großen Dun des Conairy Mor und ging, in seinem eigenen Dun zu leben in dem Wald, der die Grenzen des Landes der Ultonier bedeckte.

In jener Nacht, als sie zum ersten Mal in seinem Dun auf den Hirschfellen lag, nahm er seine Harfe und spielte eine wilde Weise. Eilidh lauschte. Die Tränen traten in ihre Augen. Dann verdüsterten tiefe Schatten dieselben. Sie ballte ihre Hände, bis die Nägel sie blutig ritzten. Zuletzt lag sie zitternd, das Gesicht gegen die Wand gekehrt. Denn Cravetheen war ein Harfner, der von einem Grünen Jäger auf den Halden von Sliav Sheean unterwiesen worden war. Er konnte das in Melodien sagen, was selbst die Druiden in Worten nicht sagen konnten.

Und als er geendet hatte, ging er zu seinem Weib hinüber und sagte nur dieses:

»Ein Tag wird kommen, an dem ich dir ein Hochzeitslied spielen werde. Aber vor jenem Tag werde ich dir zweimal spielen.«

»Und hüte dich vor dem dritten Spielen«, sagte, als er davongegangen war, seine alte Mutter, die vor den qualmenden Holzblöcken saß, summend und murmelnd.

Was das zweite Spielen betrifft, so kam das erst Monate später. Es war am Abend des Tages, an dem das Kind der Eilidh und des Cormac Conlingas geboren wurde.

Während der ganzen lautlosen Qual des Weibes – denn sie hatte den Stolz des Stolzes – spielte Cravetheen der Harfner. Was er spielte, war, dass das Kind tot geboren werden möchte. Eilidh wusste das und gab ihm den Lebenshauch gerade von ihrem Herzen. »Meinen Pulsschlag dir«, flüsterte sie unter ersticktem Schluchzen. Dann spielte Cravetheen, dass es blind und taub und stumm geboren werden möchte. Aber Eilidh wusste das, und sie flüsterte zu der Seele, die hinter ihren Augen war: »Gib ihm Licht«, und zu der Seele, die hinter ihren Ohren lauschte: »Gib ihm Hören«, und zu der Seele, deren Schweigen hinter ihrem Schweigen war: »Gib ihm Sprache.«

Und so ward das Kind geboren; und es war ein Knabe und schön anzusehen.

Als die Ohnmacht über Eilidh kam, hörte Cravetheen auf mit seinem Spielen. Er stand auf und sah die Frau an. Dann hob er das Kind empor und legte es auf einer Rehhaut ins

Sonnenlicht, an einem grünen Ort, welcher der Sammelplatz der Mondscheintänzer war. Alsdann nahm er wieder seine Harfe auf und spielte wieder.

Beim ersten Spielen hörten die Vögel auf zu singen. Da war Schweigen inmitten der Äste. Beim zweiten hörten die Blätter auf zu rascheln; da war Schweigen an den Zweigen. Beim dritten sprang der Hase nicht mehr, der Fuchs blinzelte schläfrig, der Wolf legte sich nieder. Beim vierten und fünften und sechsten faltete der Wind seine Schwingen ein wie ein großer Vogel, der Waldeshauch kroch unter das Farnkraut und fiel in Schlaf, die Erde seufzte und ward still. Da war Schweigen; gewisslich, Schweigen überall, wie im Schlaf.

Beim siebenten Spielen kamen die stillen Leutchen heraus auf den grünen Platz. Sie waren klein und zierlich, in Grün gekleidet, mit kleinen, weißen Gesichtern; geradeso wie Maiblümchen waren sie.

Sie lachten leise untereinander und einige klatschten in ihre Hände. Einer erklomm eine Distel und schwang sich rundherum, bis er mit einem Plumpsen gleich dem Fall eines Tautropfens auf seinen Rücken fiel und erbärmlich schrie. Nicht eher war Ruhe, bis ein Duinnshee[42] ihn bei einem grünen Bein nahm und ihn durch eine Höhle im Gras hinabschob und diese mit einem Löwenzahn zustopfte.

Dann trat einer unter ihnen vor, in einem Scharlachkleid und einer grünen Mütze, von der ein Fädchen Distelflaum wehte wie eine Feder, und während seine kleinen Augen flammten, begann er auf einer kleinen Harfe zu spielen, die aus einem Vogelbein gemacht war, mit drei Sommerfädchen als Saiten. Und die wilde Weise, die er spielte, und die Lieder, die er sang, waren jene Fonnsheen, die jetzt wenige hören, von denen aber die, welche hören, wissen, dass sie süßer sind, wie der Kummer der Freude.

Aber es gibt keine Größe für die Sidhe – Größe ist nur ein Traum von uns, der an sie herantritt und größer oder geringer wird nach ihrer Stimmung.

Plötzlich hörte Cravetheen auf zu spielen, und dann verstummte der Grüne Harfner auch. Alle vom Völkchen des Hügelhangs standen still. Als ein Luftwirbel durch das Gras fuhr, schwankten sie hin und her wie Riedgräser von der Kühlte an ihren Füßen.

Dann warf der Grüne Harfner seinen Scharlachmantel und seine grüne Mütze beiseite, und sein Haar war weiß und wallend wie die Mooswolle. Er zerriss die drei Sommerfädchen und warf die Harfe aus Vogelbein fort. Dann zog er ein Schilfrohr aus seinem Gürtelband, das aus getriebenem Gold gemacht war, und legte es an seine Lippen und begann zu spielen. Und was er spielte, war so überaus süß, dass Cravetheen in einen Traum verfiel und dieselbe wilde Weise spielte, obwohl weder er noch irgendein Mensch sie kannte.

Dabei geschah's, dass die Seele des Kindes die Elfenmusik hörte und frei ward. Sicher, es ist ein hartes Ding für den nackten Geist, sich fortzustehlen aus seinem warmen Heim im Fleisch, wo das Blut kommt und geht wie einer Mutter Hand, warm und sanft. Aber beim Spiel Cravetheens und des Grünen Harfners gab es kein Widerstreben. Die Seele kam hervor und stand da mit großen, erschrockenen Augen.

»Schrumpfe! Schrumpfe! Schrumpfe!«, riefen alle die stillen Leutchen; und als sie riefen, schrumpfte der menschliche Geist so zusammen, dass er eine Größe mit ihnen hatte. Dann traten, wie es schien, zwei schimmernd weiße Blumen – denn sie waren schön, o schön – hervor und nahmen das Menschlein bei der Hand und führten es fort. Und als sie gingen, folgten die andern, und alle sangen ein frohes Lied, das schwach und seltsam an Cravetheens Ohr scholl.

Alle gingen hinein in den Hügelhang außer dem Grünen Harfner, der eine Weile stehn blieb, spielend und spielend und spielend, bis Cravetheen träumte, er sei Alldai, der Gott der Götter, und die Sonne sei seine Braut und der Mond seine Geliebte und die Sterne seine Kinder und die Freuden, die vor ihm standen. Dann ging auch er fort.

Damit erwachte Cravetheen aus seiner Verzückung und rieb seine Augen wie ein Mann, der aus dem Schlaf aufgeschreckt wird.

Er sah nach dem Kind. Jetzt würde es ein Wechselbalg sein, das wusste er. Aber als er wieder hinblickte, sah er, dass es tot war.

So rief er Gealcas, die seine Mutter war, und gab ihr den Körper.

»Nimm das zu Eilidh«, sagte er; »und sag ihr, dass dies das zweite Spielen ist, und dass ich noch einmal spielen werde, ehe wir Brust an Brust liegen.«

Und dieses waren die Worte, die Gealcas zu Eilidh sagte; die aber fluchte Cravetheen in ihrem Herzen und verspottete seine grausame Langmut, sehnte sich nach Cormac mit dem Gelben Haar und kümmerte sich nicht um all das, was Cravetheen ihr noch auf der Harfe vorspielen mochte.

In dem Monat der Weißen Blumen geschah es, dass Cormac Conlingas wiederkehrte.

Er war in dem Südland, als ihn Nachricht erreichte, dass sein Vater Concobar mac Nessa tot sei. Er wusste, wenn er nicht eilends zu den Ultoniern sich begäbe, würden sie ihm nicht die Ard-Reeschaft gewähren. Er, sicherlich, und kein anderer sollte Ard-Ree nach Concobar sein; doch da war ein anderer, der wohl an seiner Stelle Oberherr der Ultonier werden konnte, wenn er nicht schnell war mit Wort und Tat.

So eilig war er, dass er in den Sattel stieg und fortritt von seinen Gefährten, ohne den berühmten Speer Pisarr mit sich zu nehmen, der ein Schrecken in der Schlacht war. Das war jener feurige lebende Speer, geschmiedet vom Sohn Turenns und aus Eire gewonnen vom Gott Lu Lam-fada. In der Schlacht flog er hierhin und dorthin, ein lebendes Wesen.

Er ritt von Mittag bis eine Stunde vor Sonnenuntergang. Dann sah er einen niederen, grünen Hügel wie einen Fichtenzapfen aus dem Wald aufsteigen, gekrönt mit noch stehenden Steinen eines alten Dun. Eine blaue Rauchsäule stieg daraus empor. Cormac wusste jetzt, wo er war. Unlängst hatte er Botschaft von Eilidh selbst erhalten.

Er zog den Zügel an und starrte eine Zeit lang hin. Dann lächelte er; dann wurde er wieder düster, und seine Augen waren schwer vom Schatten dieses Dunkels.

Dann geschah, dass er »Blau-Grün« aus seiner Scheide zog und lauschte. Da war ein Summen die Klinge entlang wie von Mücken über einem Sumpf, aber kein Flüstern war da.

Noch einmal lächelte er.

»Es wird gut sein für jeden Fall«, murmelte er. Dann lehnte er sich zurück und sang diese Rune zu Eilidh:

Oime, Oime, Weib mit den weißen Brüsten, Eilidh!
Weib mit dem goldbraunen Haar und den Lippen
    gleich rot-roten Vogelbeeren!
        Oime, Ori, Oime.

Wo ist der Schwan, der weißer, dessen Brust so sanft,
Oder die Woge der See, die sich regt wie du dich regst,
    Eilidh –
        Oime, aro; Oime, aro!

Ach, das Mark in den Gebeinen schmerzt, es schmerzt,
Eilidh;
Ach, das Blut in meinem Leibe ist ein bitter-wilder
Strom, Oime!
Ori, Ohion, Ori, arone!

Ist es wohl dein rufend Herz, das ich höre, Eilidh,
Ist's der Wind im Walde oder die brandende See, Eilidh,
Oder die brandende See?

Shule, shule agrah, shule agrah, shule agrah, Shule![43]
Mein Herz, komm zu mir! komm zu mir, mein Herz,
Eilidh, Eilidh,
Komm zu mir!

Ach! möge der wilde Falke ihn nehmen,
meinen Namen, Cormac Conlingas,
Ihn nehmen und damit an deinem Herzen reißen,
dem Herzen, das einst so heiß damit war,
Eilidh, Eilidh, ori, Eilidh, Eilidh!

Und die letzten Worte dieses Liedes waren so laut und hell – laut und hell wie die Stimme des Kriegshorns –, dass Eilidh hörte. Ihr Herz sprang, ihr Busen wogte, die Pulse tanzten im Wogen des Blutes. Noch einmal war ihr, als trüge sie des Cormac Conlingas Kind im Schoß. Sie gebot der alten Mutter Cravetheens und allen, die in dem Dun wohnten, dass sie drinnen blieben und dass nicht einer den Blick auf den Grianan richtete, der ihr eigner Ort dort war, oder auf den, welchen sie hineinführen würde. Dann ging sie hinaus, Cormac zu begegnen, froh in dem Gedanken, dass Cravetheen weit von dort auf der Jagd war und nicht vor dem dritten Tag zurückkehren konnte.

Es war das die Begegnung zweier Wogen. Jede verlor sich in der andern. Dann, nach einem langen Blick in die Augen, und taumelnde Worte auf den Lippen, schritten sie Hand in Hand nach dem Dun.

Und als sie dahinschritten, machte das Flüstern des Schwertes einen Laut, wie wenn Wind durch Gras fährt.

»Was ist das?«, sagte Eilidh mit weitgeöffneten Augen.

»Es ist der Wind im Gras«, antwortete Cormac.

Und als sie den Dun betraten, machte das Flüstern des Schwertes ein verworrenes Murmeln wie der Wind in schwankenden Fichten.

»Was ist das?«, fragte Eilidh, und Furcht war in ihren Augen.

»Es ist der Wind im Wald«, sagte Cormac.

Aber als er gegessen und getrunken hatte und sie in den Grianan hinaufgingen und sich auf den Hirschfellen niederlegten, da war das Flüstern des Schwertes so laut, dass es war wie die Brandung der See in einem wilden Sturm.

»Was ist das?«, rief Eilidh, und ein Schluchzen war in ihrer Kehle.

»Es ist der Wind auf der See«, sagte Cormac, und seine Stimme klang heiser und leise.

»Da ist keine See drei Tagemärsche weit«, flüsterte Eilidh und faltete ihre Hände.

Aber Cormac sagte nichts. Und jetzt war auch das Schwert stumm.

Es war Sternenschein, als Cravetheen zurückkehrte. Er spielte eines der Fonnsheen, die er kannte, als er im Mondlicht durch den Wald kam; denn einen Hirsch jagend, hatte er einen weiten Bogen gemacht und war jetzt wieder nahe bei Dunchraig, dem Dunchraig, das sein Dun war. Aber er hatte sein Ross bei seinen Verwandten im Tal gelassen und war zu Fuß durch den Wald gekommen.

Als er dicht bei den Felsen sich befand, auf denen der Dun erbaut war, blieb er stehen. Er sah den schwarzen Schatten eines lebenden Wesens.

»Wer ist das?«, rief er.

»Ich bin es, Murtagh Lam-Rossa« ... und damit trat ein Mann aus dem Dun langsam und zögernd hervor. Es war ein Mann, der Eilidh hasste, weil sie ihn beschämt hatte.

Cravetheen sah ihn an.

»Ich warte«, sagte er.

Noch zögerte der Mann.

»Ich warte, Murtagh Lam-Rossa.«

»Es ist ein bitteres Ding, das ich zu sagen habe. Ich war unterwegs, um zu berichten.«

»Ist es von Eilidh, die mein Weib ist?«

»Du hast es gesagt.«

»Sprich.«

»Sie schläft nicht allein im Grianan, und es ist niemand aus dem Dun, der dort bei ihr ist.«

»Wer ist dort?«

»Ein Mann.«

Cravetheen tat einen tiefen Atemzug. Seine Hand griff nach dem Wolfmesser in seinem Gürtel.

»Welcher Mann?«

»Cormac mac Concobar, der genannt wird Cormac Conlingas.«

Wieder holte Cravetheen tief Atem, und Blut war auf seiner Lippe.

»Du weißt das sicher?«

»Ich weiß es.«

»Das ist's, was kein andrer Mann wissen soll« – und damit ließ Cravetheen das Wolfmesser im Mondschein blitzen und stieß es mit einem saugenden Laut ins Herz des Murtagh Lam-Rossa.

Mit einem Seufzer fiel der Mann. Seine weißen Hände tasteten in dem faserigen Staub der Fichtennadeln; sein Gesicht war wie eine graue Woge.

Cravetheen sah nach dem Schaum auf seinen Lippen; er war wie der eines Hirsches, der den Fangstoß erhalten hat. Er sah nach den Blasen am Heft des Messers; sie waren wie der Gischt von Kronsbeeren.

»Das ist der sichere Weg zum Schweigen«, sagte er; und er schritt weiter und dachte nicht mehr an den Mann.

Im Schatten des Dun stand er eine lange Zeit in Gedanken. Er konnte den Grianan nicht erreichen, das wusste er. Bevor das geschah, erhoben sich vielleicht Schwerter und Speere für Eilidh; und wenn nicht, so war Cormac Conlingas da – und nicht Cormac allein, sondern das Schwert Blau-Grün und der Speer Pisarr.

Aber ein Gedanke fuhr in seinen Sinn wie ein Windstoß in eine Felsenspalte.

Er stieß sein Schwert zurück und nahm wieder seine Harfe.

»Es ist das dritte Spielen«, murmelte er und lächelte grimmig, und er wusste, dass er lächelte.

Dann stand er wiederum auf dem grünen Weiler der stillen Leutchen und spielte die Fonnsheen, bis sie es hörten. Und als der alte Harfner von Faery gekommen war, spielte Cravetheen die Weise der Bitte.

»Was wünschest du, Cravetheena-mac-Rury?«, fragte der Grüne Harfner.

»Die Weise des Zauberschlafes, grüner Fürst des Hügels.«

»Gewiss, du sollst sie haben« … und damit gab ihm der Grüne Harfner die zauberische Melodie, sodass nicht ein

Blatt sich rührte, nicht ein Vogel sich regte und selbst der Tau aufhörte zu fallen.

Dann nahm Cravetheen seine Harfe und spielte.

Die Hunde im Dun standen auf, aber keiner heulte. Dann legten alle sich nieder, die Nase in ihren ausgestreckten Pfoten. Dreimal warfen die Hengste hinter dem Dun ihre Ohren zurück, aber kein Wiehern war auf ihren gekräuselten Lippen. Die Stuten wimmerten und standen dann mit gesenkten Köpfen, schlafend. Die bewaffneten Männer erwachten nicht, sondern schlummerten tief. Die Frauen träumten hinüber in die Finsternis, wo kein Traum ist. Die alte Mutter Cravetheens regte sich, summte schläfrig, neigte ihr graues Haupt und war wieder in Tirnan-Og, mit Rury mac Rury wandelnd, der sie liebte – ihm, der von einem Schwert und einem Speer erschlagen ward vor langer, langer Zeit.

Nur Eilidh und Cormac Conlingas wachten. Süß klang jenes wilde Harfenspiel in ihren Ohren.

»Es wird der Grüne Harfner selbst sein«, flüsterte Cormac, träge von dem Schlummer, der auf ihm war.

»Es wird das Harfenspiel Cravetheens sein, denke ich«, sagte Eilidh mit einem leisen Seufzer, doch als ob das für sie nichts zu bedeuten hätte. Aber Cormac hörte nicht, denn er schlief.

»Ich sehe neun Schatten die Wand hinaufspringen«, flüsterte Eilidh, während ihr Herz klopfte und ihre Glieder in Ketten lagen.

»... komm zu mir, mein Herz, Eilidh, Eilidh,
Komm zu mir!«

murmelte Cormac in seinem Traum.

»Ich sehe neun Hunde in den Dun springen«, schrie Eilidh, doch niemand hörte.

Cormac lächelte in seinem Schlaf.

»Ach, ach, ich sehe neun rote Spukgestalten in den Raum springen«, kreischte Eilidh, aber niemand hörte.

Cormac lächelte in seinem Schlaf.

Und dann geschah's, dass die neun roten Flammen neunfältig wurden und der ganze Dun in Flammen gehüllt war.

Denn dies war die Tat Cravetheens des Harfners. Alle, die dort waren, starben in der Flamme. Das war das Ende Eilidhs, die so schön war. Sie lachte den Schmerz fort und starb. Und Cormac lächelte; und als die Flamme auf seine Brust sprang, murmelte er: »Ach, heißes Herz Eilidhs! – mein Herz – komm zu mir!« Und er starb.

Da war kein Dun, und da waren keine Leute, und keine Hengste und Stuten, und keine bellenden Hunde, als Cravetheen aufhörte zu spielen, sondern nur Aschenhaufen.

Er betrachtete sie bis Morgengrauen. Dann stand er auf und zerbrach seine Harfe. Nordwärts ging er, den Ultoniern dies zu erzählen und des Todes zu sterben.

Und dies war das Ende Cormacs des Helden – Cormacs des Sohnes Concobars des Sohnes Nessas, der genannt ward Cormac Conlingas.

Honig der Wilden Bienen

Drei Jahre nachdem Bobaran, der Dichter-Druide mit dem Zunamen Bobaran Ban, Bobaran der Weiße, von Innis Manainn nach den Inseln des Nordens zog, kam ihm Nachricht von der Heiligen Insel, dass er sich vor drei Dingen hüten sollte: dem Gedanken im Hirn der Schwalbe, dem Pfeil auf der Zunge des Fisches und dem Honig der wilden Bienen.

Dieses Wort kam zu Bobaran auf der Insel, die genannt ward Emhain Abhlach, Emhain der Apfelbäume,[44] wo er mit seinen Mündeln wohnte, den beiden Kindern von Naois und Deirdre: Gaer, einem Jüngling, der schon hoch, anmutig und reizvoll war und herrlich wie eines Königs Sohn, und Aevgrain der Sonnengleichen. Die Lieblichkeit Aevgrains war so schön anzusehen, dass man sie für würdig hielt, die Tochter jener Deirdre zu sein, deren Schönheit die ganze alte Welt in Flammen gesetzt hatte.

Als Bobaran der Weiße diese Botschaft von Manannan mhic Manainn, dem Lord der Heiligen Insel und der Inseln der Galler, empfing, ward er beunruhigt. Jener hohe König meinte keine Gaukelei mit Worten. Manannan wusste, dass der Dichter-Druide die alte Weisheit der Sinnbilder hatte; und da er fürchtete, dass irgendwelche andern seine Botschaft deuten könnten, so hatte er ihm die Warnung in dieser Verkleidung gesandt. Das verstand er. Manannan Mac Athgno war alt und hatte Kenntnis von ungestilltem Verlangen und von unerfüllten Dingen; zweifellos hatte er also irgendeine Gefahr oder ein anderes Übel für Gaer und für Aevgrain vorhergesehn oder für die beiden glücklosen Kinder des Naois mhic Uisneach und der Deirdre.

Doch aus der Botschaft Bobarans konnte er nichts machen. Nach langem Nachdenken nahm er seine Clarsach und ging durch den uralten Forst hinauf und hinaus in die Einöde des großen Berges, der über allen anderen auf Emhain Abhlach sich türmt.

Er spielte sanft auf seiner Clarsach, während er ging, sodass kein wildes Tier ihn belästigte. Die braunen Wölfe heulten und ihre Fangzähne schienen weiß unter ihren roten Schnauzen; aber alle sprangen beiseite und glitten knurrend aus dem Gesichtskreis. Die grauen Wölfe standen stumm und wachten mit wilden, roten Augen, aber sie folgten nicht. Als Bobaran zu dem letzten Baum des Forstes kam, blickte er hinter sich und sah einen alten, weißen Wolf.

Er blieb stehen.

»Warum folgst du mir, o Wolf?«, fragte er.

Der Wolf blinzelte ihn an und schnüffelte träge den Bergwind.

»Warum folgst du mir, o Wolf?«, fragte Bobaran ein zweites Mal. Der alte, weiße Wolf erhob seinen Kopf und heulte.

Bobaran nahm aus der Höhlung an der Spitze seiner Clarsach neun eingeschrumpfte rote Beeren der Eberesche. Drei warf er nach dem weißen Wolf und rief: »Ich lege Sprache auf deine alte Weisheit.« Drei warf er in die Luft über seinem

Haupt und rief: »Zerreiße den Nebel, o Wind.« Und drei legte er in seinen Mund und murmelte: »Bei Ihm vom Haselstrauch und bei dem Salm der Erkenntnis, lasst Sehen auf mir sein.«

Damit fragte er zum dritten Male: »Warum folgst du mir, o Wolf?«

Als der Wolf sprach, geschah es mit der Zunge der Menschen.

»Der Frühling ist gekommen; der rote Fisch ist wieder im Fluss, die rote Quaste ist an der Lärche und der geheime Gedanke ist im Hirn der Schwalbe.«

»Es ist noch keine Schwalbe auf Emhain Abhlach, alter Wolf, der Weisheit hat.«

»Es ist eben jetzt eine Schwalbe da, die drei Flüge über deinem Haupt macht, und sie wird zu deinen Füßen fallen.«

Bobaran sah einen Schatten dreimal vor seinen Augen kreisen, und bevor er sich regen konnte, fiel eine Schwalbe tot zu seinen Füßen.

Während sie noch warm war, schaute er in das Hirn des Vogels. Wegen der drei heiligen Beeren, die er verschlungen hatte, sah er. Dann ward er bestürzt, denn in jenem Sehen sah er einen wilden Eber, der gestellt war und sich umwendete, und sah, dass Gaer, der schöne Jüngling, niedergestürzt war und in seinem Fall seinen Speer zerbrochen hatte, und dass der Eber mit seinen roten, wilden Augen blinzelte und den Schaum zwischen seinen großen Hauern schüttelte und sich bereit machte, auf ihn zu stürzen und Gaer, den Sohn der Schönen, zu erschlagen, den Königssohn, der noch über die Gälen von Eire herrschen sollte.

Da schlug Bobaran drei schrille Schreie aus seiner Clarsach und lief eilends westwärts durch den Forst. Und wo er auf dem Grund lag, blickte Gaer auf und sah eine tanzende

Flamme vor sich; und vor dem Eber war ein jäher, stürzender Gießbach und inmitten war ein wirbelndes Schwert, das einen unaufhörlichen, beirrenden Glanz machte wie von Sternenfeuer. Und jene tanzende Flamme Und jener stürzende Gießbach und jenes wirbelnde Schwert waren die drei schrillen Schreie von der Clarsach Bobarans des Weißen.

Dann geschah dies: Als der Druide in die Lichtung lief, wo Gaer lag, nahm er seine Clarsach und spielte einen Zauber auf den Eber, sodass der Sohn des Naois sich erhob und seinen zerbrochenen Speer aufnahm, stark die beiden Stücke zusammenband und dann mit einem lauten Jauchzen seinen Speer durch die rote Kehle trieb, sodass er auf der andern Seite durch das borstige Fell herauskam und eine Handbreite tief in den Stamm einer Eiche fuhr, die hinter dem Eber war.

In jener Nacht hatten Bobaran und Gaer und Aevgrain große Freude über den Feuern. Gaer spielte auf seiner Clarsach und sang das Lied vom Tod des Ebers; und Bobaran sang die lange Mär von Naois, dem ersten der drei Helden von Alba, und von seiner großen Liebe zu Deirdre; und als die Sterne aufgegangen waren und niemand ihr Antlitz in dem Schatten sah, sang Aevgrain die Liebeslieder von Deirdre und das Liebeslied, das in ihrem eigenen Frauenherzen war.

Die beiden Männer wurden beunruhigt durch den Gesang Aevgrains; Bobaran der Weiße wegen der Erinnerung, Gaer wegen der Sehnsucht. Als sie nicht mehr sang, seufzten beide. »Ich höre das Rauschen der See«, sagte Gaer. – »Ich höre den Sang eines blinden Vogels«, sagte Bobaran. – »Ich höre Schweigen«, flüsterte Aevgrain vor sich hin, während das Blut in ihr Gesicht stieg, damit nicht selbst in jenem Schweigen der geheime Gedanke in ihrem Herzen eine Schwinge erhöbe wie das stille Käuzchen in der Dämmerung.

Aber Bobaran war sehr froh in jener Nacht, als der Jüngling und das Mädchen schliefen. Denn er hatte den Gedanken in dem Hirn der Schwalbe gesehen, jenen, vor dem Manannan von Manainn ihn gewarnt hatte. Denn jetzt mochte vielleicht die Prophezeiung erfüllt werden, dass Gaer vom Stamme Usnas und aus dem Schoß der Deirdre der Ardrigh der Gälen sowohl auf Eire als auf Alba werden sollte. So schlief er ein.

Am siebenten Tag nachdem so der Eber erschlagen war, wandelte Bobaran der Weiße unter dem fallenden Schnee der Apfelblüte auf den Lichtungen am Strand hinter der großen, kegelförmigen Insel, die damals Inshroin, die Insel der Robben, genannt wurde.

Er blickte müßig auf die See, da plötzlich stand er wie von einem Pfeil durchbohrt. In der Bucht war eine lange Galeere, gestaltet wie ein großer Fisch, und der Bug geteilt wie der Mund eines gespeerten Lachses. Es war eine Birlinn von den Innse Gall, und das Kommen der Seeräuber konnte wohl Unheil bedeuten.

Er hörte eine seltsame Musik, aber das Ohr konnte nicht sagen, woher sie kam, denn sie war wie ein süßer, verwirrender Schwarm zarter Töne; und sie war in den Spitzen des Grases und den hingewehten Wölkchen von Distelflaum und den Glocken des Fingerhuts und in der ganzen murmelnden Menge der kleinen Blätter.

Und dann erkannte er, dass es ein Zaubersang war. Er nahm seine Clarsach und spielte eine alte Rune von der See, die Manannan von Manainn ihn gelehrt hatte: Manannan, der Sohn des Athgno, eines der Söhne Manannans vom Schaume, des Sohnes Lirs, des großen Gottes.

Und als er ausgespielt hatte, nahm er neun eingeschrumpfte Beeren der Eberesche von der Spitze seiner Clarsach. Drei warf er nach den Wogen und rief:

O Element, das älter ist als die alte Erde!
O Element, das alt war, als Alter war jung!
O Zweiter der Heiligen Drei, in denen die Saat Alldais,
In denen die Saat des Unnennbaren ward der Laich
der Welt,
Von wannen die alten Götter, die schönen Dedannan
und die Söhne der Menschen –
O Element der Elemente, zeige mir den Fisch
von Manainn,
Zeige mir den Fisch des Manannan mit dem Pfeil
auf der Zunge!

Und als Bobaran diesen Zauberspruch gerufen hatte, nahm er noch drei von den Vogelbeeren und warf sie auf den Grund, und sie wurden schnelle, rote Zungen von Hunden, die gegen ein schattenhaftes Rotwild anbellten. Dann, als er die drei übrigen Vogelbeeren verschlungen hatte, sah er Gaer an einem Felsen auf dem Gestade stehen und bald nach der Galeere blicken – von wo, wie ein Bienenschwarm, das verwirrend süße Murmelgeräusch kam –, und bald zurück nach dem Waldland, wo er das fröhliche Bellen der Hunde hörte, die einen Hirsch im Lager aufspürten.

Aber während Bobaran staunte, sah er ein schönes, nacktes Weib im Vorderteil der Birlinn stehen und die Saiten einer kleinen Muschelharfe rühren und dazu singen. Und als er nach Gaer hinschaute, war der Sohn des Naois in der See und schwamm behände von Woge zu Woge.

Aber der Druide sah, dass das schöne Weib eine böse Königin war, und dass in der Höhlung des Fischmaules ein Mann von Lochlin kauerte, mit einem gespannten Bogen in seinen Händen und einem großen Pfeil auf jenem Bogen.

So schrie er nochmals:

»O Element, im Namen Manannans, des Sohnes
des Lir!«

und dann nahm er seine Clarsach auf und schlug drei schrille Rufe aus den Saiten.

So geschah es, dass da, wo Gaer der süßen Lust seiner Augen entgegenschwamm, drei große Wogen sich erhoben. Die erste Woge trug ihn hinunter in die Tiefen, sodass der Pfeil, der gegen seine Brust flog, wie ein Schatten durch das Wasser schoss. Die zweite Woge wirbelte ihn hin und her, sodass der Pfeil, der gegen seinen Rücken flog, wie eine erschöpfte Makrele durch das Sprühwasser schoss. Die dritte Woge schleuderte ihn auf den Strand inmitten von Wolken von Sand.

Bobaran eilte zu dem Ort, wohin er fiel, und stellte sich vor ihn und spielte einen Wind gegen die Pfeile, die jetzt wie Regen von der Birlinn kamen. Dann spielte er einen Zauber auf die See, sodass die drei Flutwogen eine wurden und seewärts brüllten in einem hohen, schrecklichen, getürmten, überwältigenden Aufruhr und die Birlinn emporhoben und sie auf die Felsen von Inshroin schleuderten, sodass alle, die darin waren, in die See gespült wurden und ertranken.

Da war Bobaran froh, denn er erinnerte sich, was er auf Inis-Manainn gehört hatte – dass eine schöne Königin von den Innse Gall versuchen würde, Gaer, den Sohn der Deirdre, in seinen Tod zu locken wegen dessen, was Naois und die Söhne des Usna ihren Magen auf den fernen Inseln angetan hatten.

In jener Nacht, vor den Feuern, erzählte er von den Heldenkriegen des Naois und der Söhne Usnas und davon, wie die Königin der Innse Gall in ihrer Schönheit zu Naois kam und wie Naois Deirdre anschaute und dem gelbhaarigen Weib mit der gelben Krone gebot, davonzugehen. Und weil er ein Dichter war, sang er dann von ihrer Schönheit und von der unendlichen, bitteren Süßigkeit der Sehnsucht und von dem langen Leid und von dem unaufhörlichen, ungestillten Verlangen, das Liebe genannt wird.

Als er aufhörte, sah er, dass weder Gaer noch Aevgrain dem Sang seiner Stimme lauschten. Aber in den Augen Gaers sah er die unendliche, bittere Süßigkeit der Sehnsucht und in den Augen Aevgrains sah er das Leid und Verlangen unerwachter Liebe.

Am Morgen wandelte Bobaran, schwer von Gedanken. Vielleicht war der Tag nahe, wo ein neues Unheil über die Kinder des Naois und der Deirdre kommen sollte. Zudem fürchtete er, dass er ein Feuer in der Seele Gaers und im Herzen Aevgrains entzündet hätte.

Während er noch erwog, was ihn so verwirrte, sah er dreie herannahen. Die eine war Aevgrain, sonnengleich in der Tat in ihrer lieblichen Schönheit, aber mit seltsamen, ernsten Augen; und eines war Gaer, der kam wie Naois, als er von Deirdre in den Wäldern Conchobars gesehen ward, lachend vor Entzücken; und eines war ein junger Mann, der schönste und anmutigste, den Bobaran der Weiße jemals gesehen hatte. Er war in Grün gekleidet, mit einer Kopfbinde von Gold und Gürtelspangen von leuchtendem Findlingsgeschmeide. Sein Haar war lang und gelb, doch war er nicht von den Männern aus Lochlin.

Er verneigte sich artig, als er herantrat. Bobaran sah, dass er drei Beeren der Mistel auf den Grund warf, und fragte ihn nach diesen und seinem Tun.

»Es ist mein Geas, mein Gelübde«, sagte der Fremdling. »Es ist eines meiner Geasan, dass ich drei Beeren der Mistel auf den Erdboden werfe, bevor ich zu einem ehrwürdigen Druiden spreche.«

Bobaran nahm diese Antwort an, denn sie entsprach der Sitte seiner Zeit.

Und weil er selbst unter Geas war, an einen Fremdling nicht mehr als zwei Fragen zu richten, so sprach er sogleich, um nicht unnütz nichtige Dinge zu fragen.

»Bist du von Emhain Abhlach, schöner Lord?«, fragte er.

»Ja, ich bin von der Insel der Apfelbäume«, antwortete der Fremde mit ernst blickenden Augen.

»Und dein Name und deines Vaters Name, sind sie mir bekannt?«

»Ich bin Rinn, der Sohn des Eochaidh Juil.«

»Zweifellos ist Eochaidh Juil ein König in ... in ...«

»Wie steht es mit deinem Geas, o Bobaran-Ban?«

Da beugte sich der Druide beschämt, denn er hatte sein Geas gebrochen. Dazu war er bestürzt, dass Rinn, der Sohn Eochaidhs, wissen konnte, was für ein Geas das war.

»Ich bin hierher gekommen«, sagte Rinn langsam und mit einer Stimme, die so süß anzuhören war, dass der Druide dachte, er hätte keine so süße gehört, seit er Deirdre leise hatte singen hören, während sie mit Naois Schach spielte ...

»Das war, als Gaer in ihrem Schoß schlief«, sagte Rinn ...

Da er so erkannte, dass der Fremdling lesen konnte, was in seiner Seele war, so fürchtete Bobaran die Gewalt von Zaubern. Aber als er seine Hand an seine Seite führte, fand er, dass seine Clarsach fort war; und als er hinblickte, sah er, dass Rinn sie vom Boden aufgehoben hatte; und als er sich mühte, zu reden, erkannte er, dass der Fremde durch die dritte Beere der Mistel Schweigen auf seine Lippen gelegt hatte.

So wendete er sich mit einem schweren Herzen und folgte den Dreien nach dem lieblichen Lios,[45] der zu jener Jahreszeit ihr Heim war.

In der Dämmerung, vor den Feuern, sang Rinn und erzählte schöne, wundervolle Mären. Und als er eine Märe erzählt hatte, da wusste Gaer, dass er es war, von dem er sprach; und wie er am Morgen quer über die See nach Eire gehen und mit Conchobar streiten würde, welcher der Todwirker für seine geliebte Deirdre und für Naois und die Söhne des Usna gewesen war, um der Herrschaft über die Ultonier willen; und wie er Conchobar verbannen würde nach den fernen, von der Brandung gepeitschten Inseln von Orcc; und wie er nach einem Jahr der Oberherrschaft und wegen des Verlangens nach Liebe und dem Traum aller Träume nach Emhain Abhlach zurückkehren und Conchobar heimrufen würde, damit er Ardrigh sei; und wie er dort leben würde, bis er stürbe, und wie er Liebe kennen würde, so groß wie die Liebe des Naois, und Schönheit, so groß wie die Schönheit der Deirdre.

Und in jenem Traum kam Schlaf über ihn, und als Gaer schlief, nahm Rinn wieder die Clarsach und spielte wieder. Er sang das Lied der Liebe. Bobaran sah eine Waldlichtung, gefüllt von Mondschein, und in jenem Mondschein war ein Weib, weiß und schön, und das Antlitz war das Antlitz der Alveen, die er geliebt hatte. Sein Herz schwoll wie eine Woge; sein Leben schwankte auf dem Kamm jener Woge; und wie eine Woge brandete er in einer Flut von Verlangen und Sehnsucht zu den Füßen der Alveen, die er vor langer, langer Zeit geliebt hatte.

Und in jenem Traum kam Schlaf über ihn, und er wusste von nichts mehr.

Als Bobaran schlief, blickte Rinn Aevgrain an, deren Augen ihn anleuchteten wie zwei Sterne.

»Spiele mir keine süßen Lieder, o Rinn«, murmelte sie, »denn schon liebe ich dich, o Sehnsucht des Herzens, mein Entzücken!«

Rinn lächelte, aber er rührte die Saiten seiner Harfe.

»O Sehnsucht des Herzens, mein Entzücken!«, flüsterte er.

»O Sehnsucht des Herzens!«, murmelte sie, als Schlaf über sie kam. Dann glitten ihre weißen Hände wie Schwäne durch die schattige Flut, die ihr Haar war, und sie schüttelte den Schlaf von sich und neigte sich vorwärts und sah in Rinns Augen.

»Sage mir, wer du bist und von wo du bist«, flüsterte sie.

»Willst du mich lieben, wenn ich das sage?«

»Du bist meines Herzens Sehnsucht.«

»Willst du mir folgen, wenn ich dieses sage?«

Aevgrain stand auf. Der Feuerschein webte eine glühende Rose auf ihr Antlitz.

Rinn lachte leise, und er legte seine Arme um sie und leitete sie tiefer in den Schatten des Lios.

Bei Sonnenaufgang stand Manannan auf dem Gestade, und als er den Sonnenpfad entlang schaute, sah er Gaer gen Westen segeln.

Dann ging er nach dem Lios. Niemand war dort; nicht ein einziges Wesen war dort zu sehen außer zwei blassen, blauen Schatten, die im Sonnenschein lagen.

Dann erweckte er Bobaran.

»Schüttle jenen Jugendtraum von dir«, sagte er, »und antworte mir. Wo ist Gaer? Wo ist Aevgrain?«

Bobaran neigte sein Haupt.

»Was ist's mit dem wilden Eber, der die Gefahr für Gaer und der Gedanke im Hirn der Schwalbe war?«

»Er ist erschlagen, o Manannan von Manainn.«

»Was ist's mit dem weißen Weib und dem Todesschaft, welcher der Pfeil auf der Zunge des Fisches war?«

»Sie sind in der Stille der See.«

»Was ist's mit der berückenden Stimme Rinns, des Herrn des Schattens, Rinns des Sohnes des Eochaidh Juil vom Land der Sehnsucht des Herzens? Was ist's mit seinem berückenden Sang, der genannt wird der Honig der Wilden Bienen?«

Bobaran der Druide neigte sein Haupt.

»Er legte seine Zauber auf mich und auf Gaer. Ich weiß nicht mehr.«

»Gaer sollst du noch einmal sehen, denn er wird wieder nach Emhain Abhlach kommen, aber er wird dich nicht kennen, denn du wirst ein grauer Wolf sein, der in der Einöde heult. Aber Aevgrain werden wir nicht wiedersehen. Fahr wohl, o Tochter der Deirdre, Sehnsucht meiner Sehnsucht!«

Und damit wendete sich Manannan und war in einem Seenebel verborgen und war wieder auf Manainn, der Heiligen Insel.

Aber Bobaran hatte nicht mehr darauf gewartet, dass er ging. Sein Fell sträubte sich, als er am Lios vorbeisprang, und sein langgezogenes Geheul stieg und fiel, bis es im Schweigen der Wälder sich verlor.

Am dritten Tag bei Sonnenuntergang regten sich die beiden Schatten im Lios. Süßer Staub der Welt war wieder auf ihnen.

»Sage mir, was du bist und von wo du bist«, murmelte Aevgrain, und ihre Augen waren schattig von Liebe.

»Willst du mich lieben, wenn ich das sage?«

»Du bist meines Herzens Sehnsucht.«

»Willst du mir folgen?«

Aevgrain versuchte sich zu erheben. Die Sonnenflut entflammte eine glühende Rose auf ihrem blassen Gesicht.

»Ich liebe dich, Aevgrain, weil du schön bist und weil ich in dir den Schatten aller Schönheit sehe. Warte hier. Es ist mein Wille.«

»Ich habe kein Lieb als dich. Du bist meines Herzens Sehnsucht.«

Rinn seufzte.

»So sei es«, sagte er. »Ich will deine Liebe mit mir nehmen. Allzulange habe ich diesen Traum geträumt. Lausche auf jenes große Seufzen!«

»Ich höre.«

»Es ist das Seufzen der Welt. Es ist für mich.«

»Für dich …«

»Ich bin genannt Rinn, Honig der Wilden Bienen. Ich bin der Herr des Schattens. Aber hier, o Aevgrain, ist mein Name Tod.«

Auf Avalon[46]

Als Cairill, der Ardree der Südlande von Albyn, die von den unruhigen Wassern des Moyle bespült werden, auf der Jagd war, an einem einsamen Ort und mit nur einem Hund, fand er, dass die beiden Leben, die ein Leben sind, sich berühren und zu einem werden können.

Er beugte sich über die Fährte einer Hindin im Farnkraut, als sein Hund zur Seite sprang und schnell auf dem Weg floh, den sie gekommen waren.

Cairill staunte, dann schob er eine Mistelranke zurück, die von der Eiche herabhing, an der er lehnte. Er hörte ein Krachen unter seinen Füßen und sah einen langen, schmalen Eschenschaft entzweibrechen; und seine Füße traten auf die weißen Hände eines Mannes, der im Schlaf lag. Der Mann war jung. Er war in Grün gekleidet, mit einer goldenen Kette um seinen Nacken, mit Brustbuckeln, einem Halsband und Armbändern aus blassem Findlingsgeschmeide. Als er aufstand, war er hochgewachsen, geschmeidig wie ein junges Bäumchen, sein Gesicht jung und glatt wie das eines Mädchens, sein Haar gelbweiß wie die Sumpfbaumwolle im Schein der Sonne.

Cairill schaute ihn an.

»Obwohl dein Anblick willkommen ist«, sagte er, »kenne ich doch dein Antlitz nicht.«

»Ich kenne das deinige, Cairill mac Cairill. Und weil du diese Beleidigung auf mich gelegt hast, so will ich deiner Königschaft einen Schaden antun.«

»Was für einen Schaden willst du tun, und wer bist du, um Cairill Schnellspeer einen Schaden zu tun?«

»Ich bin Keevan von Emhain Abhlach.[47] Ich kann irgendein Unheil auf dich legen. Aber es ist mein Geas, nicht Unheil auf irgendjemand zu legen, der kein Unheil für mich beabsichtigt hat.«

»Es ist mein Geas, kein höfliches, königliches Anerbieten abzulehnen anstelle von Tod oder Schande.«

»Das ist gut. Du hast mir ein Unrecht zugefügt, indem du so auf mich tratest. Ich bin nicht von deinem menschlichen Clan. Jener Tritt wird eine Quetschung an mir sein für ein Jahr und einen Tag. Aber lass es so sein. Für ein Jahr und einen Tag werde ich deine Gestalt auf mich nehmen, und du wirst meine nehmen; und ich will nach Caer Charill gehen, und du sollst nach Emhain Abhlach gehen; und niemand soll dies wissen, weder deine Königin noch einer von meinen stolzen Mannen, noch deine Hunde noch meine, noch dein Schwert noch mein Schwert, noch Speer noch Trinkschale, noch Clarsach noch Tympan.«

»Und was habe ich hierbei zu fürchten?«

»Ich habe einen Feind, Fergal. Hüte dich vor Fergal, wenn der Mond aufsteigt. Und was habe ich bei dir zu fürchten?«

»Die Liebe der Dorcha, die meine Buhle ist.«

Keevan lachte.

»Das ist überall«, sagte er; »unter den Drachen auf den Sternen und den Würmern in der Erde.«

»Und wie soll ich wissen, dass dies nur für ein Jahr und einen Tag ist, Keevan Honigmund?«

»Ich schwöre es bei den sieben Dingen der Welt: bei der Sonne und beim Mond, bei Flamme und Wind und Wasser, dem Tau, und Tag und Nacht.«

Damit tauschten sie die Gestalt, und Keevan ging zurück nach Caer Charill, und niemand konnte ihn von Cairill unterscheiden, nicht einmal Dorcha, wenn er bei ihr lag und sie ihn düster ansah, während er schlief; und in Emhain Abhlach wusste niemand, dass Cairill ein anderer sei als Keevan, nicht einmal Keevans Weib, Malveen mit dem Honighaar.

So war es für ein Jahr und einen Tag.

Vor dem dritten Viertel jenes Jahres legte Dorcha eine Schlange in ein Kissen von Moos und lag bei Keevan, um ihn sterben zu sehen. Aber der wilde Wurm kannte seine Sippschaft und flüsterte in Keevans Ohr. Dieses Flüstern schuf einen Traum. Keevan stand auf und nahm ein Schilfrohr mit Löchern darin von der Wand; und er spielte Schweigen und Stille auf Dorcha, und so ritzte die Schlange ihre weiße Brust mit ihren milchweißen Zähnen, und an jenem kleinen roten Fleck starb sie.

Und vor dem dritten Viertel jenes Jahres, als nach einer langen Jagd Cairill bei Malveen mit dem Honighaar lag, stand Keevans Weib auf und machte Fergal ein Zeichen. Es war, als der Mond aufstieg. Er stand im Schatten einer alten Eiche, und der Bogen war gespannt, sodass er im Wind summte wie eine Mücke, und ein Pfeil war auf jenem Bogen, und der Pfeil hatte das Gift der Mondsaat, das selbst die Tuatha De fürchten, wenn der Mond aufsteigt.

Aber die Schlange in Keevans Ohr hatte auch dieses geflüstert; darum spielte er einen Traum in Cairills Seele; so träumte der verirrte König und erkannte jenen Traum als eine Weissagung. Und so stand Cairill auf und warf seinen grünen Mantel um Malveen und hieß sie zusehen, ob der Mond seine dritte Goldgestalt erreicht hätte. Sie sah, und der Pfeil Fergals ging in ihre Brust, und die Mondsaat drang in ihr Herz, und sie starb.

Fergal trat nahe heran und lachte leise. »Es wird Klage sein in Faery«, sagte er, »aber du wirst jetzt meine Königin sein, Malveen mit dem Honighaar.«

»Ja«, sagte Cairill, der den Pfeil aus Malveens Brust gezogen hatte, »es wird Klage sein in Faery.«

Und damit stieß er den Pfeil gegen Fergal, und er drang in sein Auge, sodass er Finsternis und Schweigen fühlte und nicht mehr war.

Beim Morgengrauen bestatteten sie die Leute von Emhain Abhlach, an ausgehöhlten Plätzen unter fließendem Wasser, mit zwei flachen Steinen darüber, die der Flut entgegen zeigten.

In jener Nacht saß Cairill allein. Alte Träume waren bei ihm. Er sehnte sich sehr.

Ein Weib trat heran. Sie war so weiß und wundervoll wie Mondleuchten mit dem Abendstern darin. Sie hatte ein Haar so dämmerig und zart wie die langen, warmen Schatten des Nachmittags. Ihre Augen waren von dunklerem Blau als die Schwinge des Königsfischers, und das Licht in ihnen war wie der Tau, der in Ehrenpreisblüten hängt. Ihre Hände waren so weiß, dass, wenn sie auf ihrer kleinen goldenen Clarsach spielte, sie wie der Schaum von Wogen im Mondschein waren. Durch das grüne Gras schritten ihre Füße, wandernde Lilien.

Sie spielte ein Lied zu Cairill hinauf.

Es war so überaus süß, dass sein Leben zu einem Hauch herabsank.

»Was ist das für ein Lied?«, sagte er.

»Das Lied der Sehnsucht«, sagte sie. Ihre Stimme war wie ein Luftwirbel in der Dämmerung über weißem Klee.

Sie spielte wieder. Es war eine so wilde Melodie, dass das Blut gegen sein Herz klirrte wie ein Sturm von Schwertern gegen einen Schild.

»Was ist das für ein Lied?«, fragte er.

»Das Lied des Verlangens«, sagte sie. Ihre Stimme war wie Wind, der sich in Wäldern fängt.

Sie spielte wieder. Er hörte, wie die Wogen der See den Schnee von den Gipfeln der hohen Hügel leckten, und wie all der weiße Saft und die grünen Wunder der Erde in Glut sich wandelten, und hörte zwischen Sonne und Mond den Myriadensturm des Schnees der Sterne.

»Was ist das für ein Lied?«, fragte er.

»Das Lied der Liebe«, sagte sie. Ihre Stimme war wie der stille Hauch einer Blume.

»Mein Name ist Esmar«, flüsterte sie, »und ich will wiederkommen. Du bist meine Sehnsucht und mein einziges Lieb.«

Aber er sah sie nicht wieder, bis er von Neuem in Caer Charill war, Keevan aber in seiner eigenen Gestalt und wieder in Emhain Abhlach war.

Eines Tages, als er Wurfspeere nach einer Scheibe von Eichenholz warf, sah er ein Weib. Sie war schöner als irgendein Weib, das er gesehen hatte. Sie war schön wie Emar, aber ihre Schönheit war die Schönheit eines Weibes und nicht derer, die hinter dem Tau und dem Mondschein sind.

»Wer und von wo bist du, o du Liebliche?«, fragte er.

»Ich bin Emar«, sagte sie. Dann warb sie um ihn, und er machte sie zu seiner Königin.

Beim Hochzeitsfest erhob sich ein Fremdling.

Er stellte seine Trinkschale nieder, und als er sprach, hallte seine Stimme wie ein fernes Horn gegen die Schilde an der Wand.

»Ich bitte um ein Geschenk«, sagte er.

»Es ist mein Geas, einem Fremdling ein Geschenk nicht zu verweigern«, sagte Cairill.

»Ich bin Balva von Emhain Abhlach. Emar legte Liebe auf mich vor langem. Ich erbitte sie als mein Geschenk.«

Cairill stand auf.

»Nimm mein Leben«, sagte er.

Aber Emar trat an seine Seite. »Nicht so«, sagte sie. Dann wendete sie sich zu Balva.

»Heute über ein Jahr magst du wiederkommen.« Da lächelte er und gewährte diese Frist und ging davon.

Aber in jenem Jahr fühlten Cairill und Emar die Tiefe und das Wunder der Liebe. »Ich muss gehen, aber ich will wiederkommen«, sagte sie, als der Tag herannahte. Dann sagte sie Cairill, was er tun sollte.

In der Dämmerung des Tages, als Balva wiederkehrte und Emar mit sich nahm, strich Cairill Tau auf seine Augenlider und machte einen geflochtenen Zauberstab aus Zweigen der Haselstaude und der Eberesche, und als der Mond aufstieg, ging er heraus, verkleidet als ein blinder Bettler und auf einer Rohrflöte spielend.

Als er zu Balva und Emar kam, sprach Balva.

»Das ist eine süß-tönende Flöte, Blinder. Wenn du sie mir geben willst, so will ich dir deines Herzens Sehnsucht geben. Das ist mein Geas, wenn ich um eine Flöte, einen Falken, einen Hund oder ein Weib bitte.«

Cairill lachte. Er legte seine Blindheit von sich. »Gib mir Emar«, sagte er.

Danach fühlten Cairill und Emar ein Jahr lang tiefe Freude.

In der Nacht, als Mühe über sie kam, traf ein Windstoß den Ort, wo sie lag, und das Kind wurde fortgewirbelt wie ein verwehtes Blatt. Cairill wurde von Zorn und Gram gequält, aber Emar sagte kein Wort. Sie träumte dem Morgengrauen entgegen.

Im Morgengrauen nahte ihnen ein junger Mann. Er war schöner als irgendein Mann, den Cairill je gesehen hatte, schöner als Balva, schöner als Keevan. Er kam wie Frühling durch grüne Wälder.

»Die Stunde ist gekommen«, sagte er, Emar anblickend.

»Die Stunde ist gekommen«, sagte er wieder und blickte Cairill an.

»Wer ist dieser herangewachsene Jüngling, der die schönen Jahre auf sich hat?«, fragte Cairill.

»Es ist unser Sohn Ailill«, antwortete Emar, »er, der in vergangener Nacht geboren wurde.«

Emar richtete sich auf und küsste Cairill auf die Lippen. »Fahr wohl, teures, sterbliches Lieb«, sagte sie.

Dann nahm Ailill die Rohrflöte, mit der Cairill Emar wiedergewonnen hatte, und spielte hohes Alter auf Cairill, sodass er weiß wurde und welk wie ein Ulmenblatt. Als er nur noch ein Schatten war, spielte Ailill den Schatten jenes Schattens fort, und da ging der eitle Hauch dahin auf dem Wind.

Die Wäscherin der Furt

I

Als Torcall, der Harfner, vom Tod seines Freundes, des Aodh mit den Liedern, hörte, tat er ein Gelübde, um ihn zu trauern drei Jahreszeiten hindurch – eine grüne Zeit, eine Apfelzeit und eine Schneezeit.

Es lag Kummer auf ihm wegen jenes Todes. Zwar, Aodh war nicht von seiner Sippe, aber der Sänger hatte des Harfners Leben gerettet, als sein Freund hingesunken war im Feld der Speere.

Torcall war von den Leuten aus dem Norden – den Männern von Lochlin. Er sang von den Fjorden und von fremden Göttern, vom Schwert und dem Kriegsdrachen, von dem roten Blut und der weißen Brust, von Odin und Thor und Freya, von Balder und dem Traumgott, der auf dem Regenbogen sitzt, vom sternigen Nord, von den Flammen aus blassem Blau und errötender Rose, die um den Pol spielen, von jähem Tod in der Schlacht und von Walhalla.

Aodh war von den Südinseln, wo diese unter dem Donner der westlichen Seen erbeben. Sein Clan war von der Insel, die jetzt Barra genannt wird und damals Aoidu hieß; aber seine Mutter war ein Weib aus einem königlichen Weiler auf Banba, wie die Männer der Vorzeit Eire oder Eireann nannten. Sie war so schön, dass ein Mann starb an seiner Sehnsucht nach ihr. Er war Ulad genannt und war ein Fürst. »Die Schwermut Ulads« ward in seinem Land gesungen, lange nachdem er in dem düsteren Sumpf geendet hatte, wo er ein Singen hörte und lachend-froh in seinen Tod ging. Ein andrer Mann ward zu einem Fürsten gemacht um ihretwillen. Das war Aodh der Harfner von den Hebriden. Er gewann das Herz in ihr, und es war sein von dem Tag, da sie sein Saitenspiel hörte und fühlte, wie seine glühenden Blicke auf ihr ruhten. Bevor das Kind geboren ward, sagte sie: »Er wird der Sohn der Liebe sein. Er soll Aodh genannt werden. Er soll genannt werden: ›Aodh mit den Liedern‹.« Und so geschah es.

Süß waren seine Lieder. Er liebte, und er sang, und er starb.

Und als Torcall, der sein Freund war, diesen Kummer fühlte, stand er auf und tat sein Gelübde und ging hinaus für immer von dem Ort, wo er war.

Seit der Stunde im Feld der Speere war er blind gewesen. Torcall Dall war er danach auf den Lippen der Männer. Seine Harfe hatte ein Mondscheinsäuseln in sich seit jenem Tag, so ward gesagt; ein schönes, seltsames Harfenspiel war's, wenn er durch die Schlucht hinabging oder draußen auf der sandigen Machar am Gestade und dabei spielte, was der Wind sang und das Gras flüsterte und der Baum murmelte und die See rauschte oder hohl in der Finsternis brüllte.

Weil keine Sehkraft in seinen Augen war, so sagten die Leute, er sah, indem er hörte. Was war das, was er hörte und sah, und sie nicht sahen und nicht hörten! Es war in der

Stimme, die in den Saiten seiner Harfe seufzte, so ging das Gerede.

Als er sich aufmachte und von seinem Wohnort fortging, fragte ihn der Maormor[48], ob er nach Norden ginge, wie das Blut sang; oder nach Süden, wie das Herz schrie; oder nach Westen, wie die Toten gehn; oder nach Osten, wie das Licht kommt.

»Ich gehe nach Osten«, antwortete Torcall Dall.

»Und warum so, blinder Harfner?«

»Denn Finsternis liegt immer auf mir, und ich gehe, woher das Licht kommt.«

In jener Nacht der Nächte, als ein frischer Wind aus Westen blies, fuhr Torcall der Harfner hinaus in einer Galeere. Sie spritzte im Mondschein, während sie schnell von neun Männern gerudert ward.

»Sing uns ein Lied, o Torcall Dall!«, riefen sie.

»Sing uns ein Lied, Torcall von Lochlin«, sagte der Mann, der steuerte. Er und seine ganze Mannschaft waren Gälen; der Harfner allein war ein Nordmann.

»Was soll ich singen?«, fragte er. »Soll es vom Krieg sein, den ihr liebt, oder von den Weibern, die euch zwirnen wie Kuhseide; oder soll es vom Tod sein, der euer Lohn ist; oder von eurem Schrecken, den Speeren des Nordens?«

Ein leises, mürrisches Knurren ging von Bart zu Bart.

»Wir sind unter Ceangal[49], blinder Harfner«, sagte der Steuermann, den Blick senkend wegen seiner lodernden Wut; »wir stehen in Pflicht, dich sicher nach dem Festland zu bringen, aber wir haben kein Gelübde geschworen, stillzusitzen unter dem Peitschenhieb deiner Zunge. Es war ein windschneller Pfeil, der die Sehkraft aus deinen Augen schnitt; hüte dich, dass nicht ein jäher Schwertwind den Lebenshauch aus deinem Leib fegt.«

Torcall lachte mit einem leisen, ruhigen Lachen.

»Ist's Tod, was ich jetzt fürchte – ich, der ich meine Hände in Blut gewaschen habe und Liebe genossen und alles erkannt habe, was zu wissen dem Menschen gegeben ist? Aber ich will euch ein Lied singen, das will ich.«

Und damit nahm er seine Harfe und schlug die Saiten:

Einsamer Strom fließt in der Fern in einsam-
trübem Land;
Sein Ufer weißer Staub, und weiß Gebein bedeckt
den Strand.
Ein einzig lebend Ding ist dort, ein Schwert,
das springend surrt;
Doch ich, ein Seher, hab gesehn die wirbelnd-
rege Hand
Der Wäscherin der Furt.

Ein Schattenbild aus Nebeldunst in finstrer Nacht
sie dräut.
Die Wäscherin der Furt;
Sie lacht zuweilen und den Staub aus hohler Hand
sie streut,
Zählt all der Männer Sünden dort, die blutrot
bis zum Gurt –
Die Geister aller Menschensünd' schlägt mit
dem Schwert, das murrt,
Die Wäscherin der Furt.

Sie bückt sich lachend, wenn im Staub ein Glied
sich windet schwer.
»Zurück ins Wasser«, sagt sie dann, »und schwimme
hin und her!

Dann wasche ich dich weiß wie Schnee und nehm dich
in die Hand
Und schlage hier in Stille dich mit
meinem Wirbelbrand
Und trete dich in diesen Staub von windlos-
weißem Sand –«
Dies ist's, was lachend knurrt
Die Wäscherin der Furt
An jenem stillen Strand.

Schweigen herrschte eine Zeit lang, nachdem Torcall Dall jenes Lied gesungen hatte. Die Ruder fingen den Mondschein auf und warfen ihn hin und her wie lose, schimmernde Kristalle. Der Schaum am Bug kräuselte und hüpfte.

Plötzlich stimmte einer der Ruderer einen langgezogenen, tiefen Sang an:

Yo, eily aho, ayah aho, eily ayah aho,
Das Schwert ihr surrt,
Eily aho, ayah aho, eily ayah aho,
Der Wäscherin der Furt!

Und da hörten alle auf zu rudern. Aufrecht stehend, hoben sie ihre Ruder gegen die Sterne empor, und die wilden Stimmen flogen hinaus in die Nacht:

Yo, eily aho, ayah aho, eily ayah aho,
Das Schwert ihr surrt,
Eily aho, ayah aho, eily ayah aho,
Der Wäscherin der Furt!

Torcall Dall lachte. Dann zog er sein Schwert von seiner Seite und tauchte es in die See. Als er die Klinge aus dem Wasser zog und sie emporwirbelte, schwirrten all die weißen, leuchtenden Tropfen an ihr um sein Haupt wie ein Graupelregen.

Und da ließ der Steuermann den Steuerriemen los und zog sein Schwert und spaltete eine flutende Woge. Aber von der Gewalt seines Schlages wirbelte das Schwert ihn herum, und das Schwert schnitt dem Mann, der das Ruder dicht am Heck hatte, das Ohr ab. Dann war Blut in den Augen aller dort. Der Mann strauchelte und tastete nach seinem Messer, und es war im Herzen des Steuermanns.

Dann, weil diese beiden Männer Führer waren und eine Blutfehde hatten, und weil alle dort, außer Torcall, auf der einen oder der andern Seite waren, sangen Schwerter und Messer einen Sang.

Die Ruderer ließen ihre Riemen fallen; und vier Männer fochten gegen drei.

Torcall lachte und legte sich auf seinem Platz zurück. Während aus der wandernden Woge der Tod jedes Mannes in den Hohlraum des Bootes klomm und seinen Mann mit seinem eisigen Hauch streifte, nahm Torcall der Blinde seine Harfe. Während das Sprühwasser gegen sein Gesicht schwirrte und der Blutgeruch in seinen Nüstern war und seine Füße in der roten Flut, die dort schwoll, plätscherten, sang er dieses Lied:

O, ein gut Ding ist das Rot-Blut, wie uns Odin gelehrt!
Und ein gut Ding ist's, zu hören, wie's sprudelt schnell.
Und dieweil wir hören, wie hier lacht das Schwert,
O, da krächzen Raben, und die Alten klagen,
    und die Weiber schreien gell!
Und emsig wird sie waschen, dort wo ihr Stand,
Rote Sünden dieser Männer, die in Blut stehn bis
    zum Gurt,
Und treten ihr Gebein in weißen, feinen Sand,

Leise lachend bei dem Durst des Schwerts,
das wirbelnd surrt –
Die Wäscherin der Furt!

Als er dieses Lied gesungen hatte, da war nur ein Mann übrig, dessen Puls noch schlug, und er war am Bug.

»Ein bittrer, schwarzer Fluch über dich, Torcall Dall!«, stöhnte er durch den blutigen Schlamm, der in seinem Mund war.

»Und wer bist du?«, sagte der blinde Harfner.

»Ich bin Fergus, der Sohn des Art, des Sohns des Fergus von den Zwei Duns.«

»Gut, es ist ein Lied auf deinen Tod, das ich dichten will, Fergus mac Art mhic Fheargus; deshalb, weil du der letzte bist.«

Damit schlug Torcall ein Schluchzen aus seiner Harfe, und er sang:

O, des Fergus Tod, der lauert hier in diesem Boot,
Zwischen dem mit schwarzem Barte und dem
Mann mit Haaren rot,
Steig empor und nimm die Furcht jetzt aus dem kalten,
weißen Blick,
Und lass Fergus mac Art mhic Fheargus schauen
sein Geschick!

Zwar ich bin ein blinder Mann jetzt, doch vor
meinen Augen steigt
Auf dein Schatten, wie er leise über
Leichen schleicht:
Legst den Arm um seine Knie, wie sie beben hin und her,
Und du flüsterst deine Stille in sein Haupt
so schwer.

Und darum, o Fergus – –

Aber da schleuderte der Mann sein Schwert in die See, und mit einem erstickten Schrei fiel er vornüber; und auf dem weißen Sand war er, unter den zertretenden Füßen der Wäscherin der Furt.

II

Es war ein frischer Wind unter den Sternen in jener Nacht. Im Morgengrauen erhoben sich die Berge von Skye wie Türme eines großen Dun im Osten.

Aber Torcall, der blinde Harfner, sah das nicht. Schlaf lag auch auf ihm. Er lächelte in jenem Schlaf, denn in seinem Sinn sah er die toten Männer, die von dem fremden Volk waren, seine Feinde, nach dem Strom hinziehen, der an einem fernen Ort war. Ihr Beben – arme, zitternde, frostwelke Blätter, die sie waren, trocken und dürr – erzeugte den einzigen Hauch, der in jener Einöde war.

An der Furt – das war's, was er in seinem Gesichte sah – fielen sie nieder wie waidwunde Hirsche, über denen die Hunde sind.

»Was ist dies für ein Strom?«, riefen sie mit der schwachen Stimme des Regens auf den Mooren.

»Der Strom des Blutes«, sagte eine Stimme.

»Und wer bist du, die in dem Schweigen ist?«

»Ich bin die Wäscherin der Furt.«

Und damit ward jede rote Seele ergriffen und in das Wasser der Furt geworfen; und wenn sie weiß war wie das Gerippe eines Schafes auf dem Hügel, so nahm die Wäscherin der Furt sie in eine Hand und warf sie in die Luft, wo kein Wind sich regte und wo jeder Laut tot war, und dann wurde sie in Stücke getrennt durch vier wirbelnde Schläge des Schwertes von den vier Enden der Welt. Dann geschah's, dass die Wäscherin der Furt auf das trat, was zu Boden fiel, bis unter ihren Füßen nur ein weißer Sand war, weiß wie Staub, leicht wie der Blütenstaub der gelben Blumen, die im Gras wachsen.

Das war's, worüber Torcall Dall in seinem Schlaf lächelte. Er hörte nicht das Spülen der See; nein, auch nicht irgendein träges Plätschern des von keinem Ruder getriebenen Bootes. Dann träumte er, und es war von dem Weib, das er in Lochlin verlassen hatte, sieben Sommerfahrten war es her. Er dachte, ihre Hand sei in der seinen und ihr Herz schlüge gegen das seine.

»Ach liebes, schönes Frauenherz«, sagte er, »und was ist das für ein Leid, das einen Schatten auf dich gelegt hat?«

Es war eine süße Stimme, die er in seinem Schlummer hörte.

»Torcall, es ist die müde Liebe, die ich hege.«

»Ach mein Herz, du Teure! Gewiss, 's ist ein bittres Leid, das auch ich gehabt habe, wo ich fern von dir war alle diese Jahre.«

»Es gibt eines Mannes Leid, und es gibt eines Weibes Leid.«

»Beim Blute Balders, Hildyr, ich möchte beide auf mir haben, um es von dem teuren Herzen zu nehmen, das hier schlägt.«

»Torcall!«

»Ja, du Weiße!«

»Wir sind nicht allein, wir beiden in der Finsternis.«

Und als sie das gesagt hatte, fühlte Torcall, wie zwei Kinderarme seinen Nacken umschlangen und zwei Blätter einer wilden Rose sich kühl und süß gegen seine Lippen drückten.

»Ach! was ist das?«, rief er, und sein Herz klopfte, und das Blut in seinem Leib sang ein frohes Lied.

Eine leise Stimme summte in sein Ohr; ein bitter-süßes Lied war es, überaus süß, überaus bitter.

»Ach, du Weiße, du Weiße«, klagte er; »ach, du mein kleines, junges Reh! Kind von Schaum, schönes, kleines Mädchen, lege dein Gesicht auf mich, dass ich die blauen Augen sehen mag, die auch die meinen und Hildyrs sind.«

Aber das Kind schmiegte sich nur enger an. Wie ein flügges Vögelchen in einem großen Nest war es. Wenn Gott ihr Lied hörte, so war Er ein froher Gott an jenem Tag. Das Blut, das in ihrem Leib war, rief dem Blut, das in seinem Leib war. Er konnte kein Wort sagen. Die Tränen standen in seinen blinden Augen.

Dann lehnte sich Hildyr in die Finsternis zurück und nahm seine Harfe und spielte auf ihr. Es war eines der Fonnsheen, die er gelernt hatte, in weiter, weiter Ferne, wo die Inseln sind.

Sie sang, aber er konnte nicht hören, was sie sang.

Dann stimmten die kleinen Lippen, die wie eine kühle Woge auf dem dürren Sand seines Lebens waren, flüsternd ein leises Lied an; und seine schwankenden Laute waren etwa diese in seinem Hirn –

Wo die Seelen der Toten
Sich sammeln im Ried,
Dorthin, Torcall, mein Vater,
Meine Seele zieht!

Auf Hildes Wiese
Ward ich gesät.
Aus deiner Saat
Bin hieher ich geweht!

Doch wo ist der Weg,
Den mit Hildyr ich geh;

Über Bergmoos grau,
An der grauen See?

Denn ein Strom ist hier,
Und ein Schwert, das surrt –
Und ein Weib, das wäscht
An einer Furt!

Da stieß Torcall Dall einen wilden Schrei aus und schlang einen Arm um die Kleine, Weiße und streckte eine Hand aus nach dem Busen, der ihn liebte. Aber kein weißer Busen war da und kein weißes Kind; und was an seinen Lippen war, das war seine eigne Hand, rot von Blut.

»O Hildyr!«, rief er.

Aber er hörte nur das Plätschern der Wogen.

»O du Weiße!«, rief er.

Aber nur das Gekreisch einer Seemöwe, wie sie über jenem Boot schwebte, das mit toten Männern gefüllt war, gab Antwort.

III

Den ganzen Tag steuerte der blinde Harfner die Galeere der Toten. Ein schwacher Wind war da, der aus Westen wehte. Das Boot trieb vor ihm, langsam und mit einem leisen, seufzenden Spülen.

Torcall sah die roten, klaffenden Wunden der Toten und die glasigen Augen der neun Männer.

»Es ist besser, nicht blind zu sein und die Toten zu sehen«, murmelte er, »als blind zu sein und die Toten zu sehen.«

Der Mann, welcher Steuermann gewesen war, lehnte gegen ihn. Er fasste ihn mit schauderndem Griff und stieß ihn in die See.

Aber als er eine Stunde später seine Hand in die Kühle des Wassers streckte, zog er sie mit einem Schrei zurück, denn auf das kalte, starre Angesicht des toten Mannes war sie gefallen. Das lange Haar hatte sich an einer Spalte im Leder, wo die Zweige nachgegeben hatten, festgewickelt.

Noch eine Stunde saß Torcall, sein Kinn in seiner rechten Hand haltend und mit seinen blinden Augen auf die Toten starrend. Er hörte nicht den geringsten Laut außer dem Lecken der Woge und dem Zischen von Sprühwasser gegen Sprühwasser und einem Gurgeln unter dem Boot und dem leisen, gleichmäßigen Streifen des Leichnams, der am Steuerriemen entlangschleppte.

In der zweiten Stunde vor Sonnenuntergang erhob er sein Haupt. Der Laut, den er hörte, war der Laut von Wogen, die gegen Felsen schlagen.

In der Stunde vor Sonnenuntergang bewegte er das Ruder hastig hin und her und riss den Leichnam los, der hinter dem Boot schleppte. Der Lärm der Wogen auf den Felsen war jetzt ein lauter Sang.

Als die letzte Sonnenglut auf seinem Nacken brannte und das lange Haar auf seinen Schultern erglänzen ließ, empfand er den grünen Duft des Grases. Dann geschah's auch, dass er das gedämpfte Branden der See in einem ruhigen Hafen hörte, wo Sandbänke waren.

Er folgte jenem Laut, und während er sich anstrengte, irgendeine Stimme zu hören, knirschte das Boot auf dem Sand und trieb nach einer Seite. Seine Harfe ergreifend, trieb Torcall ein Ruder in den Sand und sprang auf das Gestade. Als er dort war, lauschte er. Es herrschte Schweigen. In weiter, weiter Ferne hörte er das Stürzen eines Bergstroms und den leisen, schwachen Schrei eines Adlers, wo die Sonnenglut seinen Horst wie mit strömendem Blut färbte.

So hob er seine Harfe empor, und leise spielend, einen alten, gebrochenen Sang auf den Lippen, schritt er fort von jenem Ort und schenkte den Toten keinen Gedanken weiter.

Es war tiefe Abenddämmerung, als er an einen Wald kam. Er fühlte den kalten, grünen Hauch desselben.

»Komm«, sagte eine Stimme, leise und süß.

»Und wer magst *du* sein?«, fragte Torcall der Harfner, zitternd wegen der plötzlichen Stimme in der Stille.

»Ich bin ein Kind, und hier ist meine Hand, und ich will dich leiten, Torcall von Lochlin.«

Über den blinden Mann kam Furcht.

»Wer bist du, der an einem fremden Ort weiß, wer ich bin?«

»Komm.«

»Ja, gewiss, ich komme schon, du Weißer; aber sage mir, wer du bist, und von wo du kamst, und wohin wir gehen.«

Da sang eine Stimme, die er kannte:

Wo die Seelen der Toten
Sich sammeln im Ried,
Dorthin, Torcall, mein Vater,
Meine Seele zieht!

Doch ein Strom ist hier
Und ein Schwert, das surrt –
Und ein Weib, das wäscht
An einer Furt!

Da war Torcall Dall wie das letzte Blatt an einem Baum.

»Warst du in dem Boot?«, flüsterte er heiser.

Aber es schien ihm, als wenn eine andere Stimme antwortete: »Ja, gewiss.«

»Sage es mir, denn ich bin blind: Ist es Friede?«

»Es ist Friede.«

»Bist du Mann oder Kind oder von dem Verborgenen Volk?«

»Ich bin ein Schäfer.«

»Ein Schäfer? Dann wirst du mich gewiss durch diesen Wald führen? Und was mag hinter diesem Wald sein?«

»Ein Strom.«

»Und was für ein Strom mag das sein?«

»Ein tiefer und schrecklicher. Er strömt durch das Tal des Schattens.«

»Und ist keine Furt da?«

»Ja, da ist eine Furt.«

»Und wer wird mich durch jene Furt führen?«

»Sie.«

»Wer?«

»Die Wäscherin der Furt.«

Aber da stieß Torcall Dall einen wehen Schrei aus und riss seine Hand los und floh seitwärts in einen Baumgang in dem Wald.

Es war Mondschein, als er, müde, sich niederlegte. Der Laut fließenden Wassers füllte seine Ohren.

»Komm«, sagte eine Stimme.

So stand er auf und ging. Als der kalte Hauch des Wassers sein Gesicht traf, legte der Führer, der ihn leitete, eine Frucht in seine Hand.

»Iss, Torcall Dall!«

Er aß. Er war nicht mehr Torcall Dall. Er fühlte, wie seine Sehkraft ihm wiederkehrte. Aus der Finsternis kamen Schatten; aus den Schatten die großen Äste von Bäumen; aus den Ästen dunkle Zweige und dunkle Büschel von Blättern; über den Zweigen weiße Sterne; unter den Zweigen weiße Blumen; und hinter diesen das Mondlicht auf dem Gras und der Mondschein auf einem Fluss, der dunkel und tief strömte.

»Nimm deine Harfe, o Harfner, und sing das Lied von dem, was du siehst.«

Torcall hörte die Stimme, aber er sah niemand. Kein Schatten regte sich. Dann trat er hinaus auf das mondbestrahlte Gras; und an der Furt sah er ein Weib, das sich bückte und Leichentuch über Leichentuch wusch, gewoben aus Mondstrahlen; das sie dort wusch im fließenden Wasser und leise ein Lied sang, das er nicht vernahm. Er sah nicht ihr Gesicht. Aber sie war jung und hatte langes, schwarzes Haar, das herabfiel wie nächtlicher Schatten über einen weißen Felsen.

So nahm Torcall seine Harfe, und er sang:

Ehre den großen Göttern, kein Schwert seh ich
hier ziehen,
Nein, ich sehe nichts als eines Stromes Schimmer,
Sehe Schatten auf der Flut, die immer fliehen,
Und ein Weib, das Leichentücher wäscht für immer.

Dann verstummte er, denn er hörte das Weib singen:

Ehre sei Gott in der Höhe und Maria, der Mutter Jesu,
Hier spül ich fort die Sünden derer, die bereuen.
O Torcall von Lochlin, wirf ab die roten Sünden,
die du liebtest,
Dann empfängst du das reine Gewand, in dem sie
im Himmel sich freuen.

Von einer großen Furcht erfüllt, beugte Torcall sein Haupt. Dann nahm er nochmals seine Harfe, und er sang:

O, mit Freuden seh ich, Weib mit Grabestüchern,
Dass du nicht mir drohst mit jenem Schwert, das murrt,
Meine Götter ich verlor, o Weib, wie mag man nennen
Dich und deine Götter, Weib, o Wäscherin der Furt?

Aber das Weib blickte nicht auf von dem dunklen Wasser noch hörte sie auf, die Leichentücher zu waschen, die aus den gewobenen Mondstrahlen bereitet waren. Der Harfner hörte diesen Sang über dem Seufzen des Wassers:

Maria Magdalena ist mein Name, und ich
 liebte Christum.
Und Christ ist Gottes Sohn und Maria seine Mutter
 in Treuen.
Und dieser Strom ist des Todes Strom, und die Schatten
Sind fliehende Seelen, die verloren gehn,
 wenn sie nicht bereuen.

Da trat Torcall näher an den Strom. Ein schwermütiger Wind strich darüber hin.

»Wo sind all die Toten der Welt?«, sagte er.

Aber das Weib antwortete nicht.

»Und was ist das Ende, du, die Maria genannt wird?«

Da richtete das Weib sich auf.

»Möchtest du die Furt überschreiten, o Torcall der Harfner?«

Er erwiderte kein Wort darauf. Aber er lauschte. Er hörte ein Weib schwach und leise singen, fern, fern im Dunklen. Er trat näher.

»Möchtest du die Furt überschreiten, o Torcall?«

Er erwiderte kein Wort darauf, sondern er lauschte nochmals. Er hörte ein kleines Kind in der Nacht weinen.

»Ach, einsames Herz der Weißen«, seufzte er, und seine Tränen fielen.

Maria Magdalena wendete sich um und blickte ihn an.

Es war das Antlitz des Kummers, das sie hatte. Sie beugte sich nieder und nahm die Tränen auf.

»Es sind Glocken der Freude«, sagte sie. Und er hörte ein schwaches, süßes Klingen in seinen Ohren.

Ein Gebet stieg aus seinem Herzen. Ein blindes Gebet war es, aber Gott gab ihm Schwingen. Es flog zu Maria, die es nahm und küsste und ihm Gesang gab.

»Es ist der Sang des Friedens«, sagte sie. Und Torcall hatte Frieden.

»Was ist das Beste, o Torcall?«, fragte sie – rauschend-süß wie Regen in den Bäumen war ihre Stimme. »Was ist das Beste? Das Schwert oder Frieden?«

»Frieden«, antwortete er, und er war jetzt weiß und war alt.

»Nimm deine Harfe«, sagte Maria, »und geh hinein in die Furt. Aber siehe, jetzt bekleide ich dich mit einem weißen Grabtuch. Und wenn du fürchtest, dass die Flut dich ertränkt, so folge den Glocken, die deine Tränen waren; und wenn die Dunkelheit dich erschreckt, so folge dem Sang des Gebetes, das aus deinem Herzen kam.«

So schritt Torcall der Harfner in die aufwallende Flut, und er spielte eine neue, seltsame Weise gleich dem Lachen eines Kindes.

Tiefes Schweigen war dort. Der Mondschein lag auf dem finsteren Wald, und der verdunkelte Strom floss seufzend durch die lautlose Nacht.

Die Wäscherin der Furt beugte sich von Neuem nieder. Leise und süß, wie einst und immerdar, sang sie über die versinkenden Seelen ihren uralten Gesang.

Das Weib mit dem Netz

Als Artan jeden weißkuttigen Bruder in Jona auf die Stirn geküsst hatte und von dem bejahrten Colum dreimal geküsst worden war, ward sein Herz von Frohsinn erfüllt.

Es war Spätsommer. Im Schein des Nachmittags lag Frieden auf den grünen Wassern des Sundes, auf dem grünen Gras der Dünen, auf den weißen und braunen, mit einem Kuppeldach versehenen Zellen der Kuldeer, über die der heilige Colum herrschte, und auf dem kleinen, mit Felstrümmern überstreuten Hügel, der sich über der Stätte erhob, wo Colums Kirche aus Flechtwerk und in der Sonne gehärtetem Lehm stand.

Der Abt wandelte langsam an der Seite des jungen Mannes. Colum war schlank, mit langem und schwerem Haar, das weiß war wie Bergwolle, und mit einem Bart, der tief auf seine Brust herabhing, grau wie das Moos auf alten Föhren. Seine blauen Augen leuchteten zärtlich. Der Jüngling – denn obwohl er ein erwachsener Mann war, schien er an Colums Seite ein Jüngling – war schön. Er war schlank und anmutig, mit gelbem, krausem Haar und dunkelblauen Augen und einer Haut, so weiß, dass sie einige der Mönche beunruhigte, die alte Träume träumten und dieselben fortspülten mit Tränen und Geißelhieben.

»Du hast das bittere Fieber der Jugend auf dir, Artan«, sagte Colum, während sie die Dünen jenseits Dun-I überschritten, »aber du hast keine Furcht, und du wirst eine Flamme sein unter diesen piktischen Götzendienern, und du wirst eine Lampe sein, ihnen den Weg zu zeigen.«

»Und wenn ich wiederkomme, dann wird Händeklatschen sein und Kirchengesang und viel Freude?«

»Ich glaube nicht, dass du wiederkommen wirst«, sagte Colum. »Das wilde Volk in diesen Nordlanden wird dich verbrennen oder dich kreuzigen oder dich auf die Crahslat[50] legen oder dich hungern und dürsten lassen, bis du stirbst. Es wird eine große Freude für dich sein, auf diese Weise zu sterben, Artan, mein Sohn.«

»Ja, eine große Freude«, antwortete der junge Mönch, aber seine Augen schweiften träumend ab von seinen Worten.

Es herrschte Schweigen zwischen ihnen, als sie sich der Bucht näherten, wo ein großes Lederboot lag mit drei Männern darin.

»Wird Gott nach Iona kommen, während ich fort bin?«, fragte Artan.

Colum starrte ihn an.

»Ist es wahrscheinlich, dass Gott in einem Lederboot hierherkommen würde?«, fragte er mit spöttischem Blick.

Der junge Mann schien beschämt. Sicherlich, Gott würde nicht in einem Lederboot kommen, so wie etwa er selbst kommen würde. Er erkannte daran, wie schwer Colum ihn getadelt hatte. Er würde in einer feurigen Wolke kommen und würde von nah und fern gesehen werden. Artan fragte sich, ob der Ort, wohin er ging, zu weit nach Norden läge, als dass er jene Herrlichkeit sehen könnte; aber er fürchtete sich zu fragen.

»Gib mir einen neuen Namen«, bat er; »gib mir einen neuen Namen, mein Vater.«

»Welchen Namen willst du haben?«

»Diener Marias.«

»So sei es, Artan Gille-Mhoire.«[51]

Damit küsste ihn Colum und sagte Lebewohl, und Artan ließ sich nieder in dem Lederboot und verhüllte sein Haupt mit seinem Mantel und weinte und betete.

Das letzte Wort, das er hörte, war: »Friede!«

»Das ist ein gutes Wort und ein gutes Ding«, sagte er bei sich selbst; »und weil ich der Diener Marias bin und der Bruder Jesu des Sohnes, so will ich Frieden zu den Cruitne bringen, die nichts von diesem Segen aller Segen wissen.«

Als er seinen Mantel zurückschlug, war das Lederboot bereits fern von Iona. Der Südwind wehte, und die Seen strichen gen Norden, und das Boot bewegte sich schnell durch das Wasser. Das Meer glänzte von Schaum und kleinen Wogen, welche hüpften wie Lämmer.

Im Boot war Thorkeld, ein Helot von Iona, und zwei dunkle, wildblickende Männer aus dem Norden. Sie waren Pikten, doch konnten sie die Zunge der Gälen sprechen. Myrdu, der piktische König von Skye, hatte sie nach Iona gesandt, um von Colum einen Kuldeer zu holen, der Wundertaten zeigen konnte.

»Und sage dem Oberdruiden vom Kreuzesbaum«, hatte Myrdu gesagt, »wenn sein Kuldeer mir nicht gute Wunder zeigt und mich nötigt, an seine zwei Götter und das Weib zu glauben, so will ich einen Eschenschaft durch seinen Leib stoßen, zu den Hüften hinein und zum Mund heraus, und ihn auf der Nordflut zurücksenden zur Insel der Weißröcke.«

Die Sonne lag zwischen den äußeren Inseln, als das Lederboot nahe an der Insel der Säulen vorbeifuhr. Ein großer

Lärm war in der Luft: der Lärm der Wogen in den Höhlen und der Lärm der Flut, gleich dem Knurren von Seewölfen und gleich dem Gebrüll von Stieren in einem engen Pass zwischen den Hügeln.

Eine plötzliche Strömung ergriff das Boot, und es begann auf große Riffe hinzutreiben, die weiß waren von unaufhörlich tobenden Fluten.

Thorkeld beugte sich vom Steuer vor und rief den beiden Pikten zu. Sie regten sich nicht, sondern saßen da und starrten in untätiger Furcht.

Artan wusste jetzt, dass es war, wie Colum gesagt hatte. Gott würde ihn bald verherrlichen.

So nahm er die kleine Clarsach, die er bei sich hatte, um Hymnen zu spielen, denn er war der beste Harfner auf Iona, und er rührte die Saiten und sang. Aber die lateinischen Worte stockten in seiner Kehle, und dazu wusste er, dass die Männer im Boot nicht verstehen würden, was er sang; er wusste auch, dass die älteren Götter noch weit nach Süden kamen und dass in den Höhlen der Insel der Säulen Dämonen hausten. Nur eine Zunge war ihnen allen gemeinsam; und da Gott Weisheit hatte, mehr noch als Colum selbst, so würde Er den Sang in gälischer Sprache ebenso gut verstehen, als wenn er auf Lateinisch gesungen würde.

So ließ Artan seine gebrochene Hymne vom Wind dahintragen, und er machte ein eignes Lied und sang:

O Himmlische Maria, Königin der Elemente,
Und du, Brigitte die Schöne, mit der kleinen Harfe,
Und all ihr Heiligen und auch ihr alten Götter,
Sprecht zum Vater, dass er uns retten möge
vom Ertrinken.

Dann, als er sah, dass das Boot näher herantrieb, sang er wieder:

> Rett uns von Felsen und See, Königin des Himmels!
> Und bedenke, dass ich ein Kuldeer von Iona,
> Und dass Colum mich sandte zu den Cruitne,
> Ihnen zu singen das Friedenslied, sie zu retten
> von ew'ger Verdammnis!

Thorkeld lachte darüber.

»Kann das Weib dich schwimmen lassen?«, sagte er grob. »Ich würde jetzt lieber die gute Flosse eines großen Fisches haben als irgendein Weib in den Himmeln.«

»Dafür wirst du in der Hölle brennen«, sagte Artan, und der heilige Eifer glühte warm in seinem Herzen.

Aber Thorkeld antwortete nichts. Seine Hand ruhte auf dem Steuer, sein Auge auf den schäumenden Felsen. Außerdem, was hatte er mit des Kuldeers Hölle oder Himmel zu tun? Wenn er starb, so würde er, der ein Mann von Lochlann war, an seinen eignen Ort gehen.

Einer der dunklen Männer stand aufrecht, sich am Mast haltend. Seine Augen leuchteten. Undeutliche Worte flossen von seinen Lippen wie Seekraut, das von einer ebbenden Woge aus einer Höhlung gerissen wird.

Das Lederboot wendete sich, und die vier Männer wurden nass von dem schweren Spritzwasser.

Thorkeld stieß seinen Riemen ins Wasser, und das schwankende Boot richtete sich auf.

»Ehre sei Gott!«, sagte Artan.

»Es ist keine Ehre für deinen Gott hierin«, sagte Thorkeld verächtlich. »Hörtest du nicht, was Necta sang? Er sang zu dem Weib dort drinnen, das Männer in die Höhlen zieht und ihre Gebeine auf die nächste Flut hinauswirft. Er legte einen Zauberspruch auf sie, und sie erschrak, und das Boot glitt fort von den Felsen.«

»Das ist wahr«, dachte Artan. Er wunderte sich, ob es daher käme, dass er seine Hymne nicht im heiligen Latein gesungen hatte.

Als die letzte Glut im Westen erstarb und die Sterne kamen wie Schafe, die sich sammeln auf den Ruf des Schäfers, da erinnerte sich Artan, dass er nicht die Gebete gesprochen noch die Vesperhymne gesungen hatte.

Er legte sich zurück und lauschte. Da waren keine Glocken, die über das Wasser riefen. Er schaute in die Tiefen. Es war Mananns Königreich, und er hatte niemals gehört, dass Gott dort wäre; aber er schaute. Dann starrte er in den dunkelblauen, sternbesäten Himmel.

Plötzlich berührte er Thorkeld.

»Sage mir«, sagte er, »wie weit nach Norden ist das Kreuz Christi gekommen?«

»Auf dem Seeweg ist es noch nicht hierhergekommen. Murdoch der Gesprenkelte kam mit ihm diesen Weg, aber er wurde in die See geschleift, und er starb.«

»Wer schleifte ihn in die See?«

Thorkeld starrte in die fließende Woge. Er fand keine Worte.

Artan lag eine lange Zeit still.

»Es wird übel mit mir gehen«, dachte er, »wenn Maria mich nicht sehen kann, so weit von Iona entfernt, und wenn Gott nicht auf mich hören will. Colum sollte das gewusst und mir ein heiliges Blatt mit den schönen, sich verzweigenden Zeichen darauf und den lateinischen Worten, die Gottes Worte sind, gegeben haben.«

Dann sprach er zu dem Mann, der gesungen hatte.

»Wer ist das Weib mit dem Netz«, sagte er, »von dem du sangst?«

Necta wandte seinen Kopf ab.

»Ich sagte es, als ich sang«, sagte er finster.

»Sprich.«

»Sie? Sie ist das Weib, das an den Ufern des Flusses steht.«

»Welches Flusses?«

»Ich kenne den Namen des Flusses nicht.«

»Ist er im Norden?«

»Ich weiß nicht. Es ist der große Fluss. Die Ufer liegen in Nebel und Schatten. Sie hat ein großes Netz. Und wenn sie Menschen im Netz fängt, so sind sie tot. Sie nimmt sie aus dem Netz, und einige wirft sie in einen Kessel zwischen den Felsen, der mit grünem Feuer gefüllt ist, und einige legt sie unter ihre Füße und zertritt sie zu Staub. Das ist die Art, wie der Sand gemacht wird.«

Artan erschauerte bei dem Gedanken, der durch seine Seele sprang. All jener weiße Sand von Iona … waren es blühend-schöne Frauen, die zu weißem Sand getreten waren von den Füßen des Weibes mit dem Netz?

»Was geschieht mit denen im Kessel?«, fragte er.

»Sie werden hinausgeworfen in den Wind. Sie werden zu Bäumen und Gras und Schilfrohr und Rotwild und Wölfen und Männern und Weibern.«

»Wo?«

Der Mann starrte träge.

»Es sind drei dort«, sagte er, »die das Weib mit dem Netz bewachen. Einer sitzt auf einem großen Stein und ist blind; einer wirbelt ein flammendes Schwert; einer steht und stützt sich auf einen großen Speer.«

»Wer sind diese drei?«, fragte Artan.

Der Mann starrte träge.

»Es ist Feuer auf dem Boden unter jenem Schwert. Es ist Blut auf dem Boden unter jenem Speer. Der Mann mit dem Schwert streckt es in die Finsternis des Schattens, der um den großen Stein ist, aber er weiß nicht, was dort ist. Der Mann mit dem Speer streckt ihn in die Finsternis um den großen Stein, aber er weiß nicht, was dort ist. Der blinde Mann auf dem Stein hat seine Füße in der Finsternis des Schattens, aber er weiß nicht, was dort ist.«

»Es wird Maria sein«, sagte Artan in tiefem Brüten; »es wird Maria sein, und Gott, und der Sohn, und der Geist.«

Aber Necta der Pikte starrte ihn an.

»Was haben diese Uralten mit euren Iona-Göttern zu tun, Weißrock?«

Artan runzelte die Stirn.

»Der Fluch des Gottes des Friedens über dich dafür«, sagte er zornig; »weißt du nicht, dass du die Hölle zu deinem Wohnort hast, wenn du Übles redest von Gott dem Vater, und dem Sohn und der Mutter Gottes?«

»Wie lange sind sie in Iona gewesen, Weißrock?«

Der Mann sprach verächtlich. Artan wusste, dass sie nicht viele Jahre dort gewesen waren. Er fand keine Worte.

»Meine Väter beteten die Sonne auf der Heiligen Insel an, bevor jemals dein großer Druide, der Colum genannt wird, über den Moyle fuhr. Waren deine drei Götter in dem Lederboot bei Colum? Sie waren nicht auf der Heiligen Insel, als er kam.«

»Sie kamen dorthin«, antwortete Artan verwirrt. »Es ist ein weiter, weiter Weg von … von … dem Ort, von dem sie segelten.«

Necta lauschte finster.

»Lass sie auf Iona bleiben«, sagte er; »wenn sie auch Götter sein mögen, es würde ihnen übel ergehen, wenn sie an das

Weib mit dem Netz kämen.« Dann drehte er sich auf die Seite und lag neben dem Mann Darach, der nach dem Mond starrte und Worte murmelte, die weder Artan noch Thorkeld verstanden.

Eine Zeit lang sprachen der Kuldeer und der Helote mit leiser Stimme. Thorkeld sprach von seinen Göttern. Dann lachte er, als er von den Weiberhassern redete, wie er die heiligen Männer von Iona nannte. Artan sagte nichts. Warum sollte er die Weiber hassen, dachte er. Sie waren sehr schön, dessen erinnerte er sich, und machten das Herz klopfen.

Thorkeld lächelte. Er sprach von Weibern. Artan hörte ein Lied in der See. Die Sterne schienen wie Schiffslichter in einem Hafen. Er streckte seine Hand ins Wasser und führte das Wasser an seine trockenen Lippen. Das Salz schmerzte ihn.

Thorkeld schlief. Eine weiße Stille war herniedergesunken. Das Boot lag wie eine Schale auf einem schweigenden Teich. Nichts war da zwischen jener trüben Öde und der ungeheuren, schweifenden Finsternis, die mit zitternden Sternen gefüllt war, als das Lederboot, das eine Woge zermalmen konnte.

Artan konnte nicht schlafen; es war leichter, Gott und den Sohn und den Geist zu vergessen als jene weißen Weiber, von denen Thorkeld gesprochen hatte. Er fühlte, wie Hände ihn berührten, weiß und warm. Ein Fieber war in seinem Blut.

Dann schlief er und träumte, dass er auf einem nebligen Ufer an einem großen Fluss war. Der Fluss war salzig, und Wehklage und Geschrei vermischte sich mit dem Klagelaut seines Rauschens.

Eine große Furcht kam über ihn. Er trat zurück, und etwas kam aus der Finsternis und strich an ihm vorbei. Der kalte Luftzug, der davon ausging, machte ihn straucheln und schaudern. Er legte seine Hände an einen Busch, und sie gingen durch ihn hindurch, und er fiel. Da lag ein Speer auf dem Boden. Er griff mit der Hand danach, und es war Staub.

Dann stand er auf und rief:

O Maria, Mutter Gottes, Königin der Elemente,
Hab Erbarmen mit Artan dem Kuldeer!
Denn ich tue gute Tat, herkommend zu den Heiden,
Colum wird dir das sagen, Colum von Iona!

Aber wieder streifte etwas aus der Finsternis, und Artan ward in einem Netz gefangen und durch den Fluss geschwungen. Und in jenem Netz waren Fische ohne Zahl, und alle waren Männer und Weiber, und alle waren tot und riefen zu vielen Göttern.

Dann sah er in der Dämmerung ein weißes Angesicht. Große Sterne schienen im Haar rings um die Stirn; Fledermäuse flogen in den leeren Höhlen der Augen; und eine Hand, grauweiß wie eine Tonklippe, zupfte an der Masse, die im Netz war. Einige wurden hinausgeworfen und zu Staub zertreten, und ein Wind wehte den Staub in den Fluss, und die Körner wurden an die Lippen aller Inseln und Gestade getragen und waren fortan eitler Sand. Und einige wurden von der Hand ergriffen und in den großen Kessel mit grünem Feuer geworfen. Artan war unter diesen. Und als er hin und her schwamm in jenem unvergänglichen Wasser, das ein grünes Feuer war, sah er den blinden Mann auf dem Stein und den Mann, der ein flammendes Schwert wirbelte, und den Mann mit dem Speer.

Der Mann mit dem Schwert spaltete ihn in zwei Teile, und Artan schwamm wie zwei schwimmen, aber er konnte nicht den einen Teil von dem andern unterscheiden oder wissen, welcher er war. Dann trieb der Mann mit dem Speer den Speer durch die beiden Teile, während sie herumschwammen, und sie wurden vereinigt. Und Artans Herz erbebte vor Staunen, denn in demselben Augenblick, wie es schien, war er in einem dunklen Wald und stand an einem Baum, und an einem andern Baum war ein Weib, gleich einer Flamme von blassem Grün und schöner als seine Träume. Er hörte den Wind im Gras und sah einen Stern zwischen dunklen Zweigen, und im Mondschein sang ein Vogel. Das Weib warf eine weiße Blume auf seine Füße, und er stieß einen Schrei aus, und ihre Brust erglühte an seiner Brust, und ihr Atem war wie Feuer, und all seine Jugend war wieder auf ihm, und Colum war in weiter Ferne, und die andern waren nicht dort an jenem Ort.

Dann erwachte Artan und sah den kalten Schein der Sterne und hörte den Morgenwind auf der See. Im Osten erhoben sich düster die Bergspitzen von Skye, aber blasses Licht streifte ihre Gipfel. Es war der Tag.

Drei Jahre lang wohnte Artan unter den Pikten. Er ward der Speerwerfer genannt wegen seiner Geschicklichkeit im Kampf. Er hatte Oona zum Weib, die Tochter Myrdus, des Königs, und drei Weiber liebten ihn, und er besaß sie. Aber Oona allein liebte er. Er kannte keine lateinischen Worte mehr; aber einmal brachten die Seeräuber ein Lederboot mit drei Kuldeern darin, und er hörte einen die alten Worte singen, als er langsam starb an dem hohen Baum, an dem er gekreuzigt war. Denn einer ward geblendet und nackt in die Wälder geführt; und einer ward mit einem Eschenschaft durchstoßen von den Hüften bis zum Mund und in die Flut geworfen; und einer ward an ein junges Bäumchen gebunden und an einem hohen Baum gekreuzigt.

»Ich verstehe jetzt kein Latein«, sagte Artan zu dem Mönch, »aber sage mir dies: Sind Gott und der Sohn und der Geist noch auf Iona?«

Der Mönch fluchte ihm und starb.

Jener Fluch erfüllte sich und lag auf Oona, und sie welkte und legte sich nieder, und das Leben verließ sie.

Artan nahm eine große Galeere, die zwanzig Männer fasste. Er segelte gen Iona.

Aber Gott war jetzt weiter nach Norden gekommen als bis Iona; denn zwischen der Heiligen Insel und der Insel der Säulen füllte sich das Boot und sank.

Colum sah dies in einem Gesichte, und in einer Hymne pries er Gott. Artan allein ertrank nicht, sondern schwamm auf einer Spiere und wurde auf die Sandbänke von Iona gespült.

Die Kuldeer ergriffen ihn.

»Im Namen Gottes«, sagte Colum, wilden Zorn in seinen Augen; »im Namen Gottes, werft Artan, den Diener Marias, in die Zelle unter der Erde und lasst ihn dort ruhen und beten die Nacht hindurch; und beim Morgengrauen wollen wir ihn hinaus auf das Gestade führen und wollen einen Pfahl durch seine Brust treiben, und der Dämon, der in ihm ist, soll aus ihm herausgehen, und er selbst soll zu Gott dem Vater gehen. Denn er hat das heilige Wasser empfangen und gehört zu denen, die mit den Heiligen wohnen.«

Denn Colum wusste alles, was Artan getan hatte.

So lag Artan der Kuldeer jene Nacht hindurch in Finsternis. Und vor Morgengrauen dichtete er dieses Lied:

Nur ein Geringes ist's hier zu sitzen in Finsternis
ohne Laut,
Denn des flammenden Mittags gedenk ich, der mir
Oona die Weiße gebracht.
Ich gedenke des Tags, da wir fuhren in der Barke
aus Fellen gebaut,

Und Oonas Lippen fühl ich auf meinen im Herzen
der Nacht.

Ein Geringes drum ist's, hier zu sitzen, wo nichts
man sieht noch hört;
Im Morgengrauen schleppt man mich fort nach
der frischgewühlten Gruft:
Still wird's dort sein, wenn wahr, was uns Colum
der Gute gelehrt,
Doch Oona werde ich hören, wie die schlafende Robbe
es hört, wenn die Woge ruft.

Der Schrei des Windes

Nach der großen und furchtbaren Schlacht im Feld der Speere verließ Aodh der Harfner, der Aodh mit den Liedern genannt ward, die Lager der Männer und ging in die Wälder.

Ein Jahr und noch eine Schneezeit trieb er in ihnen hin und her, ein verwehtes Blatt. Als er wiedergesehen ward bei seinem verstreuten Volk, war sein braunes Haar grau, und seine Augen waren wie die einer Frau, die ermüdet ist vom Weinen, oder wie die eines jungen Mannes, der müde ist von vergeblicher Liebe, oder wie die eines alten Mannes, der müde ist vom Leben.

Er kam hervor, gekleidet in ein zerfetztes Hirschfell, und in seinen langen, grauen Locken waren Mistelreiser, deren mondweiße Beeren wie Flussperlen waren in der grauen Asche seines Haares. Hinter ihm lungerten zwei hagere Wölfe, die immer zu ihm emporstarrten mit hungernden Augen.

Als er vor den König kam, wo Congal der Schweigsame in seinem Weiler saß und Barach, dem blinden Druiden, lauschte, stand er still und blickte aus seinen Augen wie ein Mann auf einem Hügel, der durch die Dämmerung auf eine einst vertraute Landschaft starrt.

Congal betrachtete ihn.

»Dies ist ein guter Tag, da wir dich wiedersehen, Aodh mit den Liedern.« – Aodh sagte nichts.

»Es ist ein Jahr und der vierte Teil eines Jahres, seit du in den Forst gingst und dich dort verlorst, wie ein Schatten sich verliert.« – Aodh antwortete nichts.

»Hast du während jener ganzen Zeit gewusst, was wir nicht gewusst haben?«

Aodh regte sich und blickte gespannt auf den König und auf das weiße Haar und weiße Gesicht Barachs des Blinden. Dann sah er nach den beiden hageren Wölfen an seiner Seite, und er lächelte.

»Ja, Congal, Sohn des Artan, ich habe gesehn und ich habe gehört.«

»Und was magst du gesehn haben, und was gehört?«

»Ich habe den Schrei des Windes gehört.«

»Den haben auch wir gehört. Was ist denn im Schrei des Windes, das wir nicht gehört haben?«

»Ich habe das Seufzen des Grases gehört.«

»Das haben auch wir gehört. Was ist denn im Seufzen des Grases, das wir nicht gehört haben?«

»Ich habe gesehn, wie der Tau von den Sternen herabfiel und wie der Tau gleich blassem Rauch wieder zu den Sternen emporstieg, bis sie nass und glänzend waren wie die Schuppen eines Lachses, der im Mondschein springt.«

»Auch das haben wir gesehen, Aodh mit der Harfe.«

»Ich habe das Kommen und Gehen der Sterne gesehn.«

»Auch das haben wir gesehn, Aodh.«

»Da ist nicht mehr.«

»Ist in Wahrheit nicht mehr zu sagen?«

»Nur der Schrei des Windes.«

Congal, der König, saß auf seinem Platz mit brütenden Augen. Aodh stand vor ihm und sah das, was er zwischen dem Kommen und Gehen der Sterne gesehn hatte.

»Spiele vor uns, Aodh aus den Wäldern.«

Da nahm Aodh seine Harfe und rührte die Saiten und sang:

Gefahren bin ich in dunklen Wäldern weit,
Und hab gefühlt Kummer und Seelennot
Und die Jahre ungezählt,
Die wohnen in Einsamkeit.
Wo sind jetzt, die einst im Streit
Standen in der Speere Feld?
Alte Träne fällt
Reich wie Regen auf sie,
Ihre Augen sind still unter den Blättern rot.
Gesehn hab ich die Toten ohne Zahl;
Auch ich lieg so einmal,
Und dich, Congal, dich auch liegen ich seh,
Still und weiß,
Unter der sternigen Höh,
Nie mehr dich zu erheben in der Speere Feld,
Nein, unter Blättern rot
Zu fühlen Seelennot
Und die alte Träne, die salzig-bitter fällt.

Und ich hab gehört des Windes Schrei.
's ist der Schrei, der sich in meinem Herzen regt:
Oona mit den dunklen Augen, Oona mit
den dunklen Augen,
Oona, Oona, Oona, Herz, in dem mein Herze schlägt!

Aber da ist nur des Windes Schrei
Durch des Himmels stille Ruh,
Tau, der fällt und steigt,
Der Jahre Schar, die lang vorüberwallt,
Und die Hüll' aus Blättern rot
Für die altvertraute Seelennot
Und die Tränen alt.

Niemand sprach, als Aodh aufhörte zu singen und zu spielen. Alle wussten, dass nach der Schlacht im Feld der Speere, als er zurückgekommen war zu dem rauchenden, verwüsteten Weiler des Königs, er Oona mit den dunklen Augen, die er liebte, erschlagen gefunden hatte, einen Speer zwischen den Brüsten. Er hatte lange auf sie herabgeschaut, aber nichts gesagt; und als sie in jener Nacht in die braune Erde gelegt wurde, in weißem Kleid, weiße Apfelblüten in ihrem schwarzen Haar, aufrecht und stolz, als sähe sie weise Augen auf sich geheftet, da dichtete er ein Lied und eine Melodie für sie und war dann stumm bis zum Morgengrauen. Niemand hatte so seltsame und wilde Musik gehört, und niemals hatte jemand einem Lied gelauscht, in dem die Worte so achtlos rasselten und klirrten, wie der Schall fallender Schwerter. Am Morgen hatte Duach, ein Druide, in Ogam[52] ihren Namen auf einen Stein gegraben. Aodh hatte dabeigestanden, von Morgengrauen bis Sonnenaufgang. Dann lachte er leise und streichelte den Stein mit seiner Hand und flüsterte: »Komm, du Weiße, komm.« Damit schritt er in die Wälder.

An diesem Tag seiner Rückkehr war er geradewegs zu dem Stein in der Eichenlichtung gegangen. »Ich komme, du Weiße, ich komme«, flüsterte er dort, indem er den weißen Stein mit langsam zögernder Hand streichelte.

Als Aodh sich von dort nach dem Weiler gewendet hatte und vor Congal den Ardrigh gebracht ward, lag ein Leuchten auf seinem Gesicht.

Alle wussten, wovon Aodh gesungen hatte, als er jenes Lied der Seelennot sang auf die Bitte des Königs. So kam es, dass niemand sprach. Schweigen herrschte, während er langsam, wie ein Träumender, bald die eine, bald die andere Saite seiner Harfe rührte.

Plötzlich war es, als erwachte er.

Congal sah ihn mit ernsten Augen an.

»Groß war deine Liebe, Aodh. Niemand hatte jemals größere Liebe zu einem Weib, als deine Liebe zu Oona, der Schönen, war. Aber schweres Leid hat einen Nebel auf deine Augen gelegt.«

»Ich höre den Schrei des Windes, Congal.«

»Ja?«

»Und schön ist der Mond, den ich weiß und wundervoll zwischen den Sternen segeln sehe.«

»Es ist noch kein Stern da außer dem Stern des Fionn, und es ist kein Mond da, Aodh mit den Liedern.«

»Schön ist der Mond, den ich weiß und wundervoll zwischen den Sternen segeln sehe. Ach, weißes, wundervolles Antlitz der Schönheit! Oona, Oona, Oona!«

Der König schwieg. Niemand sprach.

»Ich höre den Schrei des Windes, Congal.«

»Ja?«

»Wo sind meine drei Hunde, o König?«

»Zwei Wölfe waren da, die mit dir aus dem Forst kamen – ein Wolf und eine Wölfin. Sie sind fort.«

»Es waren drei.«

Niemand antwortete.

»Es waren drei, o König. Und jetzt weilt nur einer bei mir.«

»Ich sehe keinen, Aodh mit den Liedern.«

»Es waren drei Hunde bei mir, Congal, Sohn des Artan. Sie werden genannt Tod und Leben und Liebe.«

»Ich sah nur zwei Wölfe.«

»Ich höre den Schrei des Windes, Congal der Schweigsame.«

»Ja?«

»In jenem Schrei höre ich das Bellen der beiden Wölfe, die du sahst. Sie sind Tod und Leben. Sie schweifen im dunklen Wald.«

»Ist jetzt ein Wolf oder ein Hund hier, Aodh mit den Liedern?«

Aodh antwortete nichts, denn sein Haupt war zur Seite gewendet, und er lauschte wie ein Hirsch an einem Quell.

Barach der Blinde stand auf und sprach:

»Es ist ein weißer Hund neben ihm, o König.«

»Ist es der Hund Liebe?«

»Es ist der Hund Liebe.«

Es herrschte Schweigen. Dann sprach der König:

»Was ist es, das du hörst, Aodh mit den Liedern?«

»Ich höre den Schrei des Windes.«

Die trauernde Königin

Zwei Männer lagen gebunden in der Felsensenke hinter der großen Wand von Dun Scaith auf der Insel des Nebels.

Der eine war Ulrik der Skalde, der andere war Connla der Harfner. Nur sie beide blieben am Leben, als auf dem Minch die Galeeren untergingen und der Gäle und der Galler in den blutgeröteten Wogen versanken.

Eine lange Stunde schaukelten sie auf den Wellen und auf derselben Spiere – dem Mast des »Todesraben«, auf welchem Sven mit dem Langen Haar von den Inseln im Norden herangesegelt war, mit zwanzig Galeeren und zwanzig Männern in jeder. Farcha der Schweigsame war ihm begegnet mit vierzig Galeeren und zehn Männern in jeder.

Als die Sonne im Süden stand, begann das Gefecht, und es währte, bis sie tief im Westen hing. Dann waren nur der »Todesrabe« und der »Schaumstreifer« übrig. Ulrik saß bei Sven und sang das Todeslied und das Lied der Schwerter; Connla saß bei Farcha und sang das hohe Lied des Sieges.

Als die Galeeren aneinanderprallten inmitten der blutigen Trümmer auf der See, wo Speere sich erhoben und niederfielen wie die Äste und Zweige eines Waldes im Sturm und wo Menschenhaar in schwarzen Strähnen über wilden Augen und blutüberströmten Gesichtern klebte, sprang Sven auf den »Schaumstreifer« und hieb einem Speermann, der nach ihm stach, das Haupt ab, sodass es in die See fiel und der Mann ohne Kopf wie gelähmt dastand und unschlüssig einen müßigen Speer wiegte.

Aber während er das tat, strauchelte er, und Farcha durchstach ihn mit seinem Speer. Der Speer heftete Sven an den Mast. Dann traf ihn ein Pfeil aus der See quer über die Augen, und er sah nicht mehr; und als der »Schaumstreifer« sank und den »Todesraben« mit sich zog, da trafen sich die beiden Könige; aber Farcha war jetzt wie ein schwerer Fisch, der hin und her schwingt, und Sven dachte, der Leib wäre der Leib Gunhildens, die er liebte, und bemühte sich, ihn zu küssen, aber er konnte es nicht wegen des Speeres und der sieben Pfeile, die ihn an den Mast nagelten.

Als der Mond aufging, lagen die Wasser in einer weißen Ruhe. Mitten in der See zog ein breiter Schatten gen Norden: die wandernde Myriade des Heringsschwarms.

Als Ulrik der Skalde vom Mast sank, ergriff Connla der Harfner ihn beim Haar und ließ ihn atmen, sodass er am Leben blieb.

Als daher zwei Speere herantrieben, griff niemand nach ihnen. Später sprach Connla. »Einer zerrt mich an den Füßen«, sagte er; »es ist einer von euren toten Männern, der mich ertränkt.« Darauf holte Ulrik tief Atem und machte sein Herz erstarken; dann ergriff er einen der Speere, stieß ihn hinab und traf den toten Mann, dessen Haar die Füße Connlas umwickelte, sodass der Tote versank.

Als sie Rufe hörten, dachten sie, die Galeeren wären wiedergekommen oder andre von Svens Schar oder von Farchas;

aber als sie aus der See gezogen wurden und nach den Sternen starrend dalagen, wussten sie nichts mehr, denn Töne schwammen in ihre Ohren und Nebel kam in ihre Augen, und es war, als ob sie hinabsänken durch das Boot und durch die See und durch die unendliche öde Leere unter der See und dort wie zwei Federn wären, nutzlos hingeweht unter matten Sternen.

Als sie erwachten, war es Tag, und ein Weib stand und blickte sie finster an.

Sie war hoch und von großer Kraft; höher denn Connla, stärker denn Ulrik. Langes, schwarzes Haar fiel über ihre Schultern, die gleich ihrer Brust und ihren Lenden mit blasser Bronze bedeckt waren. Ein rot und grüner Mantel fiel von ihrer rechten Schulter herab und wurde durch eine große, goldne Spange festgehalten. Ein gelbes Geflecht aus Gold umwand ihren Nacken. Ein dreispitziges Geflecht aus Gold bedeckte ihr Haupt. Ihre Schenkel waren mit hirschledernen Riemen umwickelt und ihre Füße trugen Hüllen aus Kuhfell voll roter Flecken.

Ihr Antlitz war blass wie Wachs und von einer seltsamen und fürchterlichen Schönheit. Sie konnten nicht lange in ihre Augen sehen, die schwarz waren wie Finsternis mit einer roten Flamme, die darin flackert. Ihre Lippen waren zart geschwungen und glichen schmalen, scharf abgegrenzten Linien von Blut in der weißen Stille ihres Angesichts.

»Ich bin Scathach«, sagte sie, nachdem sie die beiden lange betrachtet hatte. Jeder von ihnen kannte diesen Namen, und das Herz eines jeden war wie ein Vogel vor dem Garnsteller. Wenn sie vor Scathach, der Königin der Kriegerinnen auf der Insel des Nebels, standen, so wäre es besser gewesen, im Wasser zu sterben. Die grauen Felsen von Dun Scaith waren braunrot von altem Blut der erschlagenen Kriegsgefangenen.

»Ich bin Scathach«, sagte sie. »Schaue ich auf Sven von Lochlann und Farcha von den Inseln der Mitte?«

»Ich bin Ulrik der Skalde«, antwortete der Nordmann.

»Ich bin Connla der Harfner«, antwortete der Gäle.

»Ihr sterbt heut Nacht«, und damit stand Scathach wieder schweigend und blickte finster eine lange Zeit auf sie nieder.

Zur Mittagszeit brachte ein Weib ihnen Milch und geröstetes Elchfleisch. Sie war schön anzusehen, obgleich eine Narbe quer über ihr Angesicht lief. Sie entsandten sie an Scathach mit einer Bitte um Gnade; sie wollten Heloten sein und den Weibern zum Gebären helfen. Denn sie kannten den Brauch. Aber das Weib kehrte mit demselben Bescheid zurück.

»Es geschieht, weil sie Cuchullin liebte«, sagte die Frau, »und er war ein Dichter und sang Lieder und spielte Weisen, wie ihr es tut. Er war schöner als ihr, Mann mit dem gelben Haar, Mann mit dem langen, dunklen Haar; und ihr habt Erinnerungen in Scathachs Seele gelegt. Aber sie will eurem Harfenspiel und Gesang lauschen, bevor ihr sterbt.«

Als die Dunkelheit kam und der Tau fiel, sprach Ulrik zu Connla: »Das Ross Reifmähne schweift zwischen den Sternen, denn der Schaum fällt von seinem Maul.«

Connla fühlte das Fallen des Taus.

»So war es in der Nacht, als ich liebte«, sagte er mit leiser Stimme.

Ulrik konnte Connlas Gesicht nicht sehen wegen der Schatten. Aber er hörte leises Schluchzen und wusste, dass Connlas Gesicht nass war von Tränen. »Auch ich liebte«, sagte er; »ich habe viele Frauen geliebt.«

»Es gibt nur eine Liebe«, antwortete Connla leise; »an diese denke ich und heg' ich Erinnerung.«

»Davon weiß ich nichts«, sagte Ulrik. »Ein Weib liebte ich heiß, solange als sie jung und schön war. Aber eines Tages begehrte sie eines Königs Sohn, und ich überraschte sie in einem Wald auf einer Klippe an der See. Ich legte meine Arme um sie und sprang von der Klippe hinab. Sie ertrank. Ich zahlte kein Sühngeld.«

»Es gibt kein Alter für die Liebe meiner Liebe«, sagte Connla sanft; »sie war schöner als das Licht im Westen.« Und über ihrer großen Schönheit vergaß er den Tod und seine Fesseln.

Als die Kriegerinnen sie hinausführten an den Strand, blickte Scathach sie an von dort, wo sie saß, bei dem großen Feuer, das auf dem Sand lohte.

Man hatte ihr erzählt, was sie miteinander gesprochen hatten.

»Singe das Lied von deiner Liebe«, sagte sie zu Ulrik.

»Was kümmert mich irgendein Weib in der Stunde meines Todes?«, antwortete er mürrisch.

»Singe das Lied von deiner Liebe«, sagte sie zu Connla.

Connla schaute auf sie und auf das große Feuer, um das die wildblickenden Weiber standen und ihn anstarrten, und auf die stillen, leblosen Sterne. Der Tau fiel auf ihn.

Dann sang er:

Ist's denn eine Zeit, wo die Stunde eilt, wie ein Hund
vom Kriegswagen stürmt in die Fernen?
Ist's denn eine Zeit, wo die Stunde eilt, wie der weiße
Hund mit den Augen, den düstern?
Denn ist's nicht die Zeit, will ich nutzen diese Stunde,
die mir übrig ist unter den Sternen,
Um wieder zu träumen den Lieblingstraum und zuletzt
einen Namen zu flüstern.

’s ist der Name einer, die schöner war als Jugend dem
Alten, als Leben dem Jungen,
Schöner als Angus des Herrlichen erste Liebe, und wäre
ich taub und blind –
Hundert Menschenalter – ich würde sie sehn, schöner
als je ein Dichter gesungen,
Ihre Stimme hören wie Klagegesang, hergetragen
vom Wind.

Es herrschte Schweigen. Scathach saß, ihr Gesicht zwischen ihren Händen haltend, und starrte in die Flamme.

Sie erhob ihr Antlitz nicht, als sie sprach.

»Nehmt Ulrik den Skalden«, sagte sie zuletzt, und dabei starrten ihre Augen immer noch in die Flamme, »und gebt ihn dem Weib, das nach ihm verlangt, denn er weiß nichts von Liebe. Wenn kein Weib nach ihm verlangt, stoßt einen Speer durch sein Herz, dass er einen leichten Tod habe.

Aber nehmt Connla den Harfner, weil er alles erkannt hat, indem er das eine erkannte, und nichts mehr zu erkennen hat und über uns hinaus ist; und legt ihn auf den Sand, sein Gesicht den Sternen zugekehrt, und werft rote Feuerbrände auf seine nackte Brust, bis sein Herz zerspringt und er stirbt.«

So starb Connla der Harfner schweigend, wo er lag auf dem mondbestrahlten Sand, rote Asche und flammende Brände auf seiner nackten Brust und sein Antlitz weiß und still wie die Sterne, die auf ihn herabschienen.

Anmerkungen

1 Der Sang der Robben. S. Vorbemerkung.

2 Geistliche Lieder.

3 Marsail nic Ailpean ist gälisch. Die englische Übersetzung würde lauten: Marjory MacAlpine. Nic ist eine Zusammenziehung aus nighean mhic, »Tochter vom Stamme des ...« Anm. d. Verf.

4 Der gekrümmte Bart (lies: Caisean-feusag).

5 Mein Mädchen.

6 Vorfahren, Ahnen.

7 Das kleine Boot.

8 Gewoge.

9 Anna mein Herz (In gälischer Schreibung: mo chridhe).

10 Meister, Lehrer.

11 Unheil, Zauberspruch.

12 Schöne St. Bridget, Pflegerin Christi. St. Bridget oder St. Bride, auch St. Bride mit dem Mantel genannt, ist der Sage nach die Pflegerin Christi in der Nacht seiner Geburt in der Herberge zu Bethlehem. Wegen der allgemeinen Verehrung, die sie bei den Gälen genießt, wird sie auch »Maria der Gälen« genannt. Miss Macleod hat die Legende von St. Bride nach einer der zahlreichen, oft widersprechenden Fassungen anziehend dargestellt in dem Buch: »Die Wäscherin der Furt« usw. In der vorliegenden Erzählung klingt jedoch auch die englische Bedeutung des Wortes Bride an.

Die Tochter Ivors ist nach einer alten Sage der Inseln »ein Weib aus der Unterwelt, das die Macht hat, eines Mannes Seele aus seinen Lippen zu saugen und sie in die Knechtschaft des argen Volkes zu geben, das man nicht gut tut bei Namen zu nennen; und wenn sie irgendeinen Groll hegt oder einen geheimen Wunsch, den wir nicht ahnen können, so macht sie einen winzigen Fliegenstich in die Höhlung seiner Kehle und nimmt sein Leben aus seinem Leib und quält und martert es, bis es nicht mehr ein Leben ist und bis das auf dem Winde dahin geht, was sie jagt unter Kreischen und Lachen.« (Fiona Macleod, »Das Reich der Träume«)

13 Die Fischer auf Iona und die gälischen und schottischen Fischer überhaupt glauben, dass der Pollack (Meerschwein) weiß, wenn es Sabbat ist, und an diesem Tag dichter unter Land kommt und ausgelassener ist in seinen Sprüngen auf der sonnenwarmen Oberfläche des Meeres als an den Tagen, wenn die Heringsboote draußen sind. Anm. d. Verf.

14 Glückliche Fahrt.

15 Sommerweide, Sennhütte.

16 Sage, Märe. Die Feinn oder Fingalier sind die Gefolgsmannen des Königs Fionn oder Fingal, des Vaters Ossians.

17 Der Monat Faoilleach (d. h. die Zeit der raubenden Wölfe) umfasst die letzten vierzehn Tage des Winters und die ersten vierzehn Tage des Frühlings. Faoilleach Geamhraidh (d. h. Faoilleach des Winters) ist die erste Hälfte dieses Monats. Am fheill Brighde, der Festtag der Bridget, ist der erste Februar alten Stils.

18 Holzplatte, Wanne.

19 Geliebte Pflegerin.

20 Du liebes Kind.

21 Lady, Freifrau.

22 Bibel.

23 Mein braunes Mädchen.

24 Mein Liebling.

25 Kleiner Hammer zum Lauteschlagen.

26 = Ard-righ, Hoher König, Großkönig.

27 Dalua ist einer der Namen eines geheimnisvollen Wesens in der keltischen Mythologie, des Narrengespenstes. Anm. d. Verf.

28 Lamm.

29 Mutterschaf.

30 Alte Lieder.

31 Alte Mären, Heldengeschichten.

32 Sonnenlaube, Lustturm.

33 Fester Turm, Burg.

34 Barke, eigentlich Einbaum.

35 Bewohner der schottischen Lowlands; dann jeder, der die gälische Sprache nicht versteht, der Fremde.

36 Scathach (gesprochen Sca-ya oder Sci-ya) war eine Amazonenkönigin auf der Insel Skye und soll jener Insel ihren Namen gegeben haben. Cuchullin ist der irische Achilles. Die Reste eines seiner Paläste auf der Insel Skye werden noch gezeigt. Die hohen Bergspitzen im Süden der Insel tragen seinen Namen. Anm. d. Verf.

37 Ebene am Strand.

38 »O Schönheit meines Geliebten, des Sonnengottes.« (Wörtlich: »O Jüngling, Sohn der Sonne, wie ist er schön!«) Anm. d. Verf.

39 Harfe.

40 Schicksalszauber.

41 Sprich Eil-ih oder Eily. Somhairle wird gesprochen So-irl'ö. Eilidh ist gleich Helene, Somhairle gleich Somerled. Anm. d. Verf.

42 Feenmann, Zwerg. Shee (sprich Schi), in gälischer Schreibung Sith heißt zauberhaft, der Plural Sithe oder Sidhe Feen.

43 Mein Augapfel (= mein Hoffen), mein Lieb.

44 Emhain Abhlach, Emhain der Apfelbaum, war ein alter Name für Arran im Firth von Clyde. Gaer (Gair, Gaith, d. h. Lachen) war der Sohn und Aebgreine (Aevgrain, d. h. die Sonnengleiche) war die Tochter der berühmten Deirdre (Deardhuil, Darthool) und des Naois, des ältesten der Söhne Usnas. Die Heilige Insel, Manainn, d. h. die Insel des Manannan, ist die Insel Man. Der hier eingeführte Manannan ist der halbgöttliche Sohn des großen Manannan, des Gottes der Wasser, des Sohnes Lirs, des alten Elementargottes. Die Innse Gall, die mehrmals erwähnt werden, sind die Hebriden (die Inseln der Fremden). Die Galler und die Gälen waren die beiden Völker des Nordens, und zwar die Galler die Fremden oder Skandinavier. Der Ultonierkönig Conchobar, der hier genannt wird, ist natürlich jener König von Ulster, dem Naois die Deirdre entführte und den, zwanzig Jahre oder länger danach, Gaer, der Sohn der Deirdre, vom Thron vertrieb und nach den fernen Landen von Orcc und Catt (den Orkneys und Caithness) verbannte, je-

doch nur, um ihn nach einem Jahr auf den Thron zurückzurufen, als Gaer nach Emhain Abhlach (Arran) zurückkehrte, um dort »in einem Traum« zu leben, bis er starb. Anm. d. Verf.

45 Garten, Palast.

46 »Auf Avalon« ist der erste Teil der »Vögel der Emar«, einer der Erzählungen aus der andern Welt im »Reich der Träume«. Dort fügt die Verfasserin die Anmerkung bei: »Für die ursprüngliche Fassung einiger Episoden in diesen alten Träumen, die nachgeträumt und neugestaltet sind, sei der Leser verwiesen auf das Mabinogi von Pwyll, das Mabinogi von Branwen und das Mabinogi von Manwyddan.«

47 Ciabhan. Emhain Abhlach, der alte gälische Name von Arran, ist zugleich das schottische Äquivalent für die Insel Avalon. Beide Namen bedeuten »die Insel der Apfelbäume«. Ciabhan würde also ein Fürst von Faery sein. Anm. d. Verf.

48 Hoher Beamter, Graf.

49 Bund, Verpflichtung.

50 Schandpfahl, Marterpfahl.

51 Diener Marias.

52 Altkeltische Runenschrift.

Namenverzeichnis

Alastair = Alexander
Alba = Schottland
Anna-ban = weiße Anna
Ann-a-ghraidh = Geliebte Anna
Anndra = Andrew, Andreas
Art = Artur
Banda = Irland
Brudhearg = Rotkehlchen
Callum = Malcolm
Conn = Constantin
Cruitne = Pikten
Donull = Donald
Eila = Wilder Schwan
Eire oder Eireann = Irland
Fand vgl. Fanaid = Spott, Blendwerk
Gillespie = Gilleasbuig = Archibald
Iain Dall = John d. Blinde
Icolmcill = I Colum chille d. h. Insel des Heiligen Colum, Iona
Lange Insel = Gesamtname der äußeren Hebriden
Liath = graufarbig, hier Graufisch
Luath = Flink
Lu Lam-fada = Der Kleine mit den langen Armen
Manus = Magnus
Neil-donn = Neil der Braune
Phadric = Peter
Rory = Roderik
Ruadh = Rötlich, rothaarig
Sasunn = England
Sgadan = Hering, Maifisch
Sheumas = James, Jakob
Silis = Cäcilie
Tern = Meerschwalbe

Tir-nan-Og = Land der Jugend
Tir-na-thonn = Wogenland
Trilleachan = Austervogel
Tuatha de Dannan = Götter des Lichts, Lebens und Wachstums